Miss Emergency
Hilfe, ich bin Arzt

Danke an Dr. Maria, die all das längst gemeistert hat.
Ohne Glückskuli.

Rothe-Liermann, Antonia:
Miss Emergency – Hilfe, ich bin Arzt
ISBN 978 3 522 50291 7

Reihen- und Einbandgestaltung: bürosüd°, München
unter Verwendung von Bildern von Shutterstock
Innentypografie: Sabine Conrad
Schrift: Bembo
Satz: KCS GmbH, Buchholz/Hamburg
Reproduktion: Medienfabrik, Stuttgart
Druck und Bindung: CPI – Ebner & Spiegel, Ulm

6 5 4 3 2° 12 13 14 15

www.planet-girl-verlag.de

Antonia Rothe-Liermann

MISS EMERGENCY

Hilfe, ich bin Arzt

Planet Girl

1

Schöne Beine.« Der Satz spukt mir seit Stunden im Kopf herum. »Schöne Beine« – ist das die Begrüßung, die man sich von einem Oberarzt erhofft? Am ersten Tag in einem neuen Job, an dem die Kehle ohnehin lebensbedrohlich zugeschnürt ist von banger Erwartung?!

Bis zu diesem Moment war alles nach Plan gelaufen – relativ. Wir drei Mädchen, angehende Medizinerinnen und seit gestern Wohngemeinschaftspartner, hatten abends enthusiastisch die Gläser auf die Zukunft der Ärztezunft erhoben und tapfer unser Fracksausen vor dem neuen Job mit Prosecco heruntergestürzt. Und heute Morgen standen wir bleich, aber entschlossen vor unserer neuen Wirkungsstätte – sprachlos vor Ehrfurcht und Respekt vor der eigenen Courage. Eine klapperdürre Oberschwester und eine blond gelockte Ärztin gaben unser Empfangskomitee – und ehe wir es uns versahen, waren wir eingewiesen, aufgeteilt und mit neuen Ausweisen und einer ersten Testaufgabe versehen. Was immer in dieser halben Stunde gesagt, gezeigt und angeordnet wurde … ich habe keine Ahnung. Mein Kopf war noch mit grundlegenderen Dingen beschäftigt als der Frage, wo die Kanülen liegen. Ich wurde überspült von einer Panikwelle. Werden sie mich akzeptieren – die Patienten, das Pflegepersonal, die Ärzte? Bin ich wirklich so gut vorbereitet, wie meine Noten es vortäuschen? Wann werde ich meinen ersten Fehler machen und wie schlimm wird er sein? Dass Ärzte Fehler machen, wurde an der Uni so oft betont, dass man fast ein eigenes Seminar daraus hätte machen können. Es wird passieren. Aber bitte, bitte: Nicht am ersten Tag! Warum wirken meine Leidensgenossinnen Isa und Jenny so gelassen?! Haben die gar keine Angst? Und ganz plötzlich war die Einführung vorbei und ich auf dem Weg zur ersten Aufgabe. Allein.

Und dann das. Im Aufzug hatte die optimistische Lena in mir gerade die Oberhand gewonnen. Meine Motivation kam (nicht ganz anständig) von einer kleinen Schwesternschülerin, die in der Halle von einem Versagensangst-Heulkrampf übermannt wurde. So bist du immerhin nicht, Lena, dachte ich charakterlos und fasste umgehend wieder Mut. Voll neuer Tatkraft betrat ich den Aufzug und überprüfte zum vierzehnten Mal mein Equipment: Ausweis, Block, Stift ... Stift? Heute Morgen hatte ich doch extra den Examens-Glückskuli eingepackt. Hatte mein treuloser Kumpan mich schon vor der ersten Notiz verlassen, um mein sofortiges Versagen zu prophezeien? Unfassbar, wie abhängig-abergläubisch ich bin. Glückskuli – gute, wichtige Notizen. Kein Glückskuli – schlechter Tag, an dem ich eine ärztehassende selbstgefällige Stationsschwester um die Grundausstattung an Schreibmaterial bitten muss. Kein normaler Mensch kann die Erleichterung nachvollziehen, die ich verspürte, als ich meinen Glücksbringer-Stift auf dem Aufzugboden erspähte. Jeder, der meine Begabung für peinliche Situationen kennt, kann sich dagegen sofort denken, dass sich genau in dem Moment, in dem ich mich nach dem Stift bücke, hinter mir die Aufzugtür öffnet. Jemand sagt »schöne Beine«.

Ich fuhr herum – und musterte mit hochrotem Kopf den Mann, der hinter mir den Aufzug betreten hatte. Groß, attraktiv, strahlende Augen, ein zauberhaftes Lächeln. Und dann: »Dr. Tobias Thalheim, Oberarzt«. Das Schild an seinem Kittel erwürgte alle Wohlgedanken und Romantikfantasien, die beim Anblick des attraktiven Mitfahrers in mir aufgeblitzt waren. (Wie haben Sie sich kennengelernt? Oh, in einem Aufzug.) Stattdessen fieses Schamgefühl angesichts eines neuen Moments höchster Peinlichkeit. Und das Einzige, was ich dumme Nuss herausgebracht habe, war »Danke schön«. Das war also die erste Begegnung der angehenden Assistenzärztin mit dem gefürchteten Oberarzt. Beim nächsten Halt stürzte ich aus dem Aufzug, noch bevor sich die Türen richtig geöffnet hatten.

»Schöne Beine« tönt es seitdem in meinem Kopf. Anfangs klang die Bemerkung noch wie: »Sie sind die Sonne meines Tages – was immer Sie hier falsch machen werden, werde ich wohlwollend übersehen, denn Sie sind die Angelina Jolie meines Krankenhauses, auf deren Erscheinen ich jahrelang gewartet habe.« Inzwischen hat sich der Satz in meinem Kopf verwandelt. Jetzt bedeutet er: »Na WENIGSTENS haben Sie schöne Beine, wahrscheinlich haben Sie sonst gar nichts zu bieten, mittelmäßiges Examen, langweiliges Gesicht …« Mann, wenn ich doch wenigstens mit Isa oder Jenny sprechen könnte – ich brauche nur eine winzige Rückversicherung, dass ich spinne und vollkommen übertreibe. Aber die beiden lassen sich nicht blicken. DIE sind wahrscheinlich schon mit vollem Ehrgeiz und gänzlich unabgelenkt in die Arbeit eingestiegen und der Approbation durch bloße Geistesanwesenheit einen Riesenschritt näher gekommen. Und ich lasse mich von so einer blöden Bemerkung fertigmachen ... Ging ich vor zwei Stunden noch hoch erhobenen Hauptes über die Flure meines neuen Reviers, so ist daraus jetzt ein Schleichen geworden; vom Grübeln niedergedrückt, versuche ich mich unsichtbar zu machen. Nicht die beste Voraussetzung für einen ersten Kliniktag. Mein Kopf sollte randvoll angefüllt sein mit den neuen Namen, den zu verinnerlichenden Arbeitsabläufen, den ersten Patientendaten. Stattdessen wiederholt eine warme Männerstimme in meinem Kopf immer wieder diese anzügliche Bemerkung. War es eine subtile Anspielung darauf, dass mein Kittel doch zu kurz ist? Niemand macht sich eine Vorstellung, wie schwierig die Entscheidung der Kittelgröße tatsächlich ist. Zu lang und man wirkt wie eine Litfaßsäule, denn die platten Gummischuhe verwandeln jede noch so schlanke Wade in unattraktive Elefantenstampfer. Zu kurz und man erweckt den Eindruck, man hätte lieber Krankenschwester werden wollen – in einer pornoverdorbenen Unterhemdträger-Fantasie.

Schluss jetzt, Lena! Ab sofort konzentrierst du dich ausschließlich und vorbildlich auf die neue Arbeit! Wie hieß jetzt der Patient, dem du eine Infusion legen sollst? Ritter, Manuel Ritter, na es geht doch. Und Infusionen kannst du geben, seit du deine Barbies mit der Stecknadel geimpft hast. Hat irgendjemand eine Vorstellung davon, wie schwer eine Injektion in so einen fließbandproduzierten Plastikarm ist?! Danach schreckt eine angehende Ärztin kein menschlicher Arm mehr und seien die Venen auch noch so winzig und unter noch so viel Lederhaut versteckt.

Also eine Infusion. Ermutigend lächle ich Herrn Ritter an. Wäre in meinem Gehirn heute noch Platz für Männer, würde ich vielleicht etwas weniger Gute-Ärztin-Lächeln und stattdessen Schöne-Frau-Strahlen. Herr Ritter sieht nämlich gar nicht schlecht aus und ist – im Gegensatz zu dem undurchschaubaren Oberarzt, der meinen Tag verdorben hat – sogar in meinem Alter. Fahrradunfall, Gehirnerschütterung. Also ein sportlicher Typ und Draufgänger – denn offenbar ist er ohne Helm gefahren. Stopp, Lena, du wolltest doch nicht mehr über Männer nachdenken! Außerdem kann das Fahren ohne Helm auch auf Eitelkeit schließen lassen, vielleicht wollte er nur seine braunen Locken nicht platt drücken. Dann wäre die Gehirnerschütterung eine gerechte Strafe. So. Staubinde anlegen, desinfizieren, Kanüle auspacken, noch einmal beruhigend lächeln, Haut straff ziehen, Vene punktieren. Fertig. Wer sagt's denn, Barbie sei Dank! Überhaupt ist das eine typische Anfänger-Beschäftigungs-Therapie, die eigentlich auch von den Schwestern erledigt werden könnte. Sogar sollte – die meisten Ärzte stechen nämlich schlechter.

»Das hat aber wehgetan!« Moment, hat DAS Herr Ritter gesagt? Zu MIR?! Ich funkle ihn an. Das Gute-Ärztin-Lächeln weicht einem Ich-kann-dir-auch-eine-Magenspiegelung-verordnen-Blick. Er lächelt und entschuldigt sich. Na also. Weichei. Herr Ritter ist durchgefallen, braune Locken hin oder her.

Ich klappe meine Mappe zu und will das Zimmer verlassen, da sagt der unverschämte Jüngling zu meiner Kittelrückseite: »Das haben Sie wohl zum ersten Mal gemacht, was?«

Mein lieber Mann, ich habe nicht nur Barbies gestochen – ich habe Injektionen in Schweinehaut und Leichenhaut, in optimistische Freiwillige und hilfsbereite Kommilitonen gedrückt! Ich fahre herum und setze zu einer gepfefferten Entgegnung an. Moment ... Schlagfertige Antworten, wo seid ihr nur immer, wenn ich euch brauche?! Sprachlos starre ich den frech lächelnden Patienten an. »Wohl ohne Helm gefahren, was? Na, wenn wir da nicht den Schädel noch mal aufmachen müssen ...«, sage ich schließlich erbarmungslos – und setze hinzu: »Das mache ich dann übrigens auch zum ersten Mal.« So, das MUSSTE ich einfach haben! Sehr gerade und ohne mich noch mal umzusehen, verlasse ich das Zimmer.

Auf dem Flur überkommt mich sofort bittere Reue. Niemals drohen, nie ängstigen! Oberstes Arztgebot. Selbst bei Patienten, die sich selbst medikamentieren, Symptome erfinden oder sich trotz halb amputierter Lunge zu Tode rauchen, darf man nur warnen – und immer ermutigen. Und was tue ich?! Aus dem Krankenzimmer hinter mir höre ich es klingeln. Na toll, jetzt ruft Herr Ritter nach einer Schwester, die nach dem Oberarzt schickt, damit der Patient sich beschweren kann. Dann erfährt der Chef, dass die Anfängerin, die ihm heute Morgen im Aufzug so aufdringlich präsentiert hat, was sie dem Krankenhaus zu bieten hat – nämlich nichts außer einem Paar schöner Beine –, soeben ihren ersten Patienten bedroht hat. Am besten, ich verlasse diesen Ort der Schande sofort und auf Nimmerwiederkehr. Schule ich eben um auf Verkäuferin, andere sind damit auch glücklich.

Eine kleine Omi reißt mich aus meinen Gedanken. Sie sitzt auf dem Flur in einem der gelblichen Schalenstühle, hustet fürchterlich und krümmt sich wie ein hilfloser Wurm um die Handtasche in ihrem Schoß. Ich spreche sie an. Hat sie Schmerzen? Die Omi nickt, wiegelt aber sofort wieder ab.

»Es wird sich bestimmt bald jemand um mich kümmern. Die Schwester hat gesagt, dass gleich ein Arzt kommt.« Gemeinsam spähen wir den tristen Krankenhausflur hinunter. Niemand ist zu sehen. Wie lange ist dieses Versprechen denn her? Die Omi lächelt ängstlich: »Höchstens eine halbe Stunde.« Und dann hustet sie wieder erbarmungswürdig. Eine halbe Stunde? Mit diesem Husten und den Schmerzen beim Atmen ist eine halbe Stunde Wartezeit eine probate Foltermethode für Schwerverbrecher. Mich beschleicht der Verdacht, dass man die Frau schlicht vergessen hat. Davon sage ich der Omi natürlich nichts – selbst ich kann aus Fehlern lernen, wenn sie nicht länger als 10 Minuten her sind!

Ich knie mich hin und fühle den rasenden Puls der armen Frau, die unter ihren Hustenanfällen entkräftet nach Luft schnappt. Wahrscheinlich hat sie hohes Fieber. Die Omi stöhnt auf. Sie hat starke Schmerzen. In meinem Hirn blättern Lehrbuchseiten auf. Eine typische Pneumonie äußert sich mit Husten, Brustschmerzen, Atemnot und Fieber. Alles klar. Meine erste Diagnose. Sicher und souverän gestellt – und im Handumdrehen. Ich hatte erwartet, diesen Moment mit Sekt und Plätzchen zu feiern – doch jetzt ist an stolze Selbstlob-Partylaune nicht zu denken. Die Frau braucht schleunigst Hilfe. In meinem Kopf rattert es. Sie braucht Antibiotika und sollte dringend in ein Bett; gerade ältere Patienten sind anfällig für fiese Folgekrankheiten. Und vor allem braucht die Frau ein Schmerzmittel, das ist ja nicht mit anzusehen. Am Ende des Ganges steht ein verwaister Rollstuhl. Ich verfrachte die röchelnde Frau hinein. In diesem Krankenhaus muss sich keine kleine Omi schmerzverzerrt auf einem Flur-Stühlchen krümmen, nur weil sie zu schüchtern ist, sich bemerkbar zu machen. Nicht, solange ICH da bin! Lena Weissenbach, die Ärztin mit Herz, Retterin aller gequälten, scheuen Omis. Ich weiß, eben noch wollte ich den ersten Arbeitstag unter »versagt« ablegen und Verkäuferin werden – aber vorher werde ich diese Frau retten.

Hinter mir klackern energische Schritte über den Gang. Ach,

verdammt, Herr Ritter! Den hatte ich ja ganz vergessen. Bestimmt kündigt das Geräusch den Oberarzt an, der sich gebieterisch dem Tatort Krankenzimmer nähert, um von meiner unprofessionellen Entgleisung gegen den verängstigten Patienten zu erfahren. Ich kann gerade nicht gucken, denn die Transportsicherung der Omi im Rollstuhl fordert meine ganze Aufmerksamkeit. Ich hänge über dem Rollstuhl und hadere mit der Gurtschließe, als die Schritte hinter mir verstummen.

»Was tun Sie denn da?«

Na klar! Die sonore Stimme des Oberarztes, die sich mir seit heute Morgen so eingebrannt hat, dass sie die penetrante Melodie meines Weckers ersetzen könnte. Und was kriegt der Chef zu sehen, als er zum zweiten Mal an diesem Tag seiner neuen Anfängerin begegnet? Natürlich: meine schönen Beine.

»Was für ein reizendes Wiedersehen!«, sagt Dr. Thalheim. Zu meinem Hintern.

2

Bombig, Lena, was kann dir Besseres passieren?!« Das ist Jenny. Sie fläzt auf einem Stuhl in der Cafeteria, wirft die blonden Haare zurück und findet meine peinliche Doppelbegegnung mit dem Oberarzt großartig. Immer nett, wenn andere fabelhaft finden, was dich selbst vor Scham in den Boden versinken lässt. Sollen die es doch erleben! Obwohl: Wenn ich meine neue Mitbewohnerin Jenny schon richtig einschätze, hätte SIE wohl nicht nur mit rotem Kopf die Diagnose der kleinen Omi heruntergestottert. Sie hätte die Chance genutzt, sich vorzustellen und den schönen Beinen ein gewinnendes Lächeln und den Eindruck einer motivierten, gebildeten Mitarbeiterin hinzugefügt. Ich hab nicht mal meinen Namen rausgebracht. Jenny findet das perfekt.

»Nichts macht mehr Eindruck als Sex-Appeal und Geheimnis!«, sagt sie. Pah, wo war denn das geheimnisvoll? Am Kittel klemmt mein Namensschild. Und es war ganz offensichtlich, dass ich zu verlegen war, um überhaupt auf die Idee zu kommen, mich vorzustellen.

Hätte ich ihr bloß nicht gesagt, dass Dr. Thalheim so gut aussieht! In massiver Verkennung der Problematik wittert Jenny bereits eine Romanze. Während sie die Verzückung des Oberarztes in den buntesten Farben ausmalt – wenn man ihr glauben darf, verzehrt er sich bereits nach dem mysteriösen Aschenputtel –, sehe ich mich in der Cafeteria um. Ärzte und Schwestern, manche schweigsam, andere ins Gespräch vertieft, von dem ich mir vorstelle, dass es sich um die Erörterung lebensrettender Maßnahmen dreht. Manche wirken müde, erschöpft von der Last der Verantwortung oder der Nachtschicht. Andere – das muss man auch zugeben – schaufeln einfach den Pudding in sich hinein, als gäbe es kein Morgen. Na wer weiß, vielleicht gibt es morgen keinen. Ich behalte die Tür im Auge. ER ist noch nicht da. Eins steht nämlich fest: Wenn Dr. Thalheim hereinkommt, werde ich gehen. Noch ist nicht entschieden, ob ich – wie Jenny vorschlägt – hoch erhobenen Hauptes und mit herablassendem Lächeln an ihm vorbeistolziere, oder ob ich mich – wonach MIR eher zumute ist – nach der anderen Seite in Richtung Toilette verdrücke und hoffe, dass die ein Fenster hat, das direkt auf die Straße und in mein neues Verkäuferinnenleben führt.

Inzwischen hat auch Isa an unserem Tisch Platz genommen – die Dritte im Bunde der Anfängerinnen im Praktischen Jahr und auch die Dritte in unserer WG. Bevor ich überhaupt Luft geholt habe, hat Jenny ihr meine ganze Geschichte erzählt. Unglaublich, wie schnell diese Frau spricht! »Ist doch bombig«, endet ihre schöngefärbte Schilderung meiner Oberarzt-Blamage. Bombig ist wohl ihr Lieblingswort.

Zum Glück ist Isa ganz anders als die kesse Jenny. Sie hat ein Herz und Verständnis dafür, dass ich meinen ersten Tag für verdorben halte. »Das ist ja schrecklich!«, haucht sie entsetzt, als wäre sie es, die dem Oberarzt am ersten Tag nichts als den kittelbewehrten Hintern zu zeigen hatte. Allerdings stellt Isa es nun wieder so dar, als könne ich mich nie, nie wieder unter Dr. Thalheims Augen trauen. Ich habe doch immerhin herausgebracht, dass die arme Omi, die ich aufopfernd im Rollstuhl verstaute, wohl an einer Pneumonie leidet. Und dazu – man glaubt es kaum – habe ich mich aufgerappelt und Dr. Thalheim tatsächlich zur Abwechslung mal das Gesicht entgegengestreckt. Und meine Diagnose beweist doch, dass ich zumindest ein erstes Semester absolviert habe und nicht zur Dekoration hier bin. Dann habe ich die Omi in die Aufnahme gerollt und Dr. Thalheim hat sich endlich dem Krankenzimmer zugewandt, aus dem er angeklingelt wurde. Ach ja – den unverschämten Herrn Ritter hatte ich kurz verdrängt. Jetzt wird mir klar, dass mir unweigerlich eine dritte Oberarztbegegnung bevorsteht. Wenn dieser freche, braunlockige Ohne-Helm-Fahrer sich über mich beschwert hat, wird Dr. Thalheim zwangsläufig das Gespräch mit der eindrucksvollsten seiner Anfängerinnen suchen müssen. Vielleicht meine Gelegenheit, einen perfekten dritten Eindruck zu machen? Diesmal bin ich jedenfalls vorbereitet.

Isa und Jenny plaudern unterdessen schon über den Nachmittag: Visite mit der Stationsärztin – der Blonden von heute Morgen. Jenny ist voller Enthusiasmus; sie hat sich schon den Klinik-Klatsch über Dr. Ross, unsere Stationsärztin, angeeignet. »Angeblich ist sie ziemlich bequem und die PJler dürfen bei ihr machen, was sie wollen«, erzählt sie vergnügt. (Und leider flüstert sie nicht so leise, wie sie glaubt.) Dass Dr. Ross scheinbar keine großen Ansprüche stellt, kommt Jenny gerade recht. Sie hat uns gestern an unserem ersten gemeinsamen Abend gleich unbekümmert verkündet, dass sie nicht vorhat, sich im Praktischen Jahr krummzuarbeiten. Isa hingegen, unsere stille Pflanze, scheint von Dr. Ross' angeblichem Laisser-faire beunruhigt.

»Lernen wir denn dann auch genug?«, fragt sie zaghaft. »Am Ende der PJ-Zeit kommt schließlich die schwerste Prüfung unseres Lebens …« Isas Geständnis des ersten Abends war, dass sie jetzt schon für das Hammerexamen lernt – die Monsterprüfung, die uns am Ende des Praktischen Jahres bevorsteht und ohne die niemand als Arzt zugelassen wird. Jenny und ich haben sofort geschrien, es sei vollkommen übertrieben, sich jetzt schon so einen Druck zu machen. Aber ich gebe zu, mein Lernplan ist auch bereits fertig ...

Ich betrachte die beiden höchst unterschiedlichen Mädchen an meinem Tisch. Im Grunde weiß ich außer den beiden erwähnten Geheimnissen nichts über meine Mitbewohnerinnen. Oder nur das Offensichtliche: Jenny sieht gestylt aus, lacht ganz schön viel und ziemlich laut und wirkt wie Miss Selbstbewusstsein persönlich. Isa scheint eher der vorsichtige, zurückhaltende

Typ zu sein – aber vielleicht habe ich Glück und sie ist ein stilles Wasser. Als ich gestern Abend endlich die letzte monströse Reisetasche in die Wohnung gewuchtet hatte, blieb uns Neu-Wohnpartnerinnen nur noch Zeit, die allerwichtigsten Dinge zu klären: Wer hat einen festen Freund? (Man sollte es nicht glauben: keine!) Was gehört unbedingt in den Kühlschrank? (Jenny: viel Obst und Getränke in Rosa, Isa: Bio, aber nicht zu teuer, ich: Eis, Eis, Eis – das esse ich literweise beim Lernen und Fernsehen.) Und: Wie regeln wir das morgens mit dem Badezimmer, wenn wir alle gleichzeitig im Krankenhaus sein müssen? (Scheinbar unproblematisch: Isa und Jenny behaupteten beide, in Minutenschnelle fertig zu sein. Heute Morgen ließ sich das nicht beurteilen, denn Isa war offenbar schon seit Stunden wach, als ich aufstand – und Jenny hätte fast verschlafen.) Nicht viel also, was ich gestern über »meine« Mädels in Erfahrung gebracht habe. Heute Abend muss ich dringend ein bisschen mehr über die beiden Weggefährtinnen herausfinden, die mir das Schicksal als Begleitung für das aufregende Jahr ausgesucht hat, das vor mir liegt. Ich kann es nicht fassen: Vorgestern saß ich noch bei Mama und Papa in Lübeck und habe mir ein letztes Mal bergeweise Kartoffelbrei aufdrängen lassen. Heute sitze ich im weißen Kittel in der Cafeteria eines großen Berliner Krankenhauses, angehende Ärztin, unabhängige Neuberlinerin. Das also soll jetzt mein Leben sein. Für das ganze kommende Jahr. Hilfe! Irre! Perfekt!

Die Mittagspause ist fast zu Ende. Vielleicht sollte ich doch noch schnell einen Pudding essen. Falls der Tag so weitergeht, kann ich gar nicht genug prophylaktische Zuckereinheiten zuführen.

Am Tresen steht ein junger Mann mit blauen Haaren. Was es alles gibt. Ich greife nach einem Pudding und stelle mir blitzartig vor, er würde mir aus der Hand rutschen. 100 zu 1, dass ich weiß, wer in diesem Moment hereinkäme. Ich muss grinsen. Der Blaugefärbte grinst zurück. »Erster Tag?«

Ich nicke. »Praktisches Jahr.«

Er lächelt. »Und wie war dein Start?«

Ich kann nicht anders und antworte: »Ach, ich glaube, ich habe mich bisher von meiner besten Seite gezeigt.«

Der blaue Junge kann natürlich nicht verstehen, warum ich darüber so grinse. Aber er schmunzelt. Und schenkt mir den Pudding. Prima, Lena! Ich spreche mir ein offizielles Lob aus. Wer alles mit Humor nehmen kann, ist unantastbar. Ich fühle mich gewappnet für die weiteren Begegnungen mit Dr. Thalheim. Immerhin bin ich hier, um Ärztin zu werden. Dafür muss ich ein ganzes Jahr bleiben – selbst wenn ich »die mit den Beinen« bin. Wenn ich also die Alternative, als Verkäuferin glücklich zu werden, streiche, bleibt mir nur, mit Abgebrühtheit und Selbstironie voranzustiefeln. Wie zur Belohnung kommt die restliche Mittagspause niemand mehr in die Cafeteria und meine nächste Oberarztbegegnung wird verschoben. Also vorerst alles bombig.

Na prima. Jetzt sage ich das auch schon.

3

Die Visite ist ein Traum. So habe ich mir das PJ vorgestellt. Dr. Ross, die Stationsärztin der Inneren, macht nicht viele Worte und lässt doch keine Fragen offen. Zu zehnt trotten wir hinter ihr her von Krankenzimmer zu Krankenzimmer und lernen die Patienten und ihre Befunde kennen. Ab morgen nehmen wir »richtig« an der Visite teil und müssen, wie Isa mir ängstlich zuraunt, bestimmt schon Diagnosen stellen. Heute aber geht es nur um uns. Wir werden vorgestellt und die wenigsten Patienten reagieren mit der befürchteten Anfänger-Phobie. Stattdessen erzählen sie uns ihre Krankheitsbilder und wir – wichtig, wichtig – machen eifrig Notizen. Dr. Ross sieht sogar einmal auf meinen Block und lobt meine schöne Schrift. Glückskuli, wer sagt's denn! Zwar muss Dr. Ross schon wieder auf das Schild an meinem Kittel gucken, um mich zu dem Lob mit Namen ansprechen zu können – offenbar sind 10 Namen in einer halben Stunde zu viel für sie – aber »die mit der schönen Handschrift« zu sein, scheint mir nach dem verkorksten Vormittag das Ziel aller Wünsche.

Um mein Glück perfekt zu machen, liegt im Zimmer 15, ganz blass unter der gelben Decke, meine kleine Omi. Sie erkennt mich und begrüßt mich reizend als »ihre Retterin«, was mich mal schnell vor der ganzen PJ-Riege auszeichnet. Ja, ich weiß, wir haben heute alle unseren ersten Tag und mit Blutabnahme und Zukunftsängsten angefangen. Aber eine von euch hat schon mal nebenbei auf dem Gang Diagnosen gestellt und fix jemanden eingewiesen! Die staunenden Blicke sind Balsam für meine geschundene zweifelnde Seele. Dr. Ross lässt sich die Zusammenhänge erklären und ich schildere sie, so unbeeindruckt ich nur kann. Sie lässt mich dazu sogar vortreten. Ich halte eine kurze Rede über Pneumonie und wie ich sie erkannt habe und ernte ein zufriedenes Lächeln von Dr. Ross. Danke, danke. Ich habe mir diesen sonnigen Nachmittag doch auch echt verdient, oder?

Ja, klar. Ich hätte es wissen müssen. Ich war noch nie der Typ, der ungestraft ein solches Hoch erlebt – bei mir folgt auf Sonnenschein immer gleich Sonnenbrand. Der nächste Patient ist Herr Ritter, mein Widersacher von heute Morgen. Der bei der Visite gleich klarstellt, dass er mich schon kennt und äußerst schmerzhafte Erfahrungen mit mir gemacht hat. Danke, Blödmann, mein Hoch ist dahin, mein unverhofftes Ansehen bei den Kollegen verflogen. Infusionen legen können sie alle – glauben sie zumindest. Und jetzt noch mal vor allen zu sagen, dass Herr Ritter ein Weichei ist, ist selbst mir zu blöd. Also stecke ich die Schlappe ein – die nächsten Tage werden ja hoffentlich zeigen, dass nicht ICH hier der Versager war.

Zum Abschluss der Visite folgt noch eine Vorstellungsrunde bei den Ärzten. Dr. Ross schiebt uns in den Pausenraum der Inneren, wo alle gerade anwesenden Ärzte uns die Hände schütteln und uns willkommen heißen. Die meisten schließen ein paar aufmunternde Worte an, ein paar können sich die unvermeidlichen Scherze (»Solange Sie keinen umbringen, werden wir uns schon verstehen.«) nicht verkneifen. Ich bin nicht bei der Sache. Denn am Ende der Reihe steht Dr. Thalheim. Er lächelt sehr fein über die hektische Röte, die sich blitzartig über Isas Gesicht ausbreitet, als sie ihm die Hand geben muss. Jenny ist die Nächste, dann ich. Was sag ich? Wie gucke ich? Muss ich denn was sagen?

Jenny schüttelt seine Hand sehr energisch und schließt gleich an, wie gespannt sie auf diese Begegnung war. »Ich habe ja schon viel von Ihnen gehört!«, sagt sie frech. Oh Mann, wenn sie nur nicht so übertreiben würde! Obwohl – alles, was von mir und meiner Patientenbedrohung ablenkt, sollte mir doch recht sein ... Dann stehen wir voreinander und alle Rechtfertigungen der Welt fahren in meinem Kopf Karussell. Er schüttelt mir die Hand und ich kann nur hoffen, dass er nicht merkt, wie schwitzig sich meine Handfläche anfühlt.

Dr. Thalheim lächelt und fragt: »Und Sie sind?« Ich bin perplex. Wie bitte? Soll ich mich umdrehen, damit du mich erkennst? Waren meine Peinlichkeitsmomente für dich ebenso irrelevant wie deine Adelung meiner Beine? Oder ist das nett gemeint und soll heißen: Wir fangen noch einmal neu an?

Ich stottere meinen Namen, er wiederholt den seinen – hoho, wie bescheiden, als wüssten nicht alle, wer er ist! – und das war's. Der Nächste, ein bebrillter Streber, schiebt mich weiter, auch er will endlich dem Oberarzt die Hand schütteln. Ich trete beiseite und stehe zwischen meinen neuen Freundinnen, völlig verdattert. Das war's. Kein Wiedererkennen, kein Lob für meine Rettung von Frau Klein, keine Standpauke wegen meiner Drohung an den weinerlichen Radfahrer, nichts. Na gut, Herr Oberarzt, dann fangen wir eben noch mal neu an. Mir soll es recht sein!

Dr. Thalheim hält eine kurze Ansprache, nichts, was wir nicht schon wussten. Ab morgen nehmen wir an der Visite teil. Dabei werden den Patienten die Untersuchungsergebnisse mitgeteilt und anstehende Untersuchungen oder Eingriffe besprochen. Einmal pro Woche findet eine Oberarztvisite statt – und dann sind da natürlich noch die gefürchteten Chefarztvisiten. Außerdem werden wir Infusionen anlegen, Befunde beschaffen und Blut abnehmen. Selbstverständlich können wir uns jederzeit an die Stationsärzte wenden oder die Schwestern um Hilfe bitten.

»Aber theoretisch können Sie ja alles«, ermutigt uns der Oberarzt, »und wer sich nicht sicher ist, sollte dringend üben!« Gut, das könnte ich jetzt doch noch als Anspielung nehmen. Aber weil Dr. Thalheim dabei nicht in meine Richtung schaut, beschließe ich, mich nicht explizit gemeint zu fühlen. Wir werden ja sehen, wie die anderen sich schlagen, wenn sie diesem Manuel Ritter mit der Kanüle zu Leibe rücken müssen. Zum Schluss seiner Rede kommt Dr. Thalheim zu dem Punkt, auf den wir alle warten: eigene Patienten. Sobald der Oberarzt es für richtig hält, werden uns die ersten eigenen Patienten zugeteilt. Das Leuchten in den Gesichtern meiner Mit-Anfänger könnte den ganzen Raum illuminieren. Das ist es, warum wir hier sind! Jeder träumt von dem großen Fall, der besonderen Diagnose, dem ersten eigenen geretteten Patienten!

»In spätestens zwei Wochen«, lächelt Dr. Thalheim, »sollten Sie alle Ihren ersten Fall bekommen.«

Ich kann es kaum erwarten. Dann entlässt er uns in den Feierabend, ausnahmsweise schon am Nachmittag, weil die nächsten Wochen ja noch hart genug werden. Ich hake meine Mädels unter, vor lauter Vorfreude kriegt keine von uns das Grinsen aus dem Gesicht! Unsere Zukunft hat begonnen! Draußen müssen wir uns kurz umarmen. Kein normaler Mensch kann unsere Begeisterung verstehen. Aber ich will Ärztin werden, seit ich denken kann. Schon mit vier habe ich komplizierte OPs an allen verfügbaren Puppen und Teddys vorgenommen; seit ich vierzehn bin, lese ich im Pschyrembel wie andere in der Bravo. (Okay, Bravo hab ich natürlich auch gelesen.) Ich bin während des Studiums zu einer wahren Lernmaschine geworden, hatte ein verkümmertes Sozialleben und vor lauter Schlafmangel in den Prüfungszeiten Augenringe wie ein Pandabär. Aber was spielt das jetzt noch für eine Rolle?! Ich bin hier! Ich werde in spätestens zwei Wochen meinen ersten eigenen Patienten behandeln! Gerade denken wir nicht an all die Fallen, nicht an das Hammerexamen am Ende des Jahres, nur an das Morgen, das genau heute angefangen hat. Wir werden alles meistern!

»Und jetzt«, grinst Jenny, »werden wir uns feiern!«

So habe ich mir das vorgestellt!

4

Berlin ist verdammt groß. Bis gestern dachte ich, ich würde die Stadt schon kennen – immerhin war ich seit der achten Klasse fast jedes Jahr mit meinem Lübecker Gymnasium hier. Klassenfahrt, Kursfahrt, Kunstexkursion – immer nach Berlin. Reichstag, Mahnmal, Nationalgalerie, das alles entlockt mir nur noch ein müdes Lächeln. Deshalb war ich bis gestern überzeugt, ich wüsste, was auf mich zukommt. Irrtum! Als wir aus der Klinik treten, weiß ich nicht mal, in welche Richtung wir müssen. Zwar stehen gelbe Schilder an der Straße und weisen die Stadtteile aus – aber was nutzt das, wenn ich nicht weiß, ob unsere Wohnung von hier aus eher Richtung Pankow oder Richtung Neukölln liegt? Wo ist der blöde Fernsehturm, wenn man mal Orientierung braucht? Und wie konnte die S-Bahn-Station, aus der wir heute Morgen gekommen sind, über Tag spurlos verschwinden? Jenny, beneidenswerterweise geborene Berlinerin, beschließt, uns an diesem geschenkten freien Nachmittag die Stadt zu zeigen.

Isa wünscht sich eine Stadtrundfahrt; im Gegensatz zu meinen Lübecker Lehrern haben ihre in Tübingen nicht jedes Jahr die Berlin-Karte gezogen und sie kennt die Stadt kaum. Jenny winkt ab, als Isa am Alexanderplatz auf einen Sightseeing-Bus zuhält. Stattdessen zerrt sie uns in den Doppelstock-Bus der Linie 100. Isa und ich verstehen noch gar nicht, was los ist, da erstürmt Jenny schon die Treppe in den oberen Busbereich und stürzt mit einem Hechtsprung nach vorn. Als wir ihr perplex folgen, werden wir gerade noch Zeuge, wie Jenny mit vollem Ellbogeneinsatz alle anderen Fahrgäste beiseiteschiebt und sich – einen Sekundenbruchteil vor zwei empörten Russinnen – atemlos auf die Sitze der ersten Reihe wirft. »Besetzt!«

Isa und ich nehmen überrascht Platz – und begreifen: Die Front der oberen Bus-Etage ist ein einziges Fenster und in der ersten Reihe thronen wir hoch über der Straße, während vor, unter und neben uns die Stadt vorbeizieht. Berlin liegt uns zu Füßen. Die Route führt Unter den Linden und am Reichstag vorbei bis zum Zoo. Zufrieden registriert Jenny unsere Begeisterung. Tausendmal besser als die öden Sightseeing-Touren, viel billiger und noch dazu mit echtem Berliner Flair. Isa macht Handy-Fotos von den Sehenswürdigkeiten, als hätte sie noch nicht begriffen, dass sie das hier jetzt jeden Tag haben kann. Jenny hingegen schaut kaum nach draußen. Wenn sie nicht damit beschäftigt ist, andere Fahrgäste (die auch mal die Aussicht genießen wollen) mit dem Hinweis zu demotivieren, dass wir noch lange nicht aussteigen, tippt sie ununterbrochen in ihr Handy. Als ich sie frage, wem sie so ausdauernd schreibt, grinst sie nur. »Allen, die ich kenne.« Mehr will sie nicht verraten. Na gut, dann widme ich mich eben wieder dem beängstigenden Verkehr da unten.

Nach der Busrundfahrt schleppt Jenny uns zum Einkaufen. In einem zauberhaften Altbauviertel reiht sich ein bunter Laden an den nächsten. Modedesigner mit schrägen Modellen, Schnickschnack-Läden mit herrlich überflüssigen Dingen, Cafés und Galerien, Schuhläden, Second-Hand-Shops. Isa und ich machen Staune-Augen. So muss Shopping sein! Isa ist natürlich zu vernünftig für Impulskäufe – aber ich kann weder einem Paar High Heels noch einer blumenbestickten Tasche widerstehen (neues Leben, neuer Style) und frage mich bald, wie ich hier mit meinem spärlichen Kapital auskommen soll. Als wir erschöpft bei einem Ingwershake rasten, eröffnet Jenny uns endlich, was es mit ihrem manischen SMS-Getippe im Bus auf sich hatte: Sie hat eine Party organisiert.

Wo? Wann?

»Heute«, sagt Jenny zufrieden. »Jetzt gleich. In unserer Wohnung.«

Isa und ich fallen aus allen Wolken. Wie sollen wir eine Party geben?! Die Bude steht voller Kartons, wir haben noch nicht mal Lampen angebracht. Aber Jenny lächelt nur. »Deshalb schmeißen wir ja die Party. Ich hab ein paar clevere Jungs eingeladen, denen unsere Elektrik garantiert keine Probleme macht. Und außerdem müsst ihr jede Menge Leute kennenlernen.« Dass wir nicht mal was zu essen eingekauft haben, stört sie auch nicht. »Die bringen alles mit. Wir müssen nur hingehen und die Hauptpersonen sein.«

Nach einer kurzen Schrecksekunde überwiegt bei mir doch die Begeisterung. Wie toll, dass ich bei meiner Suche-WG-Annonce ausgerechnet auf Jenny gestoßen bin! Klar, wenn sie uns vorgewarnt hätte, hätte ich Zeit gehabt, mir den Kopf über ein angemessenes Outfit für meine erste Berlin-Party zu zerbrechen. Aber immerhin besitze ich ja seit eben ein Paar sensationeller High Heels.

Jenny hat nicht übertrieben, die Wohnung ist voll. Lauter Leute, die Jenny abküssen und Isa und mich begrüßen, als würden wir uns schon ewig kennen. Sie haben tatsächlich auch noch die Verpflegung mitgebracht – vom Rührkuchen bis zum Kartoffelsalat ist alles da, jemand hat sogar bergeweise Sushi angeschleppt. Isa und ich haben überstürzt den Spätshop an der Ecke geplündert, aber in der Menge des Mitgebrachten gehen unsere überteuerten Verlegenheitseinkäufe völlig unter. Jenny geniert sich nicht, gleich auf die unerledigten Behelfsmäßigkeiten in unserer Wohnung hinzuweisen und ehe ich mich's versehe, schrauben zwei flotte Jungs in meinem Zimmer die Regale zusammen. Überall wird gewerkelt, dazu läuft laute Musik, Sektkorken knallen und zwischen den halb aufgebauten Möbeln wird getanzt. Irgendwann finde ich mich neben Isa wieder, sprachlos und begeistert.

Unser Häschen wirkt etwas nervös. »Glaubst du, dass Jenny die wirklich alle kennt?«, fragt sie mich ängstlich. »Und was meinst du, wie wohl morgen die Wohnung aussieht?«

Aber ich bin entschlossen, die Party zu genießen. Gut, ein bisschen verunsichert könnte man schon werden, wenn man das bunte Gewusel in unserer Wohnung beobachtet: Sind die Berliner tatsächlich alle so selbstbewusst? Und sehen sie wirklich alle so gut aus? Oder kennt Jenny nur die Styling-Elite? Da sind Mädchen in schrillen Kleidern, offenbar alle ohne Figurprobleme. (Zumindest wenn sie sich sonst auch so hemmungslos die Chips reinschaufeln, dürften sie nicht so aussehen!) Noch einschüchternder sind die, die wirken, als hätten sie sich gar keine Mühe gegeben und würden von ganz allein wie aus dem Nobeljeans-Katalog aussehen. Das Haar sitzt – und wenn es beim Tanzen verstrubbelt, sieht es trotzdem super aus. Ich werde beim Tanzen rot und bin immer erschrocken, wenn ich im Disco-Klospiegel sehe, was das Rumgehopse aus meiner Frisur gemacht hat. Solche Sorgen scheinen denen hier fremd zu sein. Selbst die Jungs haben richtige Frisuren – und wegen der unleugbaren Spontaneität der Party muss man annehmen, dass sie die immer haben. Und tanzen können die auch noch. Sie trauen sich einfach.

Nur um das klarzustellen: Ich finde mich selbst keineswegs hässlich, im Gegenteil – ich glaube mir schon Hoffnungen machen zu dürfen, als halbwegs attraktiv zu gelten. Nur die Haare sind etwas widerspenstig und stehen an Regentagen wild vom Kopf ab. Aber heute liegen sie akzeptabel – und habe ich schon gesagt, dass ich heute unglaubliche Schuhe trage? (Ich bin nicht eitel, aber keine Frau möchte nur durch innere Werte gefallen.) Doch akzeptable Frisur hin oder her – mit denen hier komme ich nicht mit! … Hilfe, was soll denn das?! Ich bin eine der Hauptpersonen auf der wildesten Party meiner letzten Jahre und grüble über meinen Platz auf der Look-Rangliste?! Nein, Lena, jetzt muss Schluss sein mit den Selbstzweifeln. Das ist doch deine Chance! Die hier wissen nichts von den gedämpften Partys in Lübeck, nicht, dass du das erste Mal auf solch kühnen Absätzen stehst. Wenn du dich jetzt einfach gibst, wie du immer sein wolltest, denken sie, dass du schon immer so warst! Ich mische mich ins Getümmel. Jenny reicht mir eine Sektflasche und ein niedlicher Junge zieht mich auf die Tanzfläche. Hossa, neues Leben, hier bin ich!

Nur schade, dass ich in den neuen High Heels nicht richtig tanzen kann. Ich hätte nicht gedacht, dass der Abstand zwischen den 7-Zentimeter-Absätzen, die ich beim Studentenball getragen habe, und den 11 Zentimetern meiner Neuerwerbung so gravierend ist. Aber drei peinliche Umknicker vor Zeugen belehren mich eines Besseren. Ich muss mich setzen. Also geselle ich mich zu einer Gruppe Mädels, die in unserer Küche das Geschirr einräumen. Im Sitzen packe ich die Küchen-Kisten aus und verschaffe mir einen Überblick: Wir haben drei Wasserkocher, aber keine Kaffeekanne, drei Salatschüsseln, aber keine Pfanne. (Klar, ich selbst habe bei meiner Grundausstattungs-Tour in Lübeck auch nur stilvolle Sektgläser eingekauft und gedacht, dass eine der anderen bestimmt Pfannenwender mitbringt.) Die Mädchen schnattern durcheinander, ich bin bald mitten im Gespräch und als eines der lauten Mädels »irre Schuhe« zu mir sagt, bin ich auch mit dem unbequemen Schuhwerk versöhnt. Ich erzähle von Lübeck, von der Klinik, von meinen Eltern. Im Gegenzug erfahre ich einiges über Jenny. Sie hat Medizin studiert, weil der Arztberuf in ihrer Familie Tradition ist. Ihr Vater ist ebenfalls Mediziner und erwartet viel von seiner Tochter. Jenny scheint sehr ehrgeizig zu sein, ihre Freundinnen verraten mir aber auch, dass Jenny die hervorragenden Prüfungsergebnisse nicht nur der unermüdlichen Arbeit zu verdanken hat. Scheinbar ist sie der Typ, der mit Tricks arbeitet, und die Mädchen munkeln, in der gefürchteten Anatomieprüfung hätte sie einfach den Professor umgarnt. Außerdem heißt es, Jenny werde von ihrer Mutter regelmäßig mit schicken Klamotten versorgt, die sie generös verborgt. Allgemein ist man der Ansicht, ich hätte mit Jenny einen Glücksgriff getan. Ich kann nur bekräftigen, dass ich schon völlig davon überzeugt bin. Dann kommt noch ein Geheimnis heraus: Jenny hat diese PJlerinnen-WG eröffnet, weil sie Hals über Kopf aus der Wohnung ausgezogen ist, die sie mit ihrem Freund geteilt hat. Die beiden haben sich erst vor einem Monat getrennt. Jetzt erklären sich mir auch die eigenwilligen Auswahlkriterien in Jennys Mitwohn-Annonce: keine Country- oder Heavy-Metal-Fans, keine Vegetarier, keine Pedanten. Ich erfahre, dass Jenny all das – verkörpert in ihrem Ex-Freund Tom – in den letzten Jahren reichlich hatte und nun satthat.

Die Mädels zeigen mir einen schlaksigen Jungen, der sich im Flur mit Isa unterhält. Das ist er: Tom, Soziologiestudent und angeblich immer noch in Jenny verliebt. Ich finde, dass Tom sehr nett aussieht – und auch Isa scheint sich endlich gut zu unterhalten –, doch die Mädchen sind überzeugt, dass genau das das Problem ist. Zu nett für Jenny. Jetzt genießt sie es zwar, dass er ihr noch nachläuft, aber sie ist entschlossen, deutlich zu zeigen, dass sie ihn nicht mehr braucht. Ich beobachte Jenny, die inzwischen mit allen anwesenden Herren getanzt hat und langsam überschwänglich betrunken wirkt. Eine Partykanone und Herzensbrecherin also. Na mir soll es recht sein, genau das hat in meinem Leben bisher gefehlt.

Es geht auf Mitternacht, der erste Nachbar klingelt und fragt, »ob det hier noch lange jeht«. Isa verspricht ihm erschrocken, die Party sofort zu beenden. »Wir wollen es uns doch nicht gleich mit allen verderben!« Doch Jenny zieht den Mann lachend auf die Tanzfläche: »Wie schön, dass wir uns gleich kennenlernen!«

Der Mann ist im Schlafanzug und will nicht tanzen. Aber einen Moment bei uns in der Küche sitzen könnte er schon. Bei dem Lärm kann er sowieso nicht schlafen. Er lässt sich ein Glas Sekt einschenken und Jennys Entschuldigungen gefallen. Zehn Minuten später tanzt er doch. Im Schlafanzug. Also stelle ich die neuen High Heels in die Ecke und tanze mit. Berlin ist verdammt großartig!

5

Oh Mann, das Leben ist hart. Ich verzichte auf die Schilderung des nächsten Morgens, an dem unsere Wohnung aussah, als sollten wir am besten gleich wieder ausziehen, und Jenny verschlief, bis wir sie aus dem Bett gezerrt haben. Irgendwie haben wir es noch rechtzeitig zur Bahn geschafft, nur das Frühstück musste ausfallen. Jenny kann sich offenbar in jeder Verfassung schminken, sie trägt in der S-Bahn ein perfektes Make-up auf. (Und keiner guckt! Sehen die Berliner so was täglich oder interessieren die sich einfach morgens nicht so füreinander?) Isa glaubt, dass wir es uns mit allen Nachbarn verscherzt haben, aber Jenny zuckt nur die Schultern. »Die Möbel sind aufgebaut, alle Kartons ausgepackt, jetzt muss man nur noch einmal gründlich putzen und dann kann das Leben losgehen.« Ich stimme zu, glaube aber insgeheim, dass es sicher nicht Jenny sein wird, die dieses »gründlich Putzen« erledigen wird. Egal, unser Einstieg war jedenfalls schon jetzt legendär. Nun gilt es, den Tag zu überstehen.

Die dürre Schwester von gestern schiebt uns, kaum dass wir unsere Kittel übergezogen haben, einen Wagen mit Kanülen vor die Füße und hat offenbar einen schlechten Tag. Sie unterstellt gleich mal, dass wir sicher nicht sauber Blut abnehmen können, und fragt mehrfach, ob wir gewaschene Hände haben. Erstens ziehen wir sowieso Handschuhe an und zweitens: Was glaubt sie, mit wem sie es zu tun hat? Schwester Klara lässt keinen Zweifel daran, dass alle Anfänger in ihren Augen Stümper sind, ergänzt aber gönnerhaft, dass wir sie ja zu Hilfe rufen können, wenn wir merken, dass wir tatsächlich nichts können. Sie scheint davon auszugehen, dass das unweigerlich passieren wird – und wir sind fest entschlossen, sie keinesfalls um Hilfe zu bitten.

Ich drehe meine Runde bei den Patienten – und gebe zu, dass mir vor der ersten Blutabnahme ein wenig graut. Was, wenn der Junge von gestern recht hatte und meine Punktionen echt an Körperverletzung grenzen? Sehr zaghaft kremple ich der ersten Patientin den Ärmel hoch. Eigentlich ein ermutigender Anblick: Die Venen sind gut zu sehen. Ich zögere trotzdem. Bis die Frau mich angrinst und sagt, dass sie zum Mittagessen gern fertig wäre. Schluss jetzt, Lena! Ich setze die Kanüle an. Es geht. Ich zapfe ein Röhrchen voll und am Ende sagt die Patientin: »Na sehen Sie, das war doch nicht so schlimm.« Ich könnte ihr vor Dankbarkeit um den Hals fallen und vergesse spontan, dass ich es sein sollte, die souverän solche Sachen sagt.

Von nun an geht es besser. Nachdem ich mit der netten Frau Klein in der 15 ein paar freundliche Worte gewechselt habe, ist meine Sicherheit endgültig zurückgekehrt. Sie hält an, bis ich zum Zimmer 16 komme. Warum habe ich nicht geahnt, dass das auch noch auf meinem Flurabschnitt liegt? Muss ich irgendwie verdrängt haben …

Manuel Ritter grinst mich strahlend an. Mist, sah der gestern schon so gut aus? »Na?«, fragt er lächelnd. »Kommst du mir wieder blaue Flecken machen?«

So nicht mit mir, Freundchen, denke ich und antworte: »Jetzt nimm mal deinen Teddy in den Arm, dann werden wir es schon durchstehen.« Gut, Lena, gleich gegenhalten bei solchen Typen!

Doch er strahlt und entgegnet: »Ich hab meinen Teddy zu Hause vergessen. Wie wär's, wenn du mich stattdessen trostkuschelst?«

Ich starre ihn an. Wie unverschämt – ich bin deine Ärztin! (Fast-Ärztin. Trotzdem!) Weil mir keine Antwort einfällt, schnappe ich mir sein Krankenblatt und tue, als müsse ich noch mal nachlesen. Fahrradunfall, Gehirnerschütterung. Ich lege mir

Entgegnungen parat. So heftig wie gestern sollte ich nicht noch mal draufhauen, aber ich kann ihm das doch nicht durchgehen lassen! Trostkuscheln!

»Nun ja«, sage ich schließlich, »ich kann mir schon vorstellen, dass du gern mal was Weiches kuscheln würdest. Deinem Krankenblatt entnehme ich, dass du in der Regel nur Asphalt knutschst.«

Sehr gut. Man muss ja Grenzen setzen. Hier hilft nur Überlegenheit. Immerhin liegt er da im Bett, in Shorts und T-Shirt – und ich bin die mit dem Kittel und dem Krankenblatt. Ich überfliege den Bericht: Da seine Bewusstlosigkeit möglicherweise länger als eine Viertelstunde angedauert hat und seine Verwirrtheit mehr als eine Stunde anhielt, wurde eine schwere Gehirnerschütterung vermutet. Ich nicke wissend und stecke das Krankenblatt zurück in den Hefter. Und jetzt Augen zu, Ärmel hoch und durch. Diesmal gebe ich mir besondere Mühe mit der Vorbereitung, klopfe lange auf der Vene herum und sprühe den Arm sehr großzügig ein. Dabei sage ich so oft, dass es gleich losgeht und gleich ein kleiner Piks kommt, bis Manuel Ritter sichtlich genervt ist. Dann gebe ich noch einmal ausdrücklich meiner Hoffnung Ausdruck, dass er es heute überleben wird – und erst als er »jetzt mach endlich« sagt, steche ich zu. Er lässt es sich natürlich nicht nehmen, hinterher zu sagen, dass ich mich wohl eher zur Kampfkrankenschwester eigne als zur Ärztin – aber darüber kann ich schon hinwegsehen. Zumal ich andeute, dass ich in der vergangenen Stunde 17 Omis gepikst habe, die nicht geweint haben; die müssen in wahrer Ironman-Kondition sein. Ach, und noch was muss ich ihm unbedingt mitgeben: »Wenn du dich mal wieder beschweren musst, ruf lieber deine Mami an als den Oberarzt. Hier sind nämlich noch ein paar wirklich Kranke, die ihn dringender brauchen.«

Manuel dreht sich weg und greift zur Fernbedienung. »Na dann bis morgen, Süße«, sagt er nur und schaltet den Fernseher ein.

Hups, da muss ich wohl noch mal einschreiten. Kein Fernsehen bei Gehirnerschütterung. Manuel will das nicht glauben, wahrscheinlich denkt er, ich wolle ihn nur schikanieren. Würde ich vielleicht sogar – aber diesmal ist es ernst. Sein Gehirn soll jetzt möglichst wenige Reize verarbeiten müssen. Er sollte stillliegen und nicht mal lesen. Kein Fernsehen!

Manuel beschwert sich über die Langeweile. Das kann ihm niemand verübeln. Er sieht aus, als ob er viel Sport macht und dauernd an der frischen Luft ist, der ist Stillliegen sicher nicht gewohnt. Man könnte fast Mitleid haben und ich muss wider Willen schmunzeln, als er in jämmerlichem Ton sagt, dass er ja nicht mal seinen Teddy mithabe und deshalb keinen zum Reden. Aber in puncto Fernsehen muss ich strikt sein; ich nehme ihm die Fernbedienung weg und rate stattdessen zu ein wenig Kopf-Kino.

Draußen vor dem Zimmer 16 muss ich erst mal verschnaufen. Das wäre geschafft und ist – trotz des kurzen Schlagabtauschs – überraschend gut gegangen. Und ich kann nicht mal sagen, dass mich unser kleines Geplänkel gestört hat. Ich mag Leute, denen spontane Antworten einfallen und mit denen man sich Verbalgefechte liefern kann. Die »Du bist selber doof«-Kategorie nervt mich seit der Grundschule. Ich könnte mich zur Abwechslung mal ein wenig beglückwünschen, das lief wirklich gut. Jetzt sollte mal der Oberarzt um die Ecke biegen, dann würde er eine ganz andere Anfängerin zu sehen kriegen als gestern! Okay. Wenn ich es schaffe, eine Minute die Luft anzuhalten, ist der Nächste, der über den Flur kommt, Dr. Thalheim. Ich lehne mich an die Wand und hole tief Luft. Konzentriert halte ich den Atem an, das wäre doch gelacht. Ich höre meinen Herzschlag – und um mich herum die beruhigenden Krankenhausgeräusche. Ich schließe die Augen. Irgendwo reden Menschen, ein Fahrstuhl summt, das Klappern eines Geschirrwagens, irgendwo läuft ein Fernseher, eine der automatischen Türen surrt. Ich liebe diese Geräuschkulisse. Geschäftigkeit, aber keine Hektik. Besonnene Disziplin. Schritte auf dem Flur.

Ich öffne die Augen und schnappe nach Luft. Was ist?! Das war doch eine Minute! Und dann – jeder, der orakelt, kann meine tiefe Befriedigung nachvollziehen – ist er da. Dr. Thalheim kommt direkt auf mich zu. Ich bin die Orakelkönigin. Heute habe ich gar keine Berührungsängste; ich lächle dem Oberarzt entgegen.

»Und?«, fragt er. »Ging es heute besser?«

Ich starre ihn an. Woher weiß er …? Verdammt, jetzt kapiere ich. Er weiß sehr wohl, wer ich bin. Er weiß von der Auseinandersetzung mit Manuel Ritter; er weiß, dass ich es war, auf die sich die Beschwerde bezog. Wenn ich das geahnt hätte, hätte ich ihn nicht herbeiorakelt! Ich stammle, dass es heute sehr gut lief.

»Der Patient hat mich gestern angeklingelt, wissen Sie?« Ich sehe zu Boden und nicke. War ja klar, dass noch eine Ermahnung kommen musste. Und höchst anständig, dass er das nicht gestern vor allen gemacht hat.

»Er fragte nach der Wahrscheinlichkeit für eine Schädelöffnung.«

Ich weiß, ich weiß, das hätte ich niemals sagen dürfen. Ich könnte in dem gefliesten Boden versinken. Aber immerhin, funkelt ein leiser aufmüpfiger Gedanke in meinem Hirn, hast du Herrn Ritter offenbar echt Angst gemacht. Deshalb bringe ich es fertig, mich nicht zu rechtfertigen, sondern nur zu entschuldigen. Irre ich mich oder wirkt Dr. Thalheim wirklich weniger sauer als belustigt?

»Ich habe ihn diesbezüglich beruhigt«, sagt der Oberarzt, »und hoffe nur, dass Sie heute keine noch drastischeren Operationen angekündigt haben.«

Ich wage endlich aufzusehen und schüttle brav den Kopf.

Dr. Thalheim lächelt. »Wissen Sie, Fräulein Weissenbach, wir drohen hier nicht mit Schädelöffnungen.« Ich nicke wieder. Er wendet sich zum Gehen, dann dreht er sich noch mal um. Und grinst. »Wir machen es einfach.« Perplex sehe ich ihm nach. Was für ein cooler Typ!

Mein Hoch nach dieser Begegnung ist unbeschreiblich. Bis das Fernsehgeräusch wieder in mein Bewusstsein dringt. Es kommt eindeutig aus Zimmer 16. Ich reiße die Tür auf – da liegt Mister »Teddy vergessen« grinsend im Bett und guckt eine bescheuerte Zeichentrickserie! Nicht nur, dass er die Kiste unverfroren wieder eingeschaltet hat; er muss auch noch aufgestanden sein, um sich die Fernbedienung wiederzuholen, die ich auf das Tischchen neben der Tür gelegt hatte! Habe ich denn gar keine Autorität?! Ich funkele den bösesten Strenge-Ärztinnen-Blick. Sein Grinsen schläft ein. Aber er denkt nicht daran, die Glotze abzuschalten. Ruhig gehe ich auf ihn zu und nehme ihm die Fernbedienung aus der Hand – und siehe da, er lässt es geschehen.

»Wenn du gern sechs Wochen hierbleiben möchtest, ist das der richtige Weg«, sage ich gelassen. »Aber ich wäre froh, wenn es etwas schneller ginge. Also lieg jetzt bitte drei Tage still und dann sind wir einander los.« Ich schalte den Fernseher ab und will gehen. Diesmal stecke ich die Fernbedienung in die Kitteltasche, nur zur Sicherheit. Ja, ja, das ging zu leicht.

Ich bin noch nicht an der Tür, als Manuel Ritter sagt: »Spiel dich nicht so auf, Schatz!« Ich fahre herum. Er grinst frech. »Ich weiß, dass du keine Ärztin bist.«

Mir bleibt vor Wut die Luft weg. Geht's noch? Ich habe Jahre um Jahre studiert, die fiesesten Prüfungen abgelegt und mich durch Biochemie und den Präpkurs gezwungen (Ja, mein Lieber! Präparierkurs heißt Leichen sezieren, das machen wir Medizinstudenten nämlich – nur zu unserem Vergnügen!) – um mir jetzt so was anzuhören? Nein, ich habe noch keinen Doktortitel im goldenen Rahmen zum An-die-Wand-Hängen. Aber dass man bei einer Gehirnerschütterung stillliegen muss, weiß jedes Kind! Ich sehe Herrn Ritter direkt in die großen braunen Augen und sage: »Ich kann dich auch fixieren lassen.«

Verdammt, Lena, nicht schon wieder! Wem hast du vor drei Minuten versprochen, dass du heute nicht drohst und dich nicht provozieren lässt?! Wieso bringt dich dieser respektlose Radfahrer immer wieder dazu, so blöde, unüberlegte Dinge zu sagen?! Ein Blick auf Herrn Ritter genügt, um zu erkennen, dass er mir irgendwie glaubt. Er hofft, dass ich wieder nur gnadenlos übertrieben habe – aber er ist sich keineswegs sicher. Ich muss das klarstellen.

»Nur um dir keine schlaflosen Nächte zu bereiten: Fixierungen sind rechtlich ziemlich kompliziert. In der Regel versucht man es bei zurechnungsfähigen, ansprechbaren Patienten erst mal argumentativ und dann mit Sedativa. Also sei einfach vernünftig, dann kriegen wir das schon hin.«

Er grinst wieder. »Wer drohen muss, der kann nix. Sagt man doch, oder?«

Ich mache auf dem Absatz kehrt und gehe. Soll er sich doch in sein Unglück fernsehen. Na ja, die Fernbedienung behalte ich natürlich.

»Vergiss den Idioten!«, rät Jenny beim Mittagessen.

Aber ich mache mir doch ein wenig Sorgen. Sehr professionell war ich nicht. Und sollte man nicht jedem Patienten selbstlos helfen, auch wenn es noch solche Kotzbrocken sind? Meine Freundinnen muntern mich mit ihren eigenen Reinfällen auf. Isa hat fast eine Patientin fallen lassen – sie hat der Frau aus dem Bett geholfen und ihr Gewicht unterschätzt. Isa muss selbst schmunzeln, als sie erzählt, wie sie unter der dicken Dame fast zusammengebrochen ist. Und Jenny musste den halben Vormittag Bettpfannen ausleeren. Isa und ich sind voller Mitgefühl, von solchen Aufgaben war wirklich nie die Rede! Jenny ist stinksauer auf Schwester Klara, die diese unangenehme Arbeit aus purer Bosheit auf Jenny abgeschoben hat, weil sie sich selbst zu fein dafür ist.

Erst nach einer Weile finden wir heraus, dass die Geschichte etwas anders verlief: Tatsächlich sollte Jenny nur EINE Bettpfanne ausleeren und hat sich geweigert. Wir entlocken ihr, dass in ihrer Weigerung die Worte »überqualifiziert« und »Schwesternaufgaben« gefallen sind und Jenny bei Dr. Ross nachgefragt hat, ob Schwester Klara überhaupt weisungsbefugt ist. (Da ich sie schon drei Tage kenne, kann ich mir lebhaft vorstellen, was für einen Aufstand Jenny gemacht hat.) Leider wollte Dr. Ross wohl lieber Jenny opfern, als Streit mit der Stationsschwester zu riskieren – und sprach Schwester Klara das Recht zu, über Jenny zu verfügen. Und daraufhin hat Schwester Klara Jenny ALLE Bettpfannen wechseln lassen.

Jenny kocht immer noch vor Wut und schwört der Stationsschwester einen Kampf auf Leben und Tod. Wir bemitleiden sie ein bisschen und sie beruhigt sich bald. Nur als Isa sanft zu etwas mehr Zurückhaltung anregen möchte, schnaubt Jenny noch mal los. Ich überlege mir unterdessen, dass ich vergleichsweise gut davongekommen bin, und beschließe, nachher noch einmal bei Manuel Ritter vorbeizuschauen. Ist doch nur natürlich, dass der arme Kerl sich zu Tode langweilt.

Schwester Klara hat scheinbar ein ähnliches Temperament wie Jenny. Und auch ihr hat wohl niemand Zurückhaltung empfehlen dürfen. Kaum dass Jenny ihr Schnitzel vom Tablett gehoben hat, stürmt die Stationsschwester an unseren Tisch. Jenny soll die Laborergebnisse abholen gehen.

Jenny protestiert. »Das kostet mich die Mittagspause! Reicht es nicht, dass Sie mir den Vormittag versaut haben?!«

Isa bleibt ob Jennys Frechheit der Mund offen stehen. Jenny greift zur Gabel. Offensichtlich hat sie nicht vor, zu gehorchen. Schwester Klara sieht sie ruhig an. Und dann wiederholt sie ihre Aufforderung in einer Lautstärke, dass mir die Ohren dröhnen. Stille breitet sich in der Cafeteria aus – alle, wirklich alle, sehen zu unserem Tisch herüber. Ich könnte im Boden versinken und sehe Isa blutrot anlaufen. Und siehe da: Jenny gibt sich geschlagen. Sie steht auf und verlässt die Cafeteria. Sie geht aufreizend langsam – aber sie geht. Erst als die Tür hinter ihr zufällt und nach einer unendlich scheinenden Stille die Gespräche wieder einsetzen, wage ich auch wieder zu atmen. Schwester Klara tritt zu dem Blauhaarigen an den Tresen und lässt sich ihr Essen aushändigen, als sei nichts gewesen. Und dann kommt sie mit ihrem Tablett noch einmal an unserem Tisch vorbei, wirft einen zufriedenen Blick auf Jennys verlassenen Teller und flötet: »Tja Mädels. Das Leben ist eines der härtesten!«

6

Es gibt nichts Entspannenderes als Schokolade und Frauengespräche. Am Abend hocken Isa und ich in ihrem gemütlichen Zimmer und werten den Tag aus. Jenny ist unterwegs, sie hat ein Date. Nachdem sie eine Stunde im Bad verbracht hat, ist sie in einem knallblauen Fummel und einer Haarspraywolke davongeschwebt. Sie scheint den Ärger des Tages schon völlig überwunden zu haben. Isa und ich aber müssen uns noch ein bisschen über den Arbeitstag austauschen – und über Jenny. Ja, ja, die Analyse abwesender Personen ist offiziell natürlich verpönt. Tatsächlich aber schweißt nichts mehr zusammen, als zu zweit die unbegreiflichen Eigenheiten eines Dritten zu erörtern. Doch Isa ist wirklich keine Klatschtante und auch ich bin viel zu fasziniert von Jenny – unser Austausch ist also keine Lästerei, sondern nur der Versuch, gemeinsam das Phänomen Jenny zu begreifen. Isa sorgt sich, dass unsere kesse Mitbewohnerin mit ihrer aufbrausenden Art noch böse Schwierigkeiten bekommen wird. Und nicht zuletzt war es heute Isa, die Jennys schlechte Laune ausbaden musste.

Wir rekapitulieren den nervenzehrenden Nachmittag. Natürlich kam Jenny nach ihrer Extraaufgabe zu spät zur Visite – und in einer Mordslaune. Sie stapfte regelrecht brodelnd hinter unserer Gruppe her. Aus Angst, Jenny könnte vor Dr. Ross explodieren, sprach die arme Isa unentwegt beruhigend auf die wütende Freundin ein. Mit dem Ergebnis, dass Dr. Ross Isa wegen mangelnder Aufmerksamkeit zurechtwies und Jenny ihr unumwunden zu verstehen gab, dass Isa ihr auf die Nerven ging. Es scheint das undankbare Los unseres Häschens zu sein, immer im besten Bemühen zwischen alle Fronten zu geraten.

Ich tröste Isa mithilfe der Prosecco-Reste unserer Party und der wiederholten Versicherung, dass Dr. Ross sie jetzt bestimmt nicht auf dem Kieker hat.

»Du hast leicht reden«, hält Isa verdrießlich dagegen. »Deine Visite lief ja prima!«

Tatsächlich wurde ich zweimal zu Diagnosen aufgefordert und identifizierte korrekt eine Gallenkolik und eine Magenschleimhautentzündung. Ich muss Isa an die Begegnung im Zimmer 16 erinnern, um ihren Neid zu dämpfen. Manuel Ritter hat sich wieder großartig aufgespielt. Auf die Frage, wie es ihm gehe, antwortete er, er langweile sich. Dr. Ross bedauerte, dass er nicht lesen oder fernsehen dürfte. Ich warf Manuel einen triumphierenden Blick zu: Von wegen Schikane! Aber Herr Ritter ignorierte mich geflissentlich, lächelte stattdessen eine der älteren PJlerinnen an und erklärte, er lenke sich mit Zaubertricks ab. Die Ältere, eine Discoschönheit namens Marie-Luise, verlangte mit übertriebenem Augenaufschlag eine Kostprobe. Sollte man meinen, Dr. Ross würde solch albernem Geflirte Einhalt gebieten? Ich dachte schon! Aber sie tat nichts dergleichen und Manuel Ritter lieferte eine saublöde Show: Er schwenkte die Hände, murmelte einen Spruch à la »Fernbedienung verschwindibius« – und raunte wie ein billiger Jahrmarktsmagier, er habe seine Fernbedienung in meine Tasche gezaubert. Natürlich war sie dort, ich hatte das Teil ja seit der Auseinandersetzung vor dem Mittagessen in der Kitteltasche. Und die alberne Marie-Luise griff unaufgefordert in meine Tasche und zog beifallflötend die Fernbedienung heraus. Applaus, alle waren begeistert von dem idiotischen Scherz und ich wieder die Blamierte. Marie-Luises Gekicher bringt mich jetzt noch auf die Palme. Zu allem Überfluss hat sie Manuels Hände getätschelt, als sie ihm das blöde Gerät zurückgab – und neckisch gedroht, es nicht zu benutzen, wenn er seinen niedlichen Kopf nicht ruinieren wolle. Ich

WEISS, dass er gut aussieht. Aber muss man ihm deswegen dermaßen Zucker geben?! Ich bin immer noch sauer auf ihn, die dämliche Marie-Luise und Dr. Ross, die solche Albernheiten in der Visite nicht mit einem Wort gebremst hat. Wenigstens Isa ist auf meiner Seite und hat Verständnis, dass ich mich verhöhnt fühle. Und als sie mir jetzt das letzte Stück Schokolade rüberschiebt, kann ich endlich ein bisschen drüberstehen. Aber mein Lieblingspatient wird dieser Typ garantiert nicht.

Isa hat bereits eine Lieblingspatientin: Ein junges Mädchen, das mit einer Pankreasruptur auf unserer Station liegt. Diesen Riss der Bauchspeicheldrüse hat sie sich bei einem Reitunfall zugezogen; trotzdem erzählt sie Isa jeden Tag, wie sehr sie ihr Pferd vermisst und sich darauf freut, wieder reiten zu dürfen. Ich bin erstaunt – wann hat Isa Zeit, mit den Patienten zu plaudern? – und nehme mir fest vor, mir morgen auch mal Zeit für MEINE liebste Patientin zu nehmen, statt immer nur mit meinem Fahrradunfall-Patienten zu kämpfen. Denn die alte Frau Klein scheint ebenfalls ein wenig einsam zu sein, auch wenn sie es nicht auf die aufdringliche Manuel-Ritter-Art kundtut. Hat sie überhaupt schon mal Besuch bekommen, seit ich sie aufgenommen habe? Ich muss wirklich aufmerksamer werden …

Es ist richtig schön, mit Isa zu quatschen; wir lagern auf ihrem Bett und futtern auch noch die Chipsreste auf. Isas Zimmer ist urgemütlich. Auf dem Schreibtisch stapeln sich zwar so viele Fachbücher, dass ich sofort ein schlechtes Gewissen bekomme – aber in den Regalen ringsum findet sich auch meterweise schöne Literatur und ich entdecke viele meiner eigenen Lieblingsbücher. Ich bestaune Isas wunderschöne Sesselbezüge, die farblich genau zum flauschigen Teppich passen – und erst als ich zweimal nachgefragt habe, erklärt Isa bescheiden, sie habe sie selbst genäht. Ich bin sprachlos vor Bewunderung, mein erster und einziger ehrgeiziger Übergriff auf Mamas Nähmaschine endete mit einem solchen Garnsalat, dass ich der guten Maschine einen teuren Werkstattaufenthalt finanzieren musste …

Gerade als wir auch die letzten Sushi-Teile von gestern auf das

Bett geschleppt und uns völlig der gemütlichen Plauderstimmung ergeben haben, klingelt es. Vor der Tür steht Tom, der nette, schlaksige Soziologiestudent und abgelegte Ex von Jenny.

Wir erklären Tom, dass Jenny ausgegangen ist, und ich will die Tür schon wieder schließen – als er schüchtern lächelt und sagt, er komme nicht, um Jenny zu besuchen, sondern um die Waschmaschine anzuschließen. Jenny hat ihm gesagt, dass sie ausgeht, aber dass WIR zu Hause sind und ihm zeigen, was zu tun ist.

Isa und ich sind sprachlos. Ist das Masochismus? Oder ist Tom einfach unheimlich nett? Wir genieren uns beide, als er patent ins Bad spaziert, seine Werkzeugtasche auspackt und erklärt, dass er das Gerät schon gestern angeschlossen hätte, wenn nicht dieses unverzichtbare Zwischenstück gefehlt hätte, das er heute erst im Baumarkt besorgen musste. Isa und ich wechseln verlegene Blicke, doch Tom kniet schon vor den Badrohren und breitet sein Werkzeug auf dem Fußboden aus.

Geflüsterte Beratung im Flur. »Das kann man nicht annehmen!«, findet Isa. Aber Tom ist ja schon mitten in der Arbeit … Und irgendwann muss die Maschine doch angeschlossen werden. Wir beschließen, uns nett und dankbar zu zeigen und Tom einfach machen zu lassen. Wenn ER es okay findet, dass Jenny ihn zum Arbeitseinsatz bestellt, ohne selbst anwesend zu sein, dann sollten WIR ihn vielleicht nicht auf die Idee bringen, dass das eigentlich etwas unverschämt ist!

Wir bemühen uns, die Peinlichkeit zu überspielen, leisten Tom im Bad Gesellschaft und unterhalten ihn, so gut wir können. Wir sind beide etwas verkrampft, denn wir haben das Gefühl, auch was arbeiten zu müssen, während er mit dem uralten Anschluss kämpft. Weil es im Bad aber eigentlich nichts zu tun gibt, falten wir Handtücher und kommen uns albern vor. Tom scheint sich aus der seltsamen Situation gar nichts zu machen, er redet locker über sein Studium und fragt uns nach dem PJ aus. Und Isa, die eigentlich so Schüchterne, plaudert zwanglos über Tübingen und ihr Zuhause. Sie hat sich für das PJ in Berlin beworben, um endlich bei ihren Eltern auszuziehen. Doch schon gestern hat sie das erste Mal Angst vor der eigenen Courage bekommen und sich nach der behaglichen Kleinstadt gesehnt. Ich bin überrascht, dass die scheue Isa sich so freimütig einem Fremden anvertraut – vielleicht eine Überdosis Chips und Schoki? Als wir in der Küche untersuchen, ob wir irgendwelche Partyreste übersehen haben, die wir dem fleißigen Tom anbieten könnten, kann ich nicht an mich halten und mache eine Anspielung auf Isas plötzliche Aufgeschlossenheit. Isa lächelt. Und gesteht mit rotem Kopf, dass ihr Tom so leidtut, dass sie gar nicht auf die Idee gekommen ist, sie könnte ihn langweilen oder sich blamieren.

»Weißt du«, sagt sie verlegen, »der kommt mir noch viel bemitleidenswerter vor als ich …«

Ich muss grinsen. Es stimmt schon, Tom wird von Jenny ziemlich ruppig behandelt. Aber als wir später bei den allerletzten Partyresten in der Küche sitzen, während die Waschmaschine behaglich einen Probelauf rumpelt, wirkt Tom gar nicht wie ein bemitleidenswerter, ausgenutzter Exfreund. Er erzählt von seiner Diplomarbeit und seinem Hobby – er spielt Fußball. Nur Jenny erwähnt er nicht. Isa und ich vermeiden das Thema daher ebenfalls, obwohl wir gerne etwas über die abrupt beendete Beziehung hören würden. Ich wüsste zu gern, ob es stimmt, was mir Jennys Freundinnen auf der Party gesteckt haben: Dass Tom immer noch unsterblich verliebt ist und versucht, Jenny mit allen Mitteln zurückzugewinnen. Ist er deshalb heute hier, um sich unentbehrlich zu machen und seine Unkompliziertheit zu beweisen? Sitzt er immer noch in unserer Küche, weil er hofft, sie zu sehen?

Irgendwann schaue ich zur Uhr und sage beiläufig: »Jetzt kommt Jenny sicher auch bald …« Böse Lena. Aber ich bin eben neugierig. Und, ja, ich hätte auch gern so einen bescheidenen und aufopferungsvollen Verehrer … Auch wenn meiner lieber mit Rosen vor der Tür stehen sollte als mit einem Waschmaschinenanschluss-Adapter. Mein Test geht nach hinten los. Tom tut erschrocken über die verplauderte Zeit und verabschiedet sich. Hat er Angst, dass Jenny ihr Date mit heimbringt? Oder fährt er eine langsamere Strategie à la »Ich bin unentbehrlich, aber ich dränge mich nicht auf, bis sie es selbst erkennt«? Wie dem auch sei, er geht. Isa und ich bedanken uns noch mal artig – und besprechen nach seinem Abgang hemmungslos alle Möglichkeiten. Isa findet meine Vermutung überzeugend. Tom weiß, dass er Jenny das Gefühl geben muss, nicht mehr an ihr zu hängen, damit sie sich wieder interessiert. Wir beschließen, den armen Jungen zu unterstützen, indem wir Jenny gegenüber Toms Freundlichkeit hervorheben.

Doch als Jenny heimkommt, wirft sie nur einen kurzen Blick ins Bad und sagt »Na also!«. Unser übertriebenes Loblied auf Tom lächelt sie mit der Bemerkung hinweg, er sei eben ein zuverlässiger Geselle. Die nächste halbe Stunde schwärmt sie von dem englischen DJ, mit dem sie aus war. Unser Mitleid für den braven Tom steigt ins Unermessliche. Aber dass er mit einem Londoner DJ mit Dachgeschosswohnung und der aufregenden Mischung aus kühnem Draufgängercharme und britischen Manieren mithalten könnte, glaubt nicht mal die edelmütige Isa.

»Das nächste Mal müsst ihr unbedingt mit!«, grinst Jenny. »Nichts entspannt besser vom PJ als ein Abend mit flotten Jungs.«

7

Der nächste Arbeitstag, die nächste Herausforderung. Nach einem behaglichen Sonntag, an dem wir letzte Hand an unsere Einrichtung gelegt haben, ich die alten Lübecker Freundinnen telefonisch mit meinen Berlin-Erlebnissen und meine neuen Berliner Mädels kulinarisch mit Mamas Kokossuppe begeistert habe, fühle ich mich erholt und gewappnet. Die neue Woche kann kommen. Aber – wie sollte es anders sein – die nächste Überraschung bleckt schon ihre Zähne.

Der Montagmorgen beginnt mit der üblichen Blutabnahme-Pilgerfahrt – und ich wundere mich eigentlich erst, als ich den Wagen losschiebe, warum Schwester Klara heute so breit gelächelt hat. Freundlich? Überfreundlich! Irgendwie unangenehm. Habe ich etwas vergessen? Ich überprüfe den Wagen, zähle die Schälchen durch, kann keinen Fehler finden. Wer weiß, was in ihrem perfiden Hirn vorgeht … Ernsthaft misstrauisch werde ich erst, als ich Zeuge werde, wie die blöde Marie-Luise mit einem Buch in der Damentoilette verschwindet. Mit einem Lehrbuch. Irritiert schiebe ich den Wagen weiter. Hat Marie-Luise heute irgendeine Prüfung? Beim dritten Patienten geht mir auf, was nicht stimmt: Ich bin ganz alleine unterwegs! Wo ist der bebrillte Streber, der mir sonst immer mit seinem Wagen auf dem Flur entgegengrinst?! Warum kommt kein anderer PJler über die Station geschoben? Meine Erleichterung ist riesig, als ich Isa entdecke, die am anderen Ende des Stationsflurs ihren Kanülenwagen bestückt. Ihr ist noch nicht aufgefallen, dass wir hier heute allein sind. Doch das ist auch nicht gerade ein gutes Zeichen. Ratlos stehen wir mit den Wagen vor dem Waschraum und ich will gerade von Marie-Luise und ihrem Buch erzählen, als sich die Tür öffnet, wir unsanft am Ärmel gepackt werden und uns jemand eilig in den Toilettenvorraum zerrt.

»Was macht ihr denn noch hier?!« Perplex stehen wir Jenny gegenüber, die sich heute besonders aufgemotzt hat – ihre Haare knistern geradezu – und mir aufgeregt ein abgegriffenes Lehrbuch in die Hand drückt. »Hat euch keiner Bescheid gesagt?!«

Verwirrt sehen wir uns um. Die Damentoilette ist voll eifriger PJlerinnen, die Haare kämmen, Kittel glatt ziehen und hektisch in den Lehrbüchern blättern, die überall auf Waschbeckenrändern und Spiegelbords ausgebreitet sind.

»Achalasie«, flüstert ein Mädchen und blättert ängstlich durch ihr Buch, »Gastritis ... Hepatitis ...«

»Was ist noch mal zystische Fibrose?!«, fragt eine andere panisch. »Wenn er mich das fragt, bin ich geliefert!«

Isa und ich wechseln einen entsetzten Blick. Prüfung? Gibt es eine Prüfung? Jetzt schon? Warum hat uns keiner was gesagt?! Jenny toupiert ihr Haar und fuchtelt in Richtung Lehrbuch.

»Zieht euch schnell noch ein bisschen Wissen rein. Ich hab's gewusst, aber irgendwie vergessen. Ich hatte ja keine Ahnung, dass euch keiner Bescheid gegeben hat.«

Mir reicht es. Ich packe Jenny am Kittelarm und sehe ihr fest in die Augen. »Was zur Hölle ist los?!«

Jenny lächelt gequält. »Chefarztvisite. Jetzt.«

Alles Jammern ist vergebens. Die Frage, warum eine so wichtige Information an mir vorbeigegangen ist, muss aufgeschoben werden. Auch die Reue über den verplapperten Sonntag, an dem wir alles, alles hätten lernen können, ist müßig. Jetzt heißt es nur noch schnell sein. Inmitten der hektischen Betriebsamkeit versuche ich wahllos, mir allen noch erreichbaren Lehrstoff staubsaugerähnlich ins Gehirn zu ziehen. Für die Kriegsbemalung, an die alle anderen eilig letzte Hand anlegen, habe ich keine Zeit mehr.

»Acht Uhr!«, ruft ein Mädchen – und wie durch Zauberhand verschwinden die Bücher und alle PJlerinnen rauschen aus dem Vorraum. Mir bleibt ein letzter Blick in den Spiegel. Rote Flecken auf den Wangen und eine völlig zerraufte Frisur. Alles an mir schreit: Nicht vorbereitet!

Man sollte nicht glauben, dass die Riege, die hier adrett auf dem Flur Aufstellung genommen hat, aus denselben panischen Hühnern besteht, die eben im Bad noch alle durcheinander schnapp-atmeten. Auch die männlichen PJler wirken zurechtgemacht und selbstsicher. In Reih und Glied stehen wir als braves Regiment auf dem Gang und strahlen Kompetenz und Respekt aus. Und ich mittendrin … Man sollte auch nicht für möglich halten, dass der jovial lächelnde Mann, der jetzt über den Gang auf uns zukommt, dieses ganze Chaos ausgelöst hat. Dr. Dr. Friedrich Kreuz wünscht guten Morgen und nimmt die Parade mit einem zufriedenen Kopfnicken ab. Er wirkt wie ein netter Opi – muss man seinetwegen wirklich solche Panik machen?

Isas schweißnasse Hand schiebt sich ängstlich in meine. Ich lächle ihr zu. Das schaffen wir schon. Und dann lasse ich sie lieber los – falls uns der Chefarzt die Hand geben will, möchte ich keinen ganz so verschmierten Händedruck abliefern. Eine Sekunde später entdecke ich hinter Dr. Dr. Kreuz ein bekanntes Gesicht. Dr. Thalheim. Und jetzt bin ich es, die wieder nach Isas Hand greift. Mein völlig unangemessenes Selbstbewusstsein verschwindet so abrupt, wie es gekommen ist. Steh mir bei – wenn der mich etwas fragt, sind doch wieder alle Peinlichkeiten der Welt vorprogrammiert!

Die Chefarztvisite ist etwas ganz anderes als der gemächliche Rundgang mit Dr. Ross, die gerecht reihum ihre Fragen stellt und falsche Antworten mit flotten Sprüchen à la »Na, gut, dass Sie noch nicht allein behandeln dürfen« quittiert. Dr. Dr. Kreuz hat etwas Monarchisches an sich. Er tritt ans Krankenbett, lässt sich die Akte reichen und befragt den Patienten so hoheitsvoll, dass die meisten brav beteuern, es gehe ihnen viel besser. Hier traut sich kein Patient wie bei Dr. Ross über das Essen zu nörgeln oder ihn mit unnötigen privaten Informationen aufzuhalten. Dr. Kreuz nimmt sich für alle dieselbe Zeit, lächelt und wünscht gute Besserung. Und dann – ganz plötzlich – dreht er sich zu uns um und streckt den Zeigefinger gegen einen der PJler aus. »Vaskulitis.« Der Bezeigte rattert Symptome, Diagnosemöglichkeiten und Therapien herunter. Dr. Kreuz nickt, lächelt und zeigt blitzschnell auf den nächsten. »Hypertonie!« Während der eben Befragte sich heimlich den Schweiß von der Stirn wischt, rapportiert der nächste bezeigte PJler. Es ist wie ein Quiz, es geht um richtige Antworten ebenso wie um Schnelligkeit und die Kandidaten versuchen einander zu übertrumpfen.

Ich habe nur Augen für Dr. Thalheim. Er hat noch nicht ein Wort gesagt, steht nur am Ende unserer Reihe und guckt. Macht der hier auch irgendwas – oder nur Eindruck? Er hat noch keinen Patienten angesprochen, keine Akte in die Hand genommen. Ist er nur hier, um uns zu beobachten? MICH? Ich versuche, ihn unauffällig im Auge zu behalten und meine aufkommende Verunsicherung zu unterdrücken … als plötzlich der Chefarztfinger vor meinem Gesicht hängen bleibt.

Was hat er gefragt? Ich hab's verpasst! Typisch! Myokardinfarkt? Nein, kürzer. Myokarditis? Dr. Thalheim schmunzelt. ALLE, ALLE haben richtig geantwortet. Und ich hab den Oberarzt angestarrt und meinen Einsatz verpasst! Im Bruchteil einer Sekunde entscheide ich mich. Ein kurzes Wort mit Myokard. Myokarditis. Ich plappere einfach drauflos. Herzmuskelentzündung. Oft Viren, ein vorausgegangener Infekt. Nicht leicht zu diagnostizieren. Kardiologische Untersuchung, Krankengeschichte beachten. Blutuntersuchungen, EKG, Echokardiografie. Mit einer Myokardbiopsie kann man die Diagnose sichern. Bevor ich zu den Therapien kommen kann, nickt Dr. Kreuz und zeigt auf den Nächsten. »Plasmozytom.« Ich verstumme. Geschafft? Das soll es gewesen sein? Ich kann es nicht fassen. Ich bin noch mal davongekommen! Von nun an verschwende ich keinen Gedanken mehr an den rätselhaft lächelnden Thalheim, das schwöre ich mir. Ich sehe nicht mal mehr hin!

Ich bin die Aufmerksamkeit in Person. Falls Dr. Dr. Kreuz mich noch einmal mit seinem Finger bezeigt, muss ich nicht wieder Blut und Wasser schwitzen. Denn nach dieser Schrecksekunde sind meine Hände derart zittrig – bei einem neuen Schock solcher Größenordnung würde mein Zitteranfall wohl den Linoleum-Fußboden zum Beben bringen. (Berlin. Das St. Anna-Krankenhaus musste heute wegen eines unerwarteten Erdstoßes evakuiert werden.) Doch ich bin tatsächlich davongekommen. Obwohl ich von nun an vorbildlich mitdenke und mir alle Antworten im Kopf zurechtlege, werde ich nicht mehr gefragt. Schade. Denn vorbildlich mitdenken bringt keine Punkte. Merkt ja keiner.

Isa hingegen erwischt es knüppeldick. Als zum ersten Mal der Chefarztfinger auf sie zeigt, wird sie rot. Dann blass. Dann wieder rot. Sie bringt kein Wort heraus. Nicht, dass sie nicht aufgepasst hätte. Sie kann die Frage (»Äh – Hepatitis …«) wiederholen. Aber dann stockt sie. Gut, es ist nicht leicht – bei Hepatitis gibt es fünf verschiedene Virentypen, die sie jetzt aufzählen müsste. Aber vor 15 Minuten, in der hektischen Last-Minute-Damenklo-Vorbereitung, hat eine der PJlerinnen genau das referiert. Sag doch was!

Es kommt nichts. Isa sieht zu Boden. Entschuldigt sich. Dr. Kreuz zieht die Augenbrauen hoch und zeigt auf – Marie-Luise. Ausgerechnet. Die weiß es natürlich und gönnt sich die überflüssige Bemerkung, Hepatitis sei für eine Anfängerin in der ersten Woche wohl zu kompliziert. Der Chefarzt lässt ihr das durchgehen, Marie-Luise antwortet richtig, sonnt sich – und Isa wird sichtbare 10 Zentimeter kleiner. Dann ist sie Mode. Bei gefühlt jeder zweiten Frage landet der Chefarztfinger vor ihrem Gesicht. Isa kann nicht eine einzige beantworten. Aneurysma. Lymphangitis. Chronische Bronchitis. Isa wird abwechselnd krebsrot und leichenblass – und schweigt. Mann, Isa! Bronchitis! NATÜRLICH weißt du das! Abhören der Atemwege, Blutuntersuchung, Bildgebung der Lunge. Ganz einfach. Isa wirkt den Tränen nah. Völlige Blockade.

Ich murmele: »Blut, Lunge, Röntgen.« Zack, zeigt der Finger wieder auf mich.

»Sie!« Gott sei Dank, denke ich und will Isa erlösen, indem ich selbst schnell Diagnose und Therapie aufsage. Doch der Chefarzt schüttelt den Kopf. »Sie – sind mal ganz still!« Ich schweige erschrocken. Fehlanzeige. Und dann passiert es. Eine einsame kleine Träne tropft vor Isa auf den Fußboden.

Die Mittagspause ist ein Trauerspiel. Isa sitzt auf der Damentoilette und weint sich die Augen aus dem Kopf. Unmöglich traut sie sich noch mal irgendwohin, wo sie dem Chefarzt unter die Augen kommen könnte. Oder Dr. Thalheim. Oder Marie-Luise. Schließlich gehe ich allein in die Cafeteria, um uns wenigstens eine Notverpflegung zu organisieren. Der blauhaarige Junge trägt heute unter der Kochschürze eine grellgelbe Lederhose. An jedem anderen Tag hätte ich mich über diesen Mode-Fauxpas köstlich amüsiert. Heute habe ich andere Sorgen. Der Blauhaarige hat wenigstens Mitgefühl; er stellt mir eine Kanne Tee auf das Tablett und erklärt, weißer Tee könne Trost spenden und Ruhe schenken. Dieser Tee gehört nicht zum Cafeteria-Angebot, er stammt aus seinem Privatvorrat. Aber für Notfälle wie Isa gibt es nichts Besseres. Keine Ahnung, woher er von Isas Desaster weiß. Ich danke ihm, bringe Isa den Tröstertee und teile mir mit Jenny im Klovorraum eine Rolle Kekse, weil wir unsere leidende Freundin nicht allein lassen wollen.

Irgendwann schaut die mürrische Schwester Klara in die Toilette. Jenny soll die Laborbefunde holen. Jetzt. Mit einem trockenen Klapp fällt die Tür ins Schloss, ehe Jenny protestieren kann. Jenny sagt nur dreimal »die kann mich mal«, nimmt noch zweimal einen letzten Keks und adressiert einen letzten Aufmunterungsspruch an Isa – dann geht sie, um der unbequemen Aufgabe nachzukommen. Die Mittagspause ist eh verdorben und wir sind alle heute etwas demütiger geworden durch Isas Pech. Ich verfüttere die letzten Kekse an Isa und höre mir an, dass sie NIE, NIE wieder aus diesem Klo rauskommt. Ich bleibe bei ihr, bis die Mittagspause doppelt überzogen ist und mich das schlechte Gewissen den Patienten gegenüber förmlich mit Fangzähnen beißt. Seit heute habe ich also eine innige Beziehung zu den Krankenhausdamentoiletten.

Den Nachmittag verbringe ich wie im Zeitraffer. Isa ist endlich wieder aus dem Rückzugsklo aufgetaucht und schiebt hektisch ihren Wagen durch die Gänge, immer auf der Flucht vor den Ärzten. Ich versuche, ihr regelmäßig zu begegnen und aufmunternde Dinge zu sagen und gleichzeitig mein Pensum vom Vormittag aufzuholen. Erst gegen Abend finde ich Zeit, mein Vorhaben in die Tat umzusetzen und mich endlich einmal der alten Frau Klein zu widmen. Als ich mich an ihr Bett setze, lächelt sie und nimmt meine Hand. Ich bin gerührt, dass sie sich so freut, mich zu sehen. Frau Klein hat Brustschmerzen, Husten und Fieber – und die Antibiotika machen ihr zu schaffen. Doch kaum hat sie ihre Beschwerden abgehakt, fragt sie, wie es MIR denn gehe. Ich erzähle von der Chefarztvisite – und ehe ich mich versehe, sind wir mitten im Gespräch. Frau Klein war früher Lehrerin und lächelt, als ich den Chefarztfinger nachmache. Diese Fragestrategie soll bewirken, dass alle Schüler dem Unterricht folgen – sozusagen der göttliche Finger, der einen jederzeit treffen kann.

Frau Klein schmunzelt. »Er sichert damit seine Autorität … und erspart sich die Mühe, Ihre Namen zu lernen.«

Ich lächle. Klar waren wir alle eingeschüchtert. Wie schön zu hören, dass wir nur einer simplen Psycho-Strategie folgen. Frau Klein erzählt von der Schule. Von ihren Schülern, wilden und feinsinnigen, aufmüpfigen und ehrgeizigen.

»Ich konnte sie alle einordnen«, sagt sie ein wenig sehnsüchtig. »In jeder neuen Klasse wusste ich nach zwei Tagen, wer der Clown sein und wer Schulsprecher werden wollte.« Frau Kleins Stimme kiekst. Einmal haben ihre Schüler sie im Vorbereitungsraum eingeschlossen, um eine Klassenarbeit zu verhindern. Frau Klein ist aus dem Fenster gestiegen und hat sich einen schönen Vormittag gemacht. Vorher aber hat sie das Skelett des Biologieunterrichts so über die Tür gehängt, dass es den Schülern, als die sie endlich befreien wollten, mitten in die Gesichter sprang. Frau Klein lacht. Sie hat ihre Schüler fast alle gerngehabt, 40 Jahre lang. Eigene Kinder hat sie nicht. Jetzt lebt sie allein mit zwei Katzen.

Irgendwann schaut Dr. Thalheim zu uns herein. Er lächelt, als er sagt, dass Frau Klein jetzt schlafen sollte. Erschrocken schaue ich zur Uhr, es ist fast neun. Ich verabschiede mich eilig. Meine Freundinnen müssen ja denken, ich bin verloren gegangen! Auf dem Klinikvorplatz überholt mich Dr. Thalheim und wünscht mir einen schönen Abend. Ohne den Kittel sieht er noch besser aus, seine dunkelgrüne Sportjacke passt perfekt zu seinen Haaren. Er lächelt mir zu, als er in seinen blitzenden VW steigt – und einen winzigen Moment erlaube ich mir den Gedanken, er würde mich nach Hause fahren. Frag! Frag mich, wo ich hinmuss! Es ist bestimmt kein großer Umweg!

Aber er fragt nicht, winkt nur kurz und braust davon. Na gut, Lena, du wirst die S-Bahn schon finden. Während ich ihm nachsehe, werde ich fast von einem Fahrradkurier über den Haufen gefahren.

»Keene Augen im Kopf?«, prollt der Radraser mich an. Ich lächle. Komisch. An Manuel habe ich den ganzen Tag nicht gedacht.

Auf dem S-Bahnhof mustert mich eine junge Frau eingehend von Kopf bis Fuß. Stimmt was nicht? Ich schaue unauffällig prüfend an mir herunter, als sie ihren Begleiter angrinst und sagt: »Look, Joe, Berlin girls do wear sneakers.«

Ha! Ob sie meine uralten Turnschuhe gerade geadelt oder verspottet hat, ist mir ganz egal. Was in meinen Ohren klingt, ist »Berlin girls«. Ich bin noch keine Woche in der Stadt. Kann es sein, dass ich »es« wirklich schon habe? Ja, ich weiß. Ich fahre nach einem langen Kliniktag nach Hause – natürlich sehe ich nicht wie eine Touristin aus. Ich wohne hier. Ich arbeite hier. Aber diese Bezeichnung ist irgendwie noch was anderes. »Berlin girls« sind Mädchen wie Jenny und ihre coolen Freundinnen. Und jetzt ich. Ich fühle mich so geschmeichelt, dass ich wohl einen Moment zu lange hinschaue. Denn die Frau lächelt mich plötzlich an und fragt nach dem Weg zu »the wall«. Hm. Mein Englisch ist theoretisch perfekt – bis es spontan gefragt ist. Schlimmer als mein Gestotter ist aber die Tatsache, dass ich den Weg nicht mal im Deutschen erklären könnte. Ich weiß ihn schlicht nicht. Tja, Lena, jetzt heißt es dazu stehen. Du bist eben »Lübeck girl«. Ich hole Luft, um mir und der jungen Lady eine schöne Illusion zu zerstören. Und dann zeige ich geradeaus und links und sage »You can't miss it«. Die Frau bedankt sich, die beiden schlendern davon. Und ich steige feige in die nächste Bahn, obwohl es gar nicht meine Linie ist. Ich konnte es einfach nicht. »Berlin girl« kostet das Paar vielleicht einen schönen Abend. Aber SO schön ist es an der Mauer nun auch nicht.

Zu Hause hat Isa ihren Frust in Produktivität verwandelt; akribisch arbeitet sie alle Chefarzt-Fragen nach. Jenny ist bei ihrem DJ und in der Küche herrscht Chaos. Wenigstens hat jemand die Arbeitsplatte neben der Spüle angeschraubt. Ich erbarme mich, spüle das Geschirr und schmiere Isa ein Brot. Als sie mich bittet, sie abzufragen, mache ich den Chefarztfinger nach und weihe sie in Frau Kleins Geheimnisse der Psychologie von Fragetechniken ein. Endlich lächelt Isa wieder. Um sie noch glücklicher zu stimmen, lobe ich überschwänglich ihren handwerklichen Einsatz um unsere Arbeitsplatte. Doch das war nicht Isa. Das war Tom. Die Frage, warum er heute schon wieder hier war und ob man Jenny mal seinetwegen den Kopf waschen müsste, vertage ich. Ich muss dringend ins Bett. Wer weiß, was morgen wieder für Herausforderungen auf uns warten.

8

Mein Opa hatte recht: Im Leben kriegt man nichts geschenkt. Es war nicht ganz einfach, Isa heute Morgen davon zu überzeugen, wieder kämpferisch und mit neuem Mut an die Arbeit zu gehen. Doch auch Jenny und mir wurde heute einiges abverlangt.

Einer meiner ersten Wege führte ins Zimmer 16. Manuel erlaubte sich ein paar Sprüche zum Thema Einsamkeit und was Frauen dagegen tun können. Vor allem Frauen, die – muss ich es extra erwähnen? – gar keine Ärztinnen sind und sich deswegen auch nicht so aufspielen sollten und lieber mal mit einem einsamen Patienten Schach spielen könnten. Pah, als ob der Schach spielen könnte! Aber ich bin ehrlich gesagt auch nicht die Beste im Schach und würde es deshalb lieber nicht darauf ankommen lassen. Moment, was rede ich?! Ich BIN Ärztin! Ich hab keine Zeit, Schach zu spielen! Dieser Blödmann bringt mich völlig durcheinander.

»Wie lange muss ich eigentlich noch bleiben?«, fragt Manuel.

Ich schätze, höchstens ein paar Tage. Schädelbruch oder Gehirnblutungen wurden ausgeschlossen. Wenn seine Verwirrung nicht wieder zunimmt und keine Kopfschmerzen, Übelkeit oder Schwindel mehr auftreten, sollte er bald entlassen werden. Manuel wird still, nickt, sieht zur Decke. Was denn?! Tut es dir leid, dass du mich bald nicht mehr schikanieren kannst?

Um ihn wieder aufzumuntern, schlage ich vor, dass wir uns ja mal draußen treffen können. Zum Fernsehen. »Dann komme ich auch ohne Kittel, damit du dich nicht so eingeschüchtert fühlen musst.«

Manuel schweigt. Mann, das war eine Steilvorlage – sag doch was Dummes! Nichts kommt. Offenbar habe ich mein Aufmunterungstalent heute Morgen bei Isa völlig ausgeschöpft.

In der Mittagspause ist die Stimmung mies, Jenny rauscht an unseren Tisch, vernichtet hastig einen Berg Pommes und verschwindet. Klar, sie muss die Laborergebnisse abholen! Dass sie das nun regelmäßig die Mittagspause kostet, bringt sie extrem auf die Palme. Doch vor den Augen aller Ärzte wagt sie es nicht noch einmal, gegen Kommandoschwester Klara aufzubegehren. Isa sitzt still am Tisch und blättert in einem Lehrbuch. Was für ein vergnügter Haufen! Nur der Blauhaarige am Kantinentresen ist ein Lichtblick. Nachdem er mir einen grünen Tee verordnet hat, um meine offensichtlich gedrückte Laune zu beflügeln, kommen wir ins Plaudern. Er heißt Ruben, stammt aus den Niederlanden und ist gelernter Koch. Wenn ich es richtig sehe, trägt er heute unter der Schürze einen Rock. Schwul? Na, mir soll es recht sein, ich finde ihn großartig.

»Vorsicht«, sagt Ruben, »ich kann sehen, was du denkst.«

Was?! Ich erstarre.

Er grinst. »Ob ich schwul bin.«

Ich schüttle den Kopf. Mann, Lena, geht's noch peinlicher? Offenbar spricht mein ertapptes Gesicht Bände und mein energisch leugnendes Kopfschütteln hat keinen Erfolg.

»Erstens«, sagt Ruben und beugt sich über den Tresen, »sind so triviale Einschätzungen eine Beleidigung für meinen Sexualintellekt.« (Mein Lieber, ich wusste gar nicht, dass es so was gibt.) »Und zweitens«, fährt er fort, »solltest du mich nie anlügen. Ich kann Gedanken lesen, besonders, wenn es um mich geht.«

Ich lache – aus Verlegenheit – und bin dankbar, dass er so grinst.

»Wirklich. Ich höre die Stimmen aus allen Köpfen. Die Leute sagen zwar selten, was sie denken, aber ihre Gesichter verraten es doch immer, findest du nicht?« Er wirkt sehr sophisticated und gefällt sich wohl darin.

Ich weiß noch nicht, WIE SEHR ich mal wieder die Blamierte bin, aber ich beschließe, auch Ruben mit Humor zu nehmen.

»Nun genier dich mal nicht«, lächelt er und schiebt mir unauffällig einen Schokoriegel über den Tresen. »Aber fang schleunigst an, auf die Zwischentöne zu achten, wenn du es hier zu was bringen willst.« Und dann dreht er sich abrupt um und brüllt in die Cafeteria: »Es ist noch Suppe da!«

Vor Schreck kleckert Schwester Klara ihr fettarmes Salatdressing über den Kittel. Danke, Ruben. Ich beiße in den Schokoriegel, als hätte ich seit Wochen nichts gegessen. Den hatte ich nötig!

Kauend schlendere ich über den Flur. So viel zum Thema Sensibilität, Lena. Heute bitte keine Peinlichkeiten mehr. Wenn bis zur Biegung eine gerade Zahl weißer Bodenfliesen kommt, habe ich es für heute überstanden. 2, 4, 10, 12. Na bitte. Die halbe Fliese an der Ecke zähle ich natürlich nicht mit. Ich habe mir einen erfolgreicheren Tagesausklang ja auch wirklich verdient. Die halbe überzählige Bodenfliese liegt vor Manuels Tür. Und irgendwie bringt mich die Kombination aus »Ignoriere die letzte Fliese« und »Achte auf die Zwischentöne« dazu, stehen zu bleiben. Und Manuels Tür zu öffnen. Und dann sehe ich ihn. Ins Waschbecken spucken.

Zum ersten Mal bin ich nicht die Ärztin, die um ihre Überlegenheit ringt. Zum ersten Mal ist er nicht der freche Patient, der mich mit wilden Sprüchen provoziert. Ich sitze an Manuels Bett und fühle mich ausgelaugt. Wie konnte ich das übersehen?! Wie konnte ich glauben, er sei meinetwegen heute Morgen so schweigsam gewesen? Nachdem ich ihn erwischt habe, versucht er nicht mehr, mir etwas vorzumachen. Er hat Kopfschmerzen, ihm ist übel und schwindlig. Manuel muss dringend noch einmal untersucht werden. Vielleicht doch ein epidurales Hämatom? Ich wage es nicht auszusprechen. Vielleicht gibt es doch eine Bruchstelle oder eine Blutung. Manuel muss nochmals geröntgt werden und braucht eine Computertomografie. Er liegt still, wirkt erschöpft. Ich erkläre ihm, was passiert sein kann. Er tut mir wahnsinnig leid.

»Wie lange?«, fragt er. Doch darauf kann ich nun wirklich nicht antworten. Und dann nimmt er meine Hand und fragt: »Müssen wir das sagen?«

Wie ein kleiner Junge liegt er in dem weißen Bett. Natürlich muss ich es sagen. Ich muss Dr. Thalheim informieren und einen CT-Termin klarmachen. Sofort. Wie konnte Manuel das nur verheimlichen?

Er sieht mich an. »Ich wollte nach Hause.« Kurz bevor mir die Tränen kommen, lächelt er schwach. »Du weißt schon. Zu meinem Teddy.« Danke, Blödmann. Sonst hätte ich jetzt fast geweint vor Mitleid.

Das Gespräch mit Dr. Thalheim geht schnell. Ich berichte, er ruft in der Radiologie an, Schwester Klara wird losgeschickt, Manuel hinunterzubringen, Dr. Thalheim fährt mit. Ich werde nicht mehr gebraucht. Verdattert stehe ich vor Dr. Thalheims Zimmer. Jetzt erst kommt an, was er gesagt hat, als er ging. »Fräulein Weissenbach, bitte kommen Sie zum Feierabend noch mal in mein Büro.«

Na klar. Auswertung. Manuel hat uns beschwindelt und ich habe es nicht bemerkt. Stattdessen habe ich sein Ich-bin-nicht-brav-Theater nur als Anmache, als Machtspiel betrachtet. Sogar seine plötzliche Schweigsamkeit habe ich in völliger Selbstüberschätzung auf mich bezogen. Dass er auch Dr. Ross angelogen hat, spielt sicher keine Rolle. Ich hätte merken müssen, dass mit ihm etwas nicht stimmt.

Ich schleiche über die Flure. Bald geht mir auf, wie schäbig es ist, mir über die anstehende Standpauke des Oberarztes Gedanken zu machen. Super, Lena. Dein Patient hat vielleicht eine lebensgefährliche Hirnblutung und du überlegst dir Rechtfertigungen dafür, dass du die Symptome nicht bemerkt hast?! Ich kann mich selbst nicht leiden. In diesem Moment passiere ich im unteren Gang den Krankenhausshop. Gibt es etwas noch Deprimierenderes? Trostlose Blumensträuße verblassen angesichts der schrillen Farben der Eimer, in denen sie ertrinken. Darüber hängen Grußkarten mit Texten, die jeden Genesenden in seinem Heilungsprozess bedrohlich weit zurückwerfen müssten (Ein Igel schleppt einen Blumenstrauß und tönt: »Eine Spritze ist auch nur ein Piks.«). Aber ganz hinten im Regal, zwischen angestaubten Rätselheften und überteuerter Schokolade, die sicher ebenso staubig schmeckt, sitzt ein Teddy. Nicht mal kitschig, einfach ein kleiner Braunbär mit Knopfaugen. Den kaufe ich.

Manuel ist noch nicht wieder im Zimmer. Zum Glück; ich wollte mich nicht unbedingt mit dem Teddy erwischen lassen. Ich lege den Bären aufs Bett und verschwinde wieder. Vor dem Gespräch mit Dr. Thalheim habe ich keine Angst mehr. Ich habe mir selbst schon so den Kopf zurechtgerückt, dass mich Thalheims Standpauke nicht mehr schrecken kann. Wenn er nicht gerade brüllt. Oder mich rauswirft. Na super, Lena, jetzt hast du doch wieder den Teufel an die Wand gemalt.

Dr. Thalheim tut nichts dergleichen. Ich entschuldige mich wortreich, er sagt nichts. Irgendwann verstumme ich. Dann lächelt er. »Nehmen Sie Platz.«

Dem SHT geht es gut, sie machen noch ein paar Untersuchungen, aber es ist möglich, dass die Übelkeit nur von der fehlenden Schonung kam. Wie er gehört hat, hat sich das SHT nicht an die Bettruhe gehalten.

Jetzt erst begreife ich, dass er Manuel meint. Das SHT. Schädel-Hirn-Trauma. So reden wir Ärzte. Das SHT auf der 16. Ich bin so froh darüber, dass mit Manuel wohl alles okay ist, dass ich sogar schon daran denke, ob es besser wäre, den Teddy wieder verschwinden zu lassen. Denn einem Jungen, der keine lebensbedrohliche Hirnblutung hat, einen Teddy zu schenken, bedeutet doch etwas anderes. Etwas, was ich eigentlich nicht sagen wollte.

Mann, Lena, jetzt krieg dich wieder ein! Das mit dem Teddy stellst du einfach als Witz dar. Jetzt freust du dich erst mal. Dr. Thalheim lächelt, meine Erleichterung muss bis nach China strahlen. Und dann kommt es. Dr. Thalheim hat mich beobachtet. Sagt er. »Sie haben sich gut eingefügt …« Er lacht. »Die Hitzköpfigkeit des Anfangs müssen Sie noch in den Griff bekommen. Aber sonst bin ich zufrieden. Ich überlege, ob Sie reif für einen eigenen Patienten sind.«

Hilfe! Super! Hilfe! Die Achterbahn im Heide-Park ist ein Teetassenkarussell gegen mich. Eigene Patienten! Her damit! Das will ich! Sag mir, dass ich einen eigenen Patienten bekomme und ich werfe mich zu deinen Füßen. Moment, Lena. Das ist immer noch der Oberarzt. Und du wolltest dich doch keinen Männern zu Füßen werfen, die dir kein Schloss schenken. Nun ja, dann stell mal eine angehende Ärztin vor die Wahl. Schloss oder Patient, Aschenputtel, wie entscheidest du dich? Ich weiß, was ich will und bedanke mich überschwänglich … Bis Dr. Thalheim »Moment« sagt. Einfach so. »Moment!« Na klar, jetzt kommt es. Das »wenn Sie nicht«, »Sie müssten aber«, »Nur leider«. Das kennst du doch, Lena, warum so enttäuscht?! Es gibt nichts geschenkt. Bis eben warst du doch ganz realistisch! Leider springe ich auf die kleinsten Möglichkeiten manchmal so auf, dass ich den Lottogewinn im Kopf schon großzügig an meine Freunde und alle Schuhläden Italiens verteilt habe, bevor jemand »Moment« sagt.

Dr. Thalheims Einspruch ist eigentlich klein. Und unüberwindlich. Ich soll mir einen Patienten aussuchen. »Mir ist aufgefallen, dass Sie zwei Patienten besondere Zuwendung schenken: Dem SHT und der Pneumonie.« Er lächelt. »Bitte überlegen Sie sich doch bis morgen, welchen der beiden Patienten Sie betreuen möchten.« Das war's, er erhebt sich. »Einen schönen Abend, Fräulein Weissenbach!« Dann stehe ich auf dem Flur, völlig perplex.

Mach Luftsprünge, Lena, du KRIEGST DEINEN ERSTEN PATIENTEN! Geh nach Hause und verkriech dich in einer Ecke. Du wirst dich nie entscheiden können. Zwischen Manuel, dem SHT, der dich provoziert und ständig herausfordert – und Frau Klein, der Pneumonie, die sich immer so freut, dich zu sehen. Die dich wieder aufgebaut hat, als du down warst. Aber der du nie einen Teddy kaufen würdest. Ich bin ganz durcheinander. Und in meiner Hand glüht noch die Nachwärme von Dr. Thalheims Abschiedshändedruck.

»Sie machen das schon. Ich glaube an Sie.« Dazu ein tiefer Blick, ein warmes Lächeln. Stopp, stopp, stopp! Jetzt lass dich nicht auch noch von den dunkelblauen Doktoraugen aufs Glatteis führen! Du musst eine schwierige Entscheidung fällen! Und ER glaubt an dich!

Ich gehe nach Hause wie in Trance. Super, schon wieder zu spät für Isa und Jenny. Die bräuchte ich dringend zur Beratung – aber die sitzen längst gemütlich bei Chips und Cola oder DJs und Lehrbüchern – und du fährst wieder allein heim. Manuel oder Frau Klein?

Als ich am Fahrkartenautomaten die Tickets aus dem Schacht klaube, kommt ein betrunkener Russe auf mich zu. Er ist in meinem Alter und lächelt niedlich durch eine riesige Zahnlücke. »20 Cent?«

»Sorry, ich hab mit Karte bezahlt.«

Manuel hat strahlende weiße Zähne. Kein Wunder, er als Sportler hat sicher einen Gesundheitsfimmel.

»Na macht nix«, sagt der betrunkene Russe und klopft mir im Weitertorkeln auf den Rücken.

Komm schon, Lena, denke ich, gib ihm irgendwas. Das ist mein schlechtes Gewissen; ich hab sehr wohl Kleingeld und nur aus einem Reflex heraus verneint. Und das Schicksal, denke ich hastig – wenn du es gnädig stimmst, zeigt es dir den Weg.

»Willst du ein Ticket?«, frage ich schnell. Er kommt zurück, nimmt das Ticket und freut sich überschwänglich. Frau Klein hat sich so rührend über meinen Besuch gefreut.

»Danke! Nastrowje! Nastrowje!«, ruft der Russe und torkelt winkend davon. Alle Leute gucken. Nun ja. Vielleicht müsst IHR ja nichts gnädig stimmen – ich muss jede Hilfe nehmen, die ich kriegen kann. Gerade als ich ausrechne, dass ich dem Russen jetzt mehr als 2 Euro gegeben habe statt 20 Cent, tätschelt ein kleiner bebrillter Mann meinen Arm.

»Na, Chefin, wie geht's?« Er strahlt. Der muss mich verwechseln, ich kenne ihn nicht. Er freut sich aber so, dass ich ihm das nicht sage. Stattdessen frage ich zurück, wie es ihm geht.

»Na muss ja«, lächelt er schief, »und Ihnen?«

Ich lächle zurück. »Na muss ja.«

Ich muss grad eine ganz, ganz blöde Entscheidung treffen. Sozusagen zwischen Herz, Verstand und Stolz. Herz ist Frau Klein. Verstand ist Frau Klein. Nur mein Stolz sagt Manuel. Oder belügst du dich, Lena? Sagt nur dein Verstand, dass du Frau Klein nehmen sollst? Jedenfalls eine sehr schwierige Entscheidung. Und Sie, kleiner Brillenmann?

»… in der Kasse?«, fragt er.

Ich habe den Satzanfang verpasst. »Was ist in der Kasse?«, frage ich.

Er grinst. »Bisschen Kleingeld für'n armen Behinderten?«

Seufzend geb ich ihm meinen letzten Euro. Ja, ja, Opa, ich weiß. Im Leben kriegt man nichts geschenkt. Außer von mir.

9

Frauen treffen Entscheidungen spontan aus dem Bauch.

»Nimm den Typen«, sagt Jenny. »Der Klinikalltag ist bitter genug.«

Genau das habe ich erwartet. Aber nicht, dass Jenny um neun Uhr abends daheim sitzt. Als ich frage, warum sie nicht bei ihrem DJ ist, sieht sie mich mit großen Augen an. »Welcher DJ?« Ich lasse ein paar Stichpunkte fallen – London, Loft, du warst drei Abende mit ihm aus?

Jenny lächelt. »Abgehakt.«

Ich bin verwirrt. »Du ihn oder er dich?«

»Ich natürlich.«

Natürlich, was sonst?! Als ob irgendjemand – und sei er noch so begehrt – mit JENNY Schluss macht!

»Ich dachte, du findest ihn großartig …«

Jenny zieht die Augenbrauen hoch. »Aber doch nicht länger als eine Woche!«

Na gut. Was Jenny von Männern will und warum, muss noch mal in Ruhe erarbeitet werden. Sie spricht jedenfalls für Manuel. Wenn Isa mir jetzt Frau Klein ans Herz legt, bin ich wieder so ratlos wie am Anfang.

Jennys unerwarteter Heimabend war eine gelinde Überraschung gegen die nächste: Als ich an Isas Tür klopfe, antwortet niemand. Verkehrte Welt?

Jenny zuckt die Achseln. »Vielleicht ist sie auf einen Feierabend-Cocktail aus?«

Ich schüttle den Kopf. So wie ich Isa einschätze, geht sie niemals allein in Bars! Sie kennt doch hier gar keine – geschweige denn eine Begleitung … Ich mache mir spontan Sorgen um unser Küken. Knabbert Isa immer noch an der demütigenden Chefarztvisite? Streift sie traurig durch die fremde Großstadt, überwältigt vom Heimweh? Sollten wir sie suchen?

Jenny sieht mich überrascht an. »Was für Schuldgefühle projizierst du denn jetzt?«

Ups – so viel psychologischem Scharfsinn bin ich nicht gewachsen.

»Isa ist erwachsen, vernünftig und freiwillig aus dem Haus gegangen. Außerdem kannst du sie ja erst mal anrufen, bevor du die Bullen informierst.«

Jenny hat recht. Ich komme mir vor wie die kontrollsüchtige Mutter, aber ich rufe trotzdem an. Isa beteuert beflissen, es ginge ihr gut, sie sei in der Unibibliothek und bald zu Hause. Nur, warum klingt sie so ertappt? Geniert sie sich, weil sie schon wieder lernt? Oder stimmt irgendwas nicht? Super – jetzt habe ich den halben Abend mit unnötiger Sorge verplempert, statt mich meinem Patientenproblem zu widmen.

Als Isa kommt, tut mir meine Nachforschung fast leid, so eifrig entschuldigt sie sich, nicht Bescheid gesagt zu haben. Sie setzt sich zu uns und wirkt gelöst wie selten, als sie sich aus Jennys Proseccoflasche einschenkt und fragt, was es Neues gibt. Endlich bekommt mein Problem die gebührende Aufmerksamkeit.

»Ach?«, fragt Isa verwundert. »Und da hast du einen Kopf dafür, wie ich den Abend verbringe? Ist das deine Vermeidungsstrategie?«

Ach, sind wir jetzt alle unter die Psychologen gegangen?! Aber ja: Wahrscheinlich wollte ich mich nur nicht mit der Entscheidung auseinandersetzen, die ich bis morgen getroffen haben muss. Jetzt los, Mädels, das hier ist genau, was ich mir von unserer Jungärztinnen-WG erwartet habe: Abende mit Prosecco und der ausführlichen Erörterung aller Eventualitäten. Dass man mit dem Mist nicht mehr alleine dasteht.

»Sei stolz, dass er dich überhaupt schon fragt!«, sagt Isa.

Und dann, um die Überraschungen komplett zu machen und meine verbürgt geglaubte Menschenkenntnis endgültig ans Messer zu liefern, rät sie ebenfalls zu Manuel. Und zwar nicht mit Jennys recht einseitigen Argumenten, dass man manchmal etwas fürs Auge braucht und wir ja auch ein bisschen zum Spaß hier sind. Isa setzt stattdessen auf die Herausforderung. Manuel ist nicht einfach. Es macht sicher Eindruck, wenn ich mich dieser Schwierigkeit stelle. Frau Klein ist eine Patientin, wie sie sich alle wünschen. Manuel ist ein Kaliber für Fortgeschrittene.

»Vielleicht ist es ein Test vom Oberarzt?«

Gut, in Isas Leben ist alles ein Test und die Angst, dass etwas einer sein könnte, überschattet fast jede ihrer Entscheidungen. Doch was, wenn sie recht hat? Quatsch, Lena. Aber das letzte Argument hast noch du gar nicht gesagt: Wenn du dich für Frau Klein entscheidest, wirst du Manuel kaum mehr sehen. Er ist vielleicht noch drei Tage, höchstens eine Woche bei uns. Danach kann ich mich immer noch neuen Herausforderungen stellen … Nur, warum ist es diesmal so schwer, die Empfehlung meiner Freundinnen anzunehmen – wenn sie doch alles so hinbiegen, wie ich es mir wünsche? Eben. Weil ich das Gefühl habe, dass es hingebogen ist. Dass es keine wirkliche Arztentscheidung ist, die ich hier zu treffen im Begriff bin. Sondern eine Mädchenentscheidung. Irgendwie kommt mir das falsch vor. Na gut, ich habe ja noch eine ganze Nacht Zeit.

Am Morgen habe ich nichts entschieden und immer noch Skrupel. Darf man den attraktiven, provokanten Patienten wählen? Oder schreiben die Bescheidenheit und die Konzentration auf das Wesentliche nicht vor, dass man die ältere Dame nimmt? Ich bin schon auf dem S-Bahnhof an der Klinik. Fünf Minuten bis zum Krankenhaus, zehn bis zu Thalheims Büro. In meiner Not greife ich endlich zum guten alten Orakel. Menschenmassen drängen aus der S-Bahn, schieben sich zur Rolltreppe, dem unvermeidlichen Engpass. Wenn ich es schaffe, die Erste am unteren Ende der Rolltreppe zu sein, ist es okay, Manuel zu nehmen.

Ich stürze los. Ich drängle, schiebe, nehme mehrere Stufen auf einmal. Wollen wir doch mal sehen, was das Schicksal meint! Niemand hat gesagt, dass es leicht ist; so sollen Orakel ja sein. Hinter mir stürzt ein Aktenkoffer, jemand schimpft. Tut mir leid, Leute, das Schicksal und ich müssen hier eine wichtige Sache entscheiden. Ein japanischer Anzugträger spurtet nach einem Zug, für den in dieser Sekunde am unteren Bahnhof zum Einsteigen aufgefordert wird. Als ich mich schon sicher als Erste am Treppenende wähne, springt er ÜBER meinen Arm und erreicht das Rolltreppenende einen Sekundenbruchteil vor mir. Ich werde Zweite. Ich sehe den Japaner in den Zug hechten; als sich die Waggontür schließt, macht er eine entschuldigende Geste in meine Richtung – ohne einen einzigen Hauch Restatem, aber erfüllt von tiefster Zufriedenheit.

Ging es ihm echt nur um den Zug? Oder worum ging es in SEINEM Orakel? Ich kann nur hoffen, dass er etwas wirklich Wichtiges von diesem Zug abhängig gemacht hat! Hätte er eine ungeliebte Frau wegen des Geldes geheiratet, wenn er den Zug verpasst hätte? So etwas könnte mich über MEIN verlorenes Orakel hinwegtrösten. Werde glücklich, kleiner Japaner, mit der armen, aber zauberhaften Frau, die deine Eltern ablehnen! Das Schicksal hat für dich entschieden, ich freu mich für dich. Gegen so etwas ist mein eigenes Orakel Kinderquatsch. Trotzdem. Die Enttäuschung überrollt mich. Ich wusste gar nicht, dass ich Manuel so gern wollte.

So, die nette Frau Klein wird sich freuen und der arrogante Manuel hat mir die Tage eh nur schwer gemacht. Im Positivdrehen warst du nie besser, Lena! Ich stehe noch immer vor der Treppe, an mir vorbei drängeln sich Frauen. Frauen in Kostümen, eine mit Kind, eine mit Rucksack … Nicht NUR Frauen, aber doch hauptsächlich. Alle haben es eilig. Aber keine ist so gerannt wie ich. Moment … DIE Erste bist du doch gewesen, Lena! Du hast nicht gesagt, der erste Fahrgast oder Mensch – DIE ERSTE. Das warst du. Du darfst Manuel nehmen. Du musst sogar! Mann, sind Entscheidungen bei allen Frauen so kompliziert?

10

Endlich wieder alles im Griff! Ich fühle mich regelrecht erlöst, als ich an Dr. Thalheims Büro klopfe. Er öffnet und sieht hinreißend wirr aus heute Morgen. Ich schätze, er hat schlecht geschlafen; sein Haar ist verstrubbelt, sein Hemd zerknittert – es ist dasselbe wie gestern. Dr. Thalheim lächelt mich an.

»Sie müssen meine desolate Erscheinung entschuldigen«, sagt er. »Ein Notfall. Ich bin noch nicht nach Hause gekommen. Sie wissen ja, wie das hier ist.«

Ich nicke, völlig verzaubert. Nein, Dr. Thalheim, ich weiß nicht, wie das ist. Ich bin erst seit knapp zwei Wochen hier; ich habe bisher regelmäßiger und reichlicher geschlafen als während meines ganzen Studiums. Aber dass du mich einbeziehst in deine Arztsorgen, als hätte ich hier seit Jahren aufopferungsvollen Nachtdienst geschoben, macht mich fast so glücklich, als hätte ich selbst in einer Nacht-OP ein Menschenleben gerettet.

Für den Bruchteil einer Sekunde blitzt vor meinem inneren Auge ein betörendes Bild auf: Dr. Thalheim und ich, die einsame Station kurz vor Morgengrauen. Wir sitzen erschöpft am Bett des Patienten, dessen Leben noch vor einer Stunde verloren schien. Rücksichtslos sind wir bis über die Grenzen unserer Kräfte hinausgegangen, in letzter Sekunde haben wir ihn gerettet. Jetzt wachen wir am Bett des Schlafenden und reichen uns die Hände, in stummem Einverständnis und voll gegenseitiger Hochachtung – während hinter uns die Sonne aufgeht.

Mann, Lena, reiß dich doch zusammen! Hattest du gestern nicht noch Angst, dass der provokante Manuel dir zu viel bedeutet? Und jetzt verhedderst du dich in Tagträumen von deinem Oberarzt?! Aber ich kann es nicht leugnen, so zerknittert sieht er einfach bestechend aus. Verantwortungsvoll, wortkarg, ein Indiana Jones im weißen Kittel. Dr. Thalheim stoppt endlich mein Hirnkarussell.

»Ich brauche dringend einen Kaffee. Möchten Sie vielleicht auch eine Tasse, während wir uns unterhalten?«

»Gern«, sage ich und verkneife mir: Das haben wir beide uns nach dieser Heldentat auch verdient.

Ich nehme – nur ein ganz klein bisschen nervös – im Sessel vor Dr. Thalheims Schreibtisch Platz und sehe mich zum ersten Mal aufmerksam in seinem Büro um: Es ist pragmatisch eingerichtet, der große Schreibtisch übervoll mit Akten und Büchern. Aber das obligatorische Foto neben dem Computer fehlt. Ist er zu nüchtern, um sich hier Frau- und Kinderfotos als Motivation aufzubauen? Oder hat er etwa keine? Wartet er noch auf eine verwandte Seele? (Natürlich eine so attraktive, dass ihr Schreibtisch-Abbild Ermunterungspotenzial für zehn durchwachte Arbeitsnächte bietet!) Leider spricht die übrige Büroausstattung für die erste Theorie – nirgendwo finden sich Bilder oder andere unnötige Ausschmückungen. An den Wänden nur Regale, noch mehr Bücher und die typischen Verordnungen und Auszeichnungen. Dann entdecke ich es doch. Da steht ein altmodischer Rahmen fast versteckt hinter dem Bücherstapel. Schade. Tja, Lena, da verpufft dein anbetungswürdiges Bild vom einsamen Wolf, der nur für die Hilfsbedürftigen lebt. Ich beuge mich vor, um einen Blick auf die sicher hinreißende Frau zu werfen, die der kleine Rahmen einfasst … da kommt Dr. Thalheim zurück und stellt mir einen silbernen Wärmebecher mit Kaffee hin.

»Ich selbst trinke ihn schwarz. Aber wenn Sie Milch und Zucker möchten, werden Sie im Schwesternzimmer sicher fündig.«

Ich verneine dankend und behaupte, schwarzer Kaffee sei das einzig Wahre. Und spätestens jetzt sollten alle Alarmglocken feuernotfallmäßig schrillen. Ich trinke NIE schwarzen Kaffee. Bis heute. Pass bloß auf, Lena! Eine Schwärmerei für den Oberarzt solltest du dir wirklich nicht auch noch ans Bein binden! Quatsch – das ist nur der Stolz, weil Dr. Thalheim dich heute so gar nicht als Untergebene, als ahnungslose Anfängerin behandelt; weil er seine Sorgen mit dir teilt und dir ungeniert mit seiner zerstrubbelten Frisur gegenübersitzt und seinen Kaffee mit dir teilt, als wärst du eine erfahrene vertraute Kollegin. Nur Stolz. Mehr nicht.

Dr. Thalheim schenkt sich den Deckelbecher der Thermoskanne voll. Offenbar ist das seine eigene Wärmetasse, die er mir hingestellt hat. Ich fühle mich – ist das möglich? – NOCH geschmeichelter. Die blecherne Warmhalte-Tasse ist verbeult, ein lange-Autofahrten-Lagerfeuer-Indiana-Jones-Thermosbecher. Er passt perfekt in meinen Nächtliche-gemeinsame-Lebensrettung-Tagtraum. Es tut mir leid: So souverän ich mich auch gebe, ich BIN die kleine unerfahrene Anfängerin. Und angerührt und beeindruckt – von einem ärztlichen Thermosbecher.

Dr. Thalheim lehnt sich in seinem Stuhl zurück. »Dann lassen Sie uns über Ihre Entscheidung reden.«

Ich finde es fast schade. Ich könnte gut noch ein paar Minuten hier so sitzen, mit ihm schweigen und einfach zwei Ärzte sein …

»Für welchen Patienten haben Sie sich entschieden?«

Ich setze die Wärmetasse ab. »Ich habe lange nachgedacht«, beginne ich zögerlich – und dann schnell: »Ich nehme Herrn Ritter. Er mag nicht einfach sein, aber ich schätze Herausforderungen.« Ich sehe ihn abwartend an. Na, wie war das?

Dr. Thalheim nickt. »Herausforderungen«, wiederholt er nachdenklich.

Ich nicke zurück. Und hab das Gefühl, noch etwas sagen zu müssen. Ich muss ihn überzeugen, dass meine Entscheidung absolut nichts damit zu tun hat, dass Manuel charismatisch und braunlockig und in meinem Alter ist. »Verstehen Sie?«, lege ich nach. »Ich will kämpfen.«

»Ach, kämpfen.« Dr. Thalheim sieht mir tief in die Augen. Er klingt irgendwie enttäuscht. Und in diesem Moment weiß ich, dass ich mich falsch entschieden habe. Nicht nur für mich. In den Augen von Dr. Thalheim scheine ich urplötzlich rasant kleiner zu werden. Ich sitze ihm gegenüber und auf einmal ist der Sessel viel zu groß für mich, ich versinke darin, verblasse in meinem viel zu weißen Kittel, der schwarze Kaffee auf meiner Zunge ist bitter wie Arsen. Versagerin! Isa hatte recht. Es war ein Test. Und ich habe ihn nicht bestanden. Dr. Thalheim sagt nichts weiter, wünscht nur viel Glück und bietet an, mir jederzeit zu helfen. Dann darf ich gehen. Wie triumphal habe ich mir diesen Moment vorgestellt, wie blöd komme ich mir jetzt vor.

Meine Freundinnen warten auf dem Gang, sie gratulieren und haben mir einen riesigen Vanille-Cappuccino mitgebracht. Dass ich mich irgendwie falsch fühle, können sie nicht recht verstehen.

»Steh doch dazu, dass du ihn aus persönlichem Interesse ausgesucht hast!«, sagt Jenny. »Und wenn Thalheim eifersüchtelt – umso besser.« Dass Dr. Thalheim sicher nicht aus Eifersucht so enttäuscht wirkte, will sie nicht hören.

»Zeig es ihnen beiden!«, rät Isa. »Du schaffst das.«

Ich drücke meine beiden Mutmach-Mäuse, dann trennen sich unsere Wege. Isa und Jenny müssen sich von der biestigen Stationsschwester die Kanülenwagen vor die Füße schieben lassen – und ich statte meinem ersten eigenen Patienten den ersten offiziellen Besuch ab.

»So, Herr Ritter«, sage ich forsch. »Ab heute bin ich deine Ärztin.«

»Wieso?«, grinst er. »Hast du heute Nacht dein Examen bestanden?«

Ich hole tief Luft. Du hast es so gewollt, Lena. Kämpfen. Jetzt los! Du beweist als Erstes deine neue Souveränität, indem du die Sprüche ignorierst!

Ich klappe die Akte zu; die Befunde der gestrigen Computertomografie sind unauffällig. Wahrscheinlich waren Manuels

Übelkeitsanfälle der fehlenden Schonung zuzuschreiben. Trotzdem, ein, zwei Untersuchungen zur Sicherheit werde ich schon noch anordnen. Ich sehe auf, um ihm das mitzuteilen. Mein Blick fällt auf das kuschelige Bärchen neben seinem Kopfkissen. Verdammt, den Teddy hatte ich glatt vergessen! Mein entsetzter Blick hat mich wohl entlarvt – Manuel grinst.

»Vielen Dank! Auch wenn ich gehofft hatte, dass du meinen fehlenden Teddy anders ausgleichst. Aber der hier ist trotzdem ein Anfang.« Er lächelt selbstsicher.

Na klar, er ist der Typ, dem kleine Mädchen Kuscheltiere kaufen. Oder nachwerfen. Vor meinem inneren Auge blitzt das Bild einer riesigen Bühne auf, Manuel in seinem blütenweißen Bett wird von zahllosen Scheinwerfern angestrahlt. Und unten drängen sich kreischend Tausende von winzigen, minderjährigen Ärztinnen; sie flippen völlig aus und schleudern ganze Armeen von Kuscheltieren zu Manuel hinauf, bis nur noch sein zufriedenes, geschmeicheltes Grinsen aus dem Plüschberg herausschaut. Manuel war früher sicher immer der einzige Junge, der auf Mädchengeburtstage eingeladen wurde. Und du bist voll drauf reingefallen, Lena. Manuels Lächeln sagt »Ich wusste, dass du mir nicht widerstehen kannst«. Hätte ich bloß den blöden Teddy im dunklen Ladenregal verstauben lassen! Zu spät, jetzt brauch ich eine neue Strategie, um ihm den Unwiderstehlichkeits-Zahn zu ziehen. Was macht die kluge Frau von heute? Na klar, sie stellt sich dumm.

»Ich weiß gar nicht, was du willst«, sage ich. »Der ist nicht von mir.«

Und da schläft sein überhebliches Lächeln enttäuscht ein.

Beim Mittagessen bin ich geschafft, als läge ein 20-Stunden-Tag hinter mir. Ich bin früher fertig als meine Freundinnen und muss allein essen. Und nicht mal der blauhaarige Ruben hebt meine Laune. Er überreicht mir ein Wassereis und gratuliert zu meinem ersten Patienten. Wo immer er diese Info schon wieder herhat. (Redet die ganze Klinik über jeden Schritt, den ich mache? Kameras? Spione? Psychoexperiment?)

Und dann sagt er: »Hast es langsam angehen lassen, was? Erst mal was Leichtes ausgesucht.«

Wie bitte?! Wieso ist Manuel denn »was Leichtes«?!

»Ich bin ja kein Arzt«, lächelt Ruben, »aber an so 'ner Gehirnerschütterung hat man nicht allzu viel zu tun, oder?«

Nee, du bist kein Arzt, Ruben. Das Problem ist: Ich war auch kein Arzt, als ich das entschieden hab. Und du hast völlig recht. Ich habe noch ein paar Kontrolluntersuchungen angeordnet und etwas gegen die Übelkeit verschrieben. Mehr kann ich im Moment im Fall Manuel Ritter nicht tun. Wahrscheinlich werde ich ihn noch zwei Tage beobachten – und dann entlassen. Das war's. Aber die Idee, für ihn zuständig zu sein, hatte so einen Reiz für mich, dass ich die Begrenztheit in puncto Erfahrung sammeln gar nicht bedacht habe.

Ruben lacht. »Aber ich hab gehört, er sieht süß aus!«

»VON WEM?!« Dieser blauhaarige Alleswisser macht mich nervös. Wieso trifft er so brutal den Nagel auf den Kopf?

Ruben erklärt, die äußere Erscheinung junger Patienten sei für ihn als Nichtarzt das einzig Interessante. Ja, ja, immer drauf, ich kann's vertragen. »Ein knackiger Sportler … wer sieht sich so was nicht gern an?«

Ha! Hat er nicht gestern noch behauptet, er stünde nicht auf Jungs? Ich lächle. »Sexualintellekt, was?«

Er grinst. »Und du darfst ihn nun jeden Tag anfassen. Gut gemacht!«

Klar, Ruben. Als ob es mir nur darum ging.

Dann tritt Dr. Ross an den Tresen, begleitet von Dr. Thalheim. Sie grüßt, er nickt nur. Als hätte es die vertraute morgendliche Kaffee-Begegnung nie gegeben. Er trägt immer noch dasselbe Hemd, also schiebt er jetzt schon mindestens 28 Stunden Dienst. Doch mein Mitleid braucht er nicht; Dr. Ross klopft ihm vertraulich auf die Schulter, als sie bei Ruben einen doppelten Espresso bestellt.

»Und mach ihm ein Brot, er muss ja mal was essen.«

Mann, wieso sind die so dicke?! Und statt dass Dr. Thalheim

diese muttimäßige Einmischung abwehrt – oder wenigstens ignoriert! –, nickt er ihr zu und bedankt sich. Ich schnappe mein geschenktes Eis und verdrücke mich.

Im Pausenraum der Ärzte herrscht Ruhe. Ich trage in Manuels Akte ein, was ich für abschließende Untersuchungen durchführen möchte. Es ist wirklich nicht viel. Mein Blick fällt auf das schwarze Brett für die PJler. Dort hängt eine Information der Uni-Bibliothek; sie schmeißen alte Bücher raus, man kann sie morgen und übermorgen dort kaufen. Das wird ein Riesengedränge geben, Fachbücher sind unerschwinglich und in den Bibliotheken meistens vergriffen. Es werden sicher höchstens zwei interessante Bücher makuliert, um die sich 500 kaufwütige Medizinstudenten schlagen, aber wir werden trotzdem hingehen. Unten stehen die Öffnungszeiten der Bibliothek. Sie schließt um 22 Uhr. Wo immer Isa gestern Abend war – in der Bibliothek war sie nicht! Warum lügt sie uns an? Sie wird ja wohl weder im Casino noch im Freudenhaus gewesen sein. Welchen Grund gibt es also, über ihre Abendgestaltung zu schwindeln?! Was hat unser Mäuschen für ein Geheimnis? Hilfe, das ist mir alles zu viel!

11

Schweigen ist Gold, Beherrschung eine unschätzbare Tugend. Ich lasse mir nichts anmerken. Nicht, dass ich nicht vollkommen verwirrt wäre von Isas Geheimnis, von Dr. Ross' unliebsamer Vertrautheit mit Dr. Thalheim und seiner unseren gemeinsamen Morgen ignorierenden Distanz beim Mittagessen. Normalerweise würde ich jetzt zu meiner Freundin stürzen und ihr brühwarm von meiner Entdeckung erzählen. Vielleicht würde ich sogar Dr. Ross gegenüber eine winzige Bemerkung darüber fallen lassen, dass ich beim Oberarzt Kaffeetrinken war. Aber in letzter Sekunde, als ich schon im Begriff bin, auf Isa loszustürmen, fällt mir die Sache mit dem Club ein.

Als ich in der fünften Klasse war, gab es kein aufregenderes Schulgespräch als den Club. Alles, was den Club betraf, wurde streng geheim gehalten; man wusste nur, dass mindestens fünf Mädchen aus der Siebten dazugehörten und grandiose Abenteuer erlebten. Wir Uneingeweihten schnappten gierig nach jedem Brocken Information, der nach außen drang – ein geheimes Quartier, aufregende Ausflüge und mitternächtliche Feste. Vielleicht war es ein Dichterinnenclub, vielleicht eine Art Rollenspiel, wir haben es nie durchschaut. Aber JEDE wollte dazugehören. Zwei meiner Nachbarinnen am gymnasialen Mittagessens-Vierertisch waren Mitglieder: Alicia, die beste Sportlerin der Schule, und Anni, das Mathegenie. Ich schnappte fast über, als sie mich eines Tages musterten und ich munkeln hörte, der Club wolle eine Fünftklässlerin aufnehmen. ICH, ICH! Bitte, lass es mich sein! Die Aufnahme in den Club wäre die Erfüllung all meiner Kleinmädchenträume gewesen; ganz abgesehen davon, dass es mich vor der ganzen Mittelstufe geadelt hätte und ich so vielleicht Sandy Köhler von der Abi-Jahrbuch-Seite »Beliebteste Schülerin« verdrängt hätte. Ich zappelte zwei Tage, dann hielt ich es nicht mehr aus und fragte am Mittagstisch unauffällig bei Alicia und Anni nach. Nun ja, Fünftklässler-unauffällig. Zwei Mittagessen lang fragte ich super-subtil zwischen den Zeilen, wann ich eintreten könnte. Dann hieß es im Schulklatsch, der Club wolle sich doch nicht mehr vergrößern. Den Zettel fand ich eine Woche später beim Essendienst unter unserem Tisch. Mit lila Filzstift stand dort: Lena hat was mitgekriegt. Und darunter in Annis Schnörkelschrift: Guter Charaktertest. Wir nehmen sie nur, wenn sie nicht fragt.

Ich hab nie erfahren, was sie in diesem Club gemacht haben. Weil ich so gerne dabei sein wollte. Jahrelang habe ich meine Voreiligkeit bereut. Und jetzt, als lebenserfahrene Ärztin, endlich daraus gelernt. Vielleicht wird Isa ihr Geheimnis verraten, wenn ich vertrauenerweckend in ihrer Nähe bin. Vielleicht wird Dr. Thalheim den gemeinsamen Morgenkaffee irgendwann als ein kraftspendendes vertrauliches Ritual empfinden, wenn er merkt, dass ich des stillen Einklangs würdig bin und darüber weder klatsche noch prahle. Deshalb habe ich beschlossen, erwachsen abzuwarten, wie die Dinge sich entwickeln und auf »Ich-weiß-etwas«-Bemerkungen jeder Art zu verzichten. So schwer es mir auch fällt.

Bei der Visite bin ich cool. Isa und Dr. Ross fragen nach dem ersten Morgen mit Manuel – Isa aufgeregt flüsternd, Dr. Ross leutselig vor allen – und ich erkläre, dass ich alles bestens im Griff habe. Und bevor jemand merkt, dass ich heute untypisch zurückhaltend bin, wird die Aufmerksamkeit von mir abgelenkt. Denn Jenny kommt wieder zu spät zur Visite – und sie ist maximal geladen. Natürlich: der Laborbotengang.

Dr. Ross macht den Fehler, Jenny wegen der erneuten Verspätung zurechtzuweisen. Und Jenny geht ab wie eine Kanone. Jede

Selbstbeherrschung ist dahin. Ich mit meiner unterdrückt brodelnden Neugier bin ein spiegelglatter, eingefrorener See gegen die stürmische Jenny; tsunamimäßig explodiert die Wasseroberfläche, als ihre Wut überkocht. Es fängt an mit »Ich kann doch nichts dafür, wenn die bescheuerte Schwester aus reiner Schikane…«, spitzt sich zu mit »Machen Sie doch mal in jeder Mittagspause diese stupide Ochsentour!« und endet mit »Denken Sie, es macht mir Spaß, hier jeden Tag einen Extraauftritt hinzulegen?!«.

Ja, ich muss es zugeben: Ich dachte das schon. Und wenn ich mich hier so umsehe, bin ich wohl nicht die Einzige. Jenny verstummt, sie atmet schwer. Alle sehen betroffen zu Boden, bloß keinen Blick auffangen. Wir erwarten das unvermeidliche Donnerwetter, ich spüre, wie Isa neben mir sich regelrecht duckt. Doch Dr. Ross bleibt völlig ungerührt. Sie überhört alle Beleidigungen, antwortet knapp und fast freundlich – und unerbittlich. »Vielen Dank für die umfassende Aufklärung! Ich werde Sie nicht von der Labor-Aufgabe entbinden. Aber eine erneute Verspätung bei der Visite werde ich auch nicht akzeptieren. Sie müssen sich also was einfallen lassen.«

Sie spricht ganz ruhig; Jenny starrt sie an. Wahrscheinlich hat sie noch nie mit einem Zornesausbruch weniger Eindruck hinterlassen. Perplex entgegnet sie, wieder fast gutwillig, dass sie nur beides schaffe könne, wenn sie ganz auf ihre Mittagspause verzichte. Dr. Ross zuckt mit den Achseln und wendet sich ab. »Dann bringen Sie sich doch ein Brot mit.« Für die Dauer der Visite ist Jenny Luft für Dr. Ross. Sie selbst scheint auch wie betäubt von ihrem Ausbruch, folgsam und schweigend geht sie hinter der Gruppe her. Mann, meine komplizierten Freundinnen! Ich ahne schon: Das wird eine lange Nacht in unserer WG-Küche.

Die Visite steht unter keinem guten Stern. Isas Pferdemädchen geht es besser; sie strahlt Isa an und fragt nach der Visite, ob Isa ihre neuen Pferdefotos sehen will. Isa sagt herzlich zu, doch Dr. Ross hat einen schlechten Tag. Sie ermahnt Isa nörglerisch, während der Arbeitszeit keine privaten Patientenbesuche abzuhalten.

Wie ungerecht, das ist doch kein Privatbesuch! Aber Isa nickt brav. Hätte ich heute nicht meinen »Misch-dich-nicht-ein«-Tag (und Dr. Ross nicht gar so schlechte Laune!), würde ich vielleicht anmerken, dass Anteilnahme und das Eingehen auf den Patienten wesentlich für den Heilungsprozess sind – und jeder, der sein Medizinstudium in diesem Jahrhundert absolvierte, das auch gelernt hat. Fünf Minuten Pferdebilder angucken können ebenso wichtig sein wie die tägliche Dosis Vitamine. Aber ich ahne, dass sie dann sagt, dafür seien doch die Schwestern da … und haben wir heute nicht genug gestritten? Die Freude des Pferdemädchens ist nach Dr. Ross' Zurechtweisung jedenfalls verflogen – bis die gutherzige Isa ihr einen Besuch nach Feierabend verspricht. Dr. Ross kommentiert das nicht. Tja, Nörgeln liegt ihr heute mehr als Loben. DIE besucht nach Feierabend bestimmt keine Patienten – ich habe sie drei Abende nacheinander Punkt sechs im Laufschritt das Krankenhaus verlassen sehen. Die älteren PJler behaupten, Dr. Ross lasse mit dem Glockenschlag den Kittel fallen und Klinik Klinik sein. Die würde nie nach Dienstschluss Pferdebilder angucken, geschweige denn aufopferungsvoll wie Dr. Thalheim ihre Nächte hier verbringen …

Frau Klein ist heute sehr blass und beantwortet die Fragen nach ihrem Befinden wie ein schwacher kleiner Soldat mit knappen Sätzen. »Gut«, »Brustschmerzen«, »Keinen Appetit«. Ich bin erschrocken, Frau Klein wirkt plötzlich so alt. Winzig und kraftlos liegt sie in dem großen Bett – kein Vergleich mit der fröhlichen älteren Lady, mit der ich mich neulich unterhalten habe. Dr. Ross scheint nicht beunruhigt. Übertreibe ich? Oder hat Dr. Ross sich noch nicht so eingehend mit Frau Klein beschäftigt, dass ihr die Verschlechterung auffällt?

Nun werd mal nicht überheblich, Lena! Dr. Ross ist bei aller Pragmatik eine verantwortungsvolle Ärztin. Wenn es Grund zur Sorge gäbe, würde sie handeln. Ich drücke Frau Kleins Hand, sie erwidert den Druck nur leicht.

»Kommen Sie zurecht?«, frage ich etwas hilflos. Man sagt nun mal nicht: »Na, Sie sehen aber heute mies aus.«

»Geht schon«, flüstert Frau Klein und bemüht sich um ein Lächeln. »... schlecht geschlafen. Ich krieg so schlecht Luft.«

Ich nicke. Ist ja klar bei dem Husten. »Das wird schon«, sage ich. Ein blöder, inhaltsloser Jedermanns-Trost. Frau Klein lächelt trotzdem dankbar.

»Können wir weiter?«, fragt Dr. Ross von der Tür.

Ich komme ja. Frau Klein müsste man auch nach Feierabend mal besuchen, denke ich. So viele Patienten, die einsam sind, die meist nur bei der Visite mit den Ärzten sprechen. Klar, die Schwestern haben mehr Zeit. Aber auch nur theoretisch. Viel mehr als ein tröstendes Armklapsen schaffen sie an manchen Tagen auch nicht; da ist immer der nächste Patient, dem es noch schlechter geht ... Ich werde mir für all meine Patienten Zeit nehmen, schwöre ich mir, an ihren Betten sitzen, mir ihre Sorgen anhören. Mann, Lena, brems dich! Du weißt, das wirst du nicht schaffen. Nicht jahrelang. Vielleicht liegt es an dem verkorksten Tag, aber das könnte mich schon deprimieren ...

Als wir endlich zu Manuel kommen, sind wir alle von der nervenzehrenden Visite ausgelaugt. Aber jetzt hält der Tag doch noch etwas Nettes für mich bereit: Das Gesicht von Marie-Luise, als sie erfährt, dass Manuel MEIN Patient ist. Zwar sagt sie in ihrer typischen möchtegern-subtilen Arroganz, eine Gehirnerschütterung sei ja auch die maximale Herausforderung für eine Anfängerin – aber ich SEHE, wie es sie stört, dass ich den einzigen hübschen Patienten in unserem Alter abgestaubt habe. Hat sie nicht bei jeder Visite albern geflirtet?! Wenn Marie-Luise auch noch wüsste, dass ich sogar die Wahl hatte, würde sie sicher grün vor Neid. Ich hoffe, dass sich das noch bis zu ihr herumsprechen wird. Hach, warum ist man immer so bescheiden und lobt sich als gut erzogenes Mädchen nie mal selbst?!

Manuel ist heute freundlich und kooperativ; ich berichte den Kommilitonen von dem Zwischenfall und den folgenden Untersuchungen und zeige die CT-Bilder. Manuel lächelt verlegen, als ich seinen Übelkeitsanfall schildere, und spart sich die frechen Bemerkungen vor der Gruppe. Im Gegenzug umschreibe ich seinen Kotzanfall mit dem medizinisch-nüchternen Begriff Vomitus; seine Verzweiflung und die Idee, alles zu verheimlichen, verschweige ich völlig. Manuel nickt bescheiden zu allem, was ich sage, und so machen wir wohl einen recht guten Eindruck. Übrigens schweigt Manuel nicht so demütig und friedfertig, um mir einen Gefallen zu tun – als Dr. Ross ihn den anderen als meinen Patienten vorstellte, habe ich in Manuels Augen sehr deutlich das Erstaunen gesehen. Offenbar hat er mir wieder nicht geglaubt – und ist jetzt entsprechend verblüfft zu erfahren, dass ab heute wirklich ICH allein für ihn zuständig bin. Okay, PJler-allein. Trotzdem.

Marie-Luise liefert noch eine Extra-Einlage. Offenbar ist sie eine gewiefte Taktikerin. Nachdem die Stelle als Manuels Ärztin vergeben ist, hat Marie-Luise blitzschnell die Rollen neu verteilt: Da ich jetzt die offiziell Verantwortliche bin, schnappt sie sich den Posten der Vertrauten.

»Wenn es mal was gibt, was du deiner Ärztin nicht sagen willst …«, flüstert sie ihm ungeniert zu – als merke sie nicht, dass ich sie hören kann.

Und Manuel steigt drauf ein. »Ich denk dran«, lächelt er sie an.

Marie-Luise flötet entzückt: »Wenn sie dich piesackt, kannst du immer zu mir kommen.«

»Das tut sie jeden Tag!«, entgegnet Manuel. Und dann grinst er MICH an. Mann! Hört sofort auf! Hat er das jetzt gesagt, um mit IHR anzubändeln? Um MICH zu provozieren? Oder um uns gegeneinander auszuspielen?

Ich entscheide mich für den gediegenen Rückzug und trete zu den anderen, die eben von Dr. Ross Manuels CT erklärt kriegen.

»Niedlicher Teddy«, sagt Marie-Luise hinter meinem Rücken.

Kann Dr. Ross nicht mal für Ordnung sorgen?! Wir sprechen hier über Unterschiede, Vor- und Nachteile von CT und MRT, während Marie-Luise ungehemmt flirtet und sich nicht die Bohne beteiligt! Dr. Ross sagt nichts dazu. Also kann ich ihr auch nicht mehr ganz aufmerksam zuhören; schließlich muss ich im Ohr behalten, was hinter mir gesprochen wird!

Manuel erzählt Marie-Luise, dass wohl »eine Verehrerin« den Teddy in sein Bett gelegt habe. Marie-Luise klärt ihn darüber auf, dass der kleine Bär aus dem Krankenhausshop stammt – und keine Besucher ins Zimmer gelassen werden, wenn die Patienten nicht da sind.

»Dann steht wohl jemand vom Personal auf dich«, haucht sie schelmisch.

Ich spitze nervös die Ohren. Fliege ich jetzt auf?! Aber weit gefehlt. Marie-Luise bringt es fertig, bei Manuel den Eindruck zu erwecken, SIE SELBST könnte den Teddy in seinem Bett platziert haben! Wohlgemerkt, sie behauptet nicht, sie hätte. Aber sie bringt ihn auf die Idee – und lässt ihn dann in dem Glauben. Was für eine geschickte, durchtriebene Kuh! Ich kann es nicht fassen. Na toll, selbst schuld, Lena! Warum habe ich nicht heute Morgen zugegeben, dass der Bär von mir ist. Klar, es ist peinlich, viel zu viel Aufmerksamkeit für den selbstzufriedenen Manuel. Aber dass jetzt die blöde Marie-Luise den Dank kassiert, passt mir noch weniger. Ich hab's doch gewusst: Schweigen ist Mist!

12

Wir sind hundemüde. Am Abend liegen wir in Jennys unordentlichem Zimmer auf dem Bett, essen Eis, sehen mit einem halben Auge fern und lästern über Dr. Ross und Marie-Luise.

»Unverschämt, wie sie deinen Typen angräbt!«, empört sich Jenny und ich bin ihr sehr dankbar. Nicht nur, weil sie Marie-Luise ein bisschen schlechtmacht, sondern auch, weil sie Manuel *meinen Typen* nennt. Natürlich verwehre ich mich energisch gegen diese Bezeichnung, aber insgeheim tut es natürlich doch gut. Im Gegenzug bestätige ich Jenny, dass es wirklich unverschämt ist, dass sie jeden Tag den Laborgang erledigen muss, statt die verdiente Pause zu genießen. Von dem Teddy für Manuel erzähle ich erst mal nichts; ich glaube, dass meine Freundinnen diese Kurzschlusshandlung beide nicht gutheißen würden – Isa, weil es zu viel, Jenny, weil es das Falsche signalisiert. Auch dass ich über Isas Bibliotheksgeheimnis Bescheid weiß, verschweige ich tapfer. Mal sehen, Lena, wie lange du das für dich behalten kannst …

Isa ist heute erstaunlich locker. Sie lässt sich sogar dazu hinreißen, eine boshafte Bemerkung zu machen! Nachdem sie eine Weile unseren Schmähungen über Marie-Luise gelauscht hat, sagt unser braves Küken, von dem man noch nie eine winzige Gemeinheit hörte, in Jennys Atempause nur ein einziges Wort: »Wasserstoffhaare.«

Jenny und ich starren uns an und kichern los. Als Lästerei ist »Wasserstoffhaare« allerunterste Liga, aber es klang so vernichtend – und Isa ist über die ihr entschlüpfte Gemeinheit so erschrocken –, dass wir einfach lachen müssen.

»Bist du süß!« Jenny kriegt kaum noch Luft. »Du hast noch nie im Leben über jemanden was Fieses gesagt, oder?!«

Isa sieht verschämt beiseite. »Nun ja«, meint sie treuherzig, »das kann ich ja noch lernen.«

Jenny schlingt glucksend die Arme um Isa. »Jawoll, Süße, das lernst du bei uns ganz schnell!«

Isa wird bei der Umarmung verlegen, Jennys vereinnahmende Art ist wohl ein bisschen viel für sie. Zum Glück klingelt in diesem Moment Jennys Handy. Während sie aufgeregt ins Telefon schwatzt, strecke ich mich zufrieden auf dem Bett aus. Wie klug, in eine Ärzte-WG zu ziehen. Ich mag gar nicht daran denken, wie es wäre, mit all dem Neuen allein fertigwerden zu müssen! Ich lasse mich vom Fernsehton und Jennys Geplapper berieseln und sehe mich mit halb geschlossenen Augen in ihrem Zimmer um. Es ist karg möbliert: Das breite Bett, ein Schreibtisch, ein riesiger Kleiderschrank – mehr braucht sie offenbar nicht. Obwohl ich mich frage, wozu sie den Schrank benutzt, denn überall auf dem Fußboden liegen Klamottenstapel. Isa wechselt den Sender, Nachrichten. Tut mir leid, ich bin heute irgendwie zu müde dafür. Darf man das? Jenny quatscht immer noch. Ich sollte dringend auch mal wieder zu Hause anrufen; seit drei Tagen habe ich mich bei Mama und Papa nicht gemeldet. Morgen, vertröste ich mich mit schlechtem Gewissen. Denn auch für den Elternanruf zu müde zu sein, ist echt grenzwertig! Aber ich bin so geschafft, ich könnte hier auf der Stelle einschlafen …

»Hopp, hopp!« Ich schrecke hoch, als ein breiter Gürtel auf meinen Bauch knallt. Ich bin wohl wirklich eingedöst. Jenny steht vor ihrem Schrank und wirft mit Klamotten nach mir, auf den Gürtel folgt ein glitzerndes Top – weniger schmerzhaft, aber genauso irritierend. Warum steht sie da und schmeißt Sachen nach mir?

»Mach schon«, drängelt Jenny. »Wir müssen los. Im Turnverein ist die Party des Jahres!«

Hat sie Turnverein gesagt? Ich soll mitten in der Nacht …

»Mann, Lena!« Jenny lacht über mein verdutztes Gesicht. »Der Turnverein ist DER Club im Moment. Noch nie davon gehört?!«

Wo denn, in Lübeck?! Jenny zieht hastig Röcke aus dem Schrank, prüft sie kurz und wirft sie auf den Fußboden.

»Jedenfalls stehen wir auf der Gästeliste. Das ist ein Jackpot!« Sie hat den richtigen Rock gefunden und steigt eilig aus ihrer Jeans und in den knappen Mini.

Ihr Tempo ist mir gerade echt zu hoch. »Wie können wir auf der Gästeliste sein?«

Jenny dreht sich nicht um. »ICH bin auf der Liste, das reicht doch!« Schon wühlt sie sich durch die Oberteile, die auf dem Boden herumliegen.

»Und was soll DAS?« Überfordert hebe ich den Klamottenberg an, der auf meinem Bauch gelandet ist.

»Das ziehst du an.«

Moment! Jetzt bin ich wach. Ich sitze verwirrt auf dem Bett und sehe zu, wie Jenny sich in ein Oberteil zwängt, das zwar riesige weite Ärmel hat, aber am Körper so eng anliegt, dass sie sich hineinwinden muss wie in eine Zweithaut. Wieso geht sie davon aus, dass ich mitten in der Nacht aufstehen und in einen Club gehen will, der Turnverein heißt?

Jennys Stimme kommt dumpf aus dem engen Oberteil: »Weil es der beste Club der Stadt ist und man nur einmal gefragt wird.«

Und warum denkt sie, sie kann mir vorschreiben, was ich anziehe?

»Weil du garantiert nichts hast, was dahin passt.«

Ich würde gern widersprechen. Aber die Behauptung, in meinem Kleiderschrank könnte ein einziges Teil mit Jennys Glamourausrüstung mithalten, hält nur … bis zu meinem Kleiderschrank. Klar habe ich für Berlin meine Garderobe aufgestockt. Ich bin im Grunde der Jeans-und-T-Shirt-Typ, aber auf meiner letzten Lübecker Shoppingtour habe ich mutig eingekauft – und Mama hat großzügig auch das bezahlt, was sie »für Ärztinnen untragbar« fand. Doch nichts davon ist so gewagt, dass ich es nicht auch anziehen würde. (Auf die Illusion, mit einem neuen Kleidungsstück werde man automatisch auch zu dem neuen Menschen, der es tragen kann, falle ich schon lange nicht mehr rein.) Also sind meine neuen Sachen zwar bunter und einen Hauch teurer als bisher, aber keineswegs mit Jennys schräger Garderobe vergleichbar. Alles, was ich ausgefallen fand, deklassiert Jenny als durchgefallen. Nur die neuen High Heels finden Gnade vor ihren Augen. Ausgerechnet!

Jenny setzt mir eiskalt ein Ultimatum: »Entweder du ziehst was von mir an und bist in 20 Minuten fertig – oder wir gehen ohne dich!«

Wir? Isa geht mit?! In Isas sonst so aufgeräumtem Zimmer sieht es aus wie nach einem Meteoriteneinschlag. Überall liegen Kleider, Schuhe und Taschen verteilt und garantiert gehört nicht ein einziges Teil Isa. Bedrückt sitzt sie auf dem Boden zwischen all den tollen Sachen.

»Hilf mir, Lena! Ich kann das nicht anziehen!« Anklagend hält sie ein schrillgrünes Kleid mit nur einem Ärmel hoch und fragt: »Wieso um alles in der Welt sollte man so was tragen?«

Ich habe Mitleid und vollstes Verständnis. Um Isa aufzumuntern, mache ich Jenny ein bisschen nach. »Weil wir im Turnverein eingeladen sind und da kommt man nur heute und nur mit einem Ärmel rein!«

Isa grinst. »Na, dann muss ich wohl. Ist es nicht toll, dass sie uns mitnimmt?!«

Doch, es ist wundervoll und sollte den Kleiderstress wert sein. Ich verstehe nur nicht, wieso Isa so gerne mitwill. Sollten ihr Tanzen und Aufmotzen und angesagte Clubs nicht fremd und unheimlich sein?!

Isa lächelt mich verlegen an. »Ich will doch auch mal was erleben …«

Ich könnte sie knuddeln! Sie hat völlig recht: Jetzt zwingen wir uns in Jennys wilde Fummel und lassen uns endlich ins Berliner Nachtleben ausführen!

Es dauert 40 Minuten, bis wir Outfits gefunden haben, in denen Jenny uns akzeptabel findet, wir uns aber trotzdem nicht schämen. (Und in denen wir laufen können!) Isa sieht in dem einärmeligen Grünen großartig aus – sie sollte sich viel mehr trauen. Ihre Figur ist klasse, auch wenn Isa es schrecklich findet, dass aus dem Kleid »so viel rausguckt«. Sie zupft regelmäßig den Ausschnitt nach oben, wodurch das Kleid eine sehr seltsame Form bekommt. Aber Jenny kennt kein Erbarmen und zieht Isas Ausschnitt immer wieder rigoros nach unten.

Ich bin nicht ganz so gut weggekommen – finde ich. Das glitzernde Top ist echt nicht mein Stil und der breite Gürtel passt zwar farblich genau zu den schwierigen High Heels (klar, für so was hat Jenny ein untrügliches Auge), aber MIR passt er nicht ganz. Nicht dass ich keine Luft kriege, aber der Gürtel sitzt doch so eng, dass ICH lieber nicht länger sitzen sollte …

Jenny kümmert das nicht. »Wieso solltest du dort sitzen?!«, fragt sie entrüstet. »Wir tanzen doch!«

Ich finde mich damit ab. Auch das heftige Make-up, das Jenny uns verpasst hat, ist gewöhnungsbedürftig. Aber ich gebe zu, dass ich von meinem Spiegelbild beeindruckt bin: Ein rotgesichtiges Mädchen sieht hinein … Und eine schmalwangige, katzenäugige Frau blickt zurück. Sie schaut verwirrt, weil sie nicht begreift, wie Jenny das aus ihrem Durchschnittsgesicht herausmogeln konnte – aber sie sieht echt gut aus. Und deshalb sinke ich schließlich glücklich ins Taxi und bin überzeugt, einen großen Abend vor mir zu haben. Jennys Rock ist ziemlich gewagt, der Einstieg ins Taxi ein Kunststück. »Also, turnen kannst du mit dem Rock nicht!«, versuche ich einen Scherz. Doch hier versteht Jenny keinen Spaß. Auf der Fahrt zum Club machen Isa und ich uns aus Unsicherheit ein bisschen lustig. Reine Verlegenheit. Wir versuchen ja nur, mit den lahmen Turnvereins-Witzen unser Herzklopfen zu überspielen.

Die Fahrt durch die nächtliche Stadt ist atemberaubend. Die Straßen sind noch voller Menschen, alles ist erleuchtet. Wir fahren Unter den Linden entlang, am Zeughaus und der Neuen

Wache vorbei, über den Bebelplatz, links liegt die Staatsoper, rechts die Humboldt-Uni; Isa und ich können uns gar nicht sattsehen. Prachtvolle Gebäude, alt und majestätisch. Auf der einen Straßenseite Studentengewusel, selbst um diese Zeit noch, auf der anderen Seite Luxus-Hotels und flanierende Schickimicki-Touristen. Vor dem Brandenburger Tor biegen wir ab und fahren Richtung Spree. Jenny, die vorne sitzt, überprüft ihr Make-up im Taschenspiegel; offenbar sind wir gleich da. Isa und ich witzeln verhalten vor uns hin, bis das Taxi zum Stehen kommt. Von einem Club ist nichts zu sehen – kein Schild, keine Reklame, nur eine Stahltür, vor der zwei bullige Anzugträger Wache schieben. Aber die Schlange gut gekleideter Menschen vor dem Gebäude verschlägt uns den Atem. Da kommen wir nie rein! Wie peinlich, hier so einen aufgebrezelten Taxi-Auftritt hinzulegen – und dann weggeschickt zu werden. Ich kann nur heftigst die Daumen drücken, dass das mit der Gästeliste stimmt. Jenny zieht lächelnd an der Schlange vorbei und uns hinter sich her. Hoffentlich müssen wir nicht gleich wieder an allen vorbei zurückgehen. Die Leute sehen uns nach, teils bewundernd, teils genervt. Wer sind die, dass die hier reindürfen?! Genauso würde ich auch gucken! Und hoffen, dass diese aufgemotzten Tussis abblitzen …

Hah! Sie blitzen NICHT ab! Die bulligen Herren öffnen die Stahltür für uns und wir sind drin. Die karge Fassade trügt: Der Turnverein sieht aus wie ein kuscheliges 20er-Jahre-Boudoir. Plüschige Sessel, verschnörkelte Spiegel. Die Musik passt großartig: leicht verkratzte alte Schlager. Während Jenny das schöne Mädchen am Empfangstresen überschwänglich begrüßt, sehen Isa und ich uns um. An der Wand Fotos von Nachtclub-Damen, doch es bleibt geschmackvoll. Ich bin entzückt von den altmodischen Telefonen auf den kleinen Tischchen. Nur warum das Turnverein heißt, bleibt ein Rätsel.

Jenny geht voraus; im hinteren Teil des Clubs ist es schon ziemlich voll, an der altmodischen Bar herrscht Gedränge. Mit großem Hallo stürzt Jenny sich auf eine Gruppe Mädchen. Isa und ich bleiben etwas verlegen stehen – ich fürchte einen Moment, dass wir beide füreinander das Notdate sein müssen. (Wer hat das noch nicht erlebt? Die Party ist toll, aber man kennt nur einen einzigen Menschen, mit dem man notgedrungen den ganzen Abend plaudert, um sich und ihm vorzumachen, man würde sich bestens unterhalten, während die Gespräche immer gezwungener werden. Das Schlimmste ist, wenn dein Notdate plötzlich noch einen zweiten Anwesenden kennt und dich im Stich lässt – und du dann ganz alleine auf der Party stehst. Na wenigstens das wird mir mit Isa nicht passieren.) Ich setze an, Isa aus Verlegenheitsgründen in ein Gespräch über die Klinik (was sonst?!) zu verwickeln, als Jenny uns wieder wahrnimmt.

»Wo bleibt ihr denn?«, kreischt sie – und alle drehen sich zu uns um. Ehe wir es uns versehen, haben wir Sektkelche in der Hand und sind umgeben von hübschen, schnatternden Mädchen, die uns abküssen. Ich erkenne manche von unserer Einzugsparty wieder, sie nennen mich »Süße« und fragen, wie es mir geht. Ist das wirklich Anteilnahme? (Wissen die echt noch, wer ich bin? Ich weiß nämlich ihre Namen ehrlich gesagt nicht mehr.) Oder ist das nur Small Talk und ich sollte nicht zu viel erzählen? Ich sage »prima«, stelle die unvermeidliche Gegenfrage und höre erstaunlich persönliche Antworten: »Toll, ich habe mich mit meiner Mutter ausgesprochen.« – »Ganz gut, nur diese Bauchschmerzen!« – »Ach, mein Freund hat sich getrennt. Ich habe so viel geheult, dass ich heute Abend einen ganzen Tiegel Concealer verbraucht habe!«

DIE machen sich offenbar keine Gedanken darum, was »zu viel Information« sein könnte. Ist ihnen egal, wer von den Bauch- und Trennungsschmerzen weiß oder betrachten sie Jennys Mitbewohnerin automatisch auch als Freundin? Ich bin leicht überfordert von dem Überschwang.

Nach einer halben Stunde ist der Club brechend voll und die Musik wird moderner und lauter. Jenny und ihre Mädels drängen auf die Tanzfläche. Ich bleibe lieber an der Bar. Stehen kann ich ganz gut in den Schuhen – zur Not kann ich mich ja anlehnen – Tanzen geht eher nicht. Auch Isa bleibt hier, wir beobachten die extrovertierten Tanzeinlagen und wechseln kopfschüttelnd faszinierte Blicke. Das mit den Getränken ist ein bisschen schwierig; als ich unsere Gläser nachfüllen lasse und bezahlen möchte, schüttelt der Barmann den Kopf. Ich weiß nicht, ob wir eingeladen sind oder später zahlen sollen und auch nicht, was die Drinks kosten. Nicht dass am Ende des Abends die böse Überraschung kommt … Ja, klar, das sind die Dinge, über die Lena sich Sorgen macht, wenn sie das wilde Nachtleben genießen könnte.

Isa schnappt nach Luft und zieht mich am Ärmel – ich wende den Blick und entdecke Rupert Sand, Schauspieler aus mindestens drei Kinofilmen. Ich bin kurz aufgelöst und unterdrücke mühsam den Kreisch-Schnappatmung-Handykamerazück-Reflex. Um ein Autogramm bitten kann man auf keinen Fall, niemand sonst tut es. Aber vielleicht um ein Foto? Ist es überhaupt cool, ihn anzusprechen? Oder cooler, so zu tun, als wäre man nicht überrascht, ihn zu sehen? Denn außer uns scheint KEINER überrascht. Sind wir Berliner so lässig?

Isa zappelt. »Wir können wohl nicht um ein Autogramm bitten, oder?«

Ich schüttle den Kopf. »Aber wenn du magst, lade ich ihn auf einen Drink ein«, flachse ich.

Isa bleibt der Mund offen stehen. Aber ich hoffe ehrlich gesagt, dass sie mich nicht beim Wort nimmt. Zum Glück kommt Rupert vorerst nicht bis zu uns durch, er begrüßt lautstark ein paar Freunde und ich bekomme noch etwas Schonfrist.

Freundlich lächelnd steht plötzlich der erste normale Mensch an diesem Abend vor uns: Tom, Jennys Ex und unser Waschmaschinen- und Arbeitsplatten-Retter. Er ist völlig unbeeindruckt von dem Trubel und unterhält sich so ungezwungen mit uns, als wäre er nur deshalb hier. Wir erfahren, dass außer Rupert Sand noch viel interessantere Leute hier sind (interessanter natürlich nur aus nicht-weiblicher Sicht): Tom zeigt uns einen Schriftsteller, eine ganze Metal-Band und einen Fußballer. Isa und ich machen »oh ja, der« und »ach genau« und ich sehe ihr an, dass auch sie noch nie von denen gehört hat. Auch Tom merkt es endlich und macht sich, wenn auch höflich, ein bisschen über uns lustig. (ABER: 1.: Ich weiß bei den wenigsten Schriftstellern, wie sie aussehen. 2.: Dass Tom Metal mag, hat ja dazu geführt, dass wir als Jennys Nach-Mitbewohner explizit KEINE Metal-Fans sein sollten. Und 3.: Fußballer sehen für mich alle gleich aus.) Die Unterhaltung mit Tom ist trotzdem nett, Isa und ich werden lockerer. Am Sekt liegt das vielleicht auch, inzwischen habe ich die Sorge über die Zeche vertagt und mehrfach nachbestellt.

Die Tanzfläche ist mittlerweile überfüllt. Auch mir zuckt es in den Beinen, die Musik ist klasse und wozu sind wir denn hier?! Als Jenny das nächste Mal auffordernd winkt, lasse ich Isa bei dem braven Tom zurück und schließe mich den Tänzern an. Ja, die Schuhe sind fies. Aber sonst ist alles wunderbar! Es wird immer voller, lauter und wilder. Die Leute tanzen ungehemmt mit- und durcheinander, jemand läuft mit einer riesigen Flasche herum und schenkt die Sektgläser schneller nach, als wir sie austrinken können. Der Sekt ist übrigens Champagner, doch das erfahre ich leider erst jetzt. Hätte ich das geahnt, hätte ich ihn viel bewusster getrunken – zu Anfang des Abends, als ich noch einen Geschmackssinn hatte. So habe ich arme Landmaus den Unterschied gar nicht bemerkt. Oh Mann, wenn ich an die verdrückten Mengen denke, bekomme ich gleich wieder Panik: Diese Champagnerflut wird mich ruinieren und ich habe immer noch nicht das Zahlungsprinzip durchschaut!

»Ich hab echt nicht viel Geld mit«, brülle ich Jenny zu – tut mir leid, aber ich MUSS es doch sagen. Und was schreit sie zurück? »Ich auch nicht!«

Na toll. Und jetzt? Ich zeige hilflos fragend auf unsere Gläser. Jenny lacht und deutet mit großer Geste in den Raum, ihre Armbewegung schließt alle Anwesenden ein. Glaubt sie, einer von denen werde die Zeche übernehmen? Ich schüttle den Kopf. Ich lass mich doch nicht einladen – noch dazu von jemandem, den ich nicht kenne oder gar erst ÜBERZEUGEN soll, dass er mich einlädt! Bisschen spät, ich weiß. In Jennys nächstem Gebrüll verstehe ich nur das Wort »Geburtstag«. Ich deute es so, dass hier jemand feiert und alles zahlt. Ich bin etwas beruhigt – und dann leicht beschämt. Ich habe nicht mal gratuliert, geschweige denn auch nur eine Blume mitgebracht. Jenny hätte ja was sagen können! Was hilft gegen diese Beschämung? Noch ein winziges Glas Champagner. Aber ehrlich gesagt: Auch wenn man es weiß, schmeckt er trotzdem nicht SO sehr anders. Und jetzt wird endlich richtig getanzt!

Als ich mich irgendwann zur Toilette durchschlage, treffe ich wieder auf Isa. Ups, seit etwa einer Stunde habe ich mich nicht mehr gefragt, wie sie zurechtkommt. Hoffentlich hat Tom sie unterhalten. Isa brüllt mir ins Ohr, dass es ihr hier allmählich zu wild wird, sie auch nicht so gern tanzt und es schon furchtbar spät ist. Ich umarme sie schnell und hoffe, dass sie ein Taxi nimmt.

Tom geht auch gerade, der vordere Bereich hat sich etwas geleert; jetzt trennen sich hier Spreu und Weizen, die Draufgänger von den Vernünftigen, die Klugen von den Berauschten. Einen winzigen Moment beklemmt mich der Gedanke an Schwester Klaras 8-Uhr-Gesicht. Und an meine Füße darf ich schon gar nicht denken. Ich knicke zwar nicht mehr alle Nase lang um, doch sobald ich stillstehe, merke ich, wie brutal es in meinen Füßen brummt und tobt. Aber was willst du, Lena? Zu Hause deine Füße pflegen – oder das hier?! Ich eile zurück auf die Tanzfläche. Ich habe noch lange nicht genug! Zehn Minuten später tanze ich mit Rupert Sand! ICH, Lena Weissenbach – und der Typ, den all meine Lübecker Freundinnen für den attraktivsten deutschen Jungschauspieler halten. Heute Nacht ist noch ein ausführlicher Facebookeintrag fällig! Mann, so sollten die mich im Krankenhaus mal sehen! Die aufgeblasene Marie-Luise, die muffelige Dr. Ross, Dr. Thalheim und natürlich der anmaßende Manuel! Der würde nicht schlecht gucken!

»Siehst super aus«, sagt Rupert zu mir und ich lächle zufrieden. Jetzt nur cool bleiben; es macht dich gar nicht nervös, dass DER mit dir flirtet. »Was machste denn so?«

»Ich bin Ärztin«, antworte ich brüllend, aber gaaanz locker.

»Hey«, ruft Rupert Sand, »ich spiel auch grad'n Arzt! Ganz schön eklig mit dem ganzen Blut, was?«

Äh ... Das muss ich kurz verarbeiten. Ist das alles, was Rupert Sand zum Thema Ärzte einfällt? Ist er betrunken – oder ein bisschen beschränkt? Ich bin erst sprachlos, nicke dann einfach und tanze weiter. Rupert möchte sich offenbar auch nicht eingehender unterhalten, vielleicht ist das besser so. Ich überlege, ob ich diese Unterhaltung der Nachwelt verschweige und es einfach bei der Schilderung des gemeinsamen Tanzes belasse. Denn Tanzen kann er wirklich gut – und jeder kann sich dann seine eigene romantische Vorstellung machen. Oder ist es der perfekte Clou meiner Story, der sie von einer Begegnung zu einem Erlebnis macht? (»Ach so, ich traf neulich Rupert Sand. Na ja ... er ist ganz nett, nur ein bisschen dumm.«) Den Film, in dem er einen Arzt spielt, werde ich wohl mit etwas gemischteren Gefühlen ansehen als die, in denen er Piloten, Soldaten und Lehrer verkörperte. Egal, wieso trage ich jetzt dem armen Rupert seine geistlosen Bemerkungen nach?! Jede andere würde es ignorieren und einfach genießen, wie perfekt er tanzt. Noch ein Glas Champagner und ich tue es auch ...

Bei Sonnenaufgang trete ich neben Jenny aus dem Club. Die Straße ist hellblau und menschenleer. Wir sehen ramponiert, aber wundervoll aus und sind müde, aber großartiger Laune. Ich trage meine High Heels in der Hand und laufe barfuß, das kühle Pflaster ist Balsam für meine geschundenen Füße. Die Sonne geht über der Spree auf und verwandelt die gläsernen Fassaden der Geschäftshäuser in goldene Spiegel. Das Leben ist wundervoll. Ich bin überhaupt nicht mehr müde.

13

Nie wieder Party! Als Jenny und ich zu Hause ankamen, war Isa schon wieder auf. Kein Wunder: Es war kurz vor sieben, zehn Minuten vor Aufbruch. Isa öffnete die Tür, lächelte uns verknitterte, übernächtigte Gestalten an und sagte cool: »In den Klamotten könnt ihr aber nicht zur Arbeit gehen, Mädels!«

In zehn Minuten waren wir umgezogen, abgeschminkt und unterwegs zur S-Bahn. Noch auf dem Heimweg durch das morgendliche Berlin hatten Adrenalin und Begeisterung mir Munterkeit und Durchhaltevermögen vorgespiegelt. Auf dem Weg zur S-Bahn kam die Müdigkeit mit einem Schlag – und die Erkenntnis, dass es kein Pardon gibt und der Tag, koste es, was es wolle, überstanden werden muss, hing an meinen Beinen wie Blei. Auf der Fahrt fielen mir die Augen zu, sodass ich nicht mal dazu kam, eins der von Isa mitfühlend vorbereiteten Brote zu essen.

Der Morgen ist entsetzlich. Dass ich einen eigenen Patienten habe, bedeutet nämlich nicht, dass ich von den anderen PJ-Aufgaben befreit bin. Und so schiebe ich im Schneckentempo meinen Wagen durch die Gänge, vielmehr lasse ich mich von ihm über die Gänge ziehen. Soviel ich durch meine nur einen Spaltbreit geöffneten Augen überhaupt von den Fluren erkennen kann. Was habe ich mir dabei gedacht, mitten in der Woche derart rücksichtslos zu feiern?! Ich schwöre hoch und heilig, dass so was Unverantwortliches nie wieder vorkommt! Das Blutabnehmen geht heute mehr schlecht als recht – nicht, weil ich es nicht kann, sondern weil ich vor lauter schlechtem Gewissen übervorsichtig bin und lieber dreimal ansetze. Mehrere Patienten murren, ich kann es ihnen nicht verdenken. Frau Klein fragt sogar mitfühlend, ob es mir nicht gut geht. Ich schäme mich. Aber es geht mir echt nicht gut. Manuel ist heute ein Lichtblick; ihm kann ich wenigstens sagen, was ich getan habe. Er lacht und findet es toll. Natürlich bietet er mir sofort an, mich ein wenig auszuruhen – in seinem Bett. Aber auf etwas so Plumpes reagiere ich nicht einmal in einer solchen Notlage.

Der Schock kommt in der Frühstückspause. All der Glamour des Abends und die entschädigenden Erinnerungen sind plötzlich wertlos – Paul, der bebrillte Streber, verkündet strahlend, es gebe gleich eine Oberarztvisite. Na prima! Ich bin sogar zu geschafft, um in Panik zu verfallen. Ich gebe mich einfach geschlagen. Du kannst einpacken und heimfahren, Lena. Wenn Dr. Thalheim dich so sieht, ist alles aus.

Noch zehn Minuten bis zur Visite. Jenny legt den Kopf auf den Tisch und verkündet, sie werde einen 7-minütigen Powerschlaf halten. Das kann ich nicht. Wenn mein Kopf auch nur in fühlbare Nähe einer möglichen Schlafunterlage kommt, und sei es die Stuhllehne, werde ich in einen unbezwingbaren Dornröschenschlaf fallen, aus dem mich vor Ablauf des Vormittags kein noch so energischer Tatmensch erwecken kann. Mir muss etwas anderes einfallen. Ruben.

Ich stürme in die Cafeteria. Mein blauhaariger Engel ist schon da. »Na, Fräulein Notfall«, grinst er. »Wo brennt's denn?«

Schonungslos beichte ich meinen Fehltritt. Ruben lacht – und handelt. In Windeseile baut er auf seinem Tresen eine Notversorgung auf: saure Gurken, Salzstangen, ein Glas Tomatensaft. Hastig schlucke ich alles durcheinander herunter. Noch sieben Minuten. Ruben, heute im Cowboyhemd, brüht inzwischen Kaffee auf und mischt ein entsetzliches Gebräu: In eine halbe Tasse Kaffee quetscht er eine Zitrone, dann gießt er das Gemisch mit Cola auf. Er legt eine Schmerztablette neben die Tasse und sagt: »Danach schaffst du die Visite, versprochen!«

Ich probiere todesmutig – und stelle das schäumende Gebräu angeekelt zurück. Nie im Leben kann ich das trinken. Ruben lächelt.

»Weißt du, was Prostaglandine sind?«

Beim besten Willen, ich kann nicht jetzt schon Fachfragen beantworten! Aber in mir ist dieser Medizinstudenten-Reflex, der mit soldatischer Disziplin bis zur letzten Fachfrage brav Antworten herausschießt, solange noch ein Rest Stimmbandvibration übrig ist. »Gewebshormone«, flüstere ich. »Zuständig für die Weiterleitung von Schmerzen.«

Ruben lacht wieder. »Der Kopf funktioniert ja noch. Koffein und Zitronensäure blockieren das Enzym, das sie freisetzt. Außerdem verstärkt Koffein auch die Wirkung der Schmerztablette. Trink das und du bist wach und schmerzfrei!«

Ich setze die Tasse an – halb, weil ich überzeugt bin, halb, damit Ruben aufhört zu reden. Noch fünf Minuten. Die Mixtur ist widerlich, aber ich beherrsche meinen Magen.

»Woher kennst du dich mit Gewebshormonen aus?«

Ruben grinst. »Ich bin der heimliche Chef dieses Krankenhauses. Alles, was die Ärzte wissen und tun, haben sie eigentlich von mir.«

Ich muss ebenfalls lächeln. Es ist mir heute zu anstrengend, nachzubohren. Behält er sein Geheimnis eben; die neue Lena kann ja sehr gut mit Neugierde umgehen. Noch drei Minuten. Ich bedanke mich und gehe. Ruben hat auf jeden Fall eine Lebensrettung bei mir gut.

Die Visite mit Dr. Thalheim ist großartig und ich bereue zutiefst, dass ich heute so wenig aufnahmefähig bin. Er trottet nicht so bequem mit uns herum wie Dr. Ross, sondern erklärt alles ausführlich und verständlich (jedenfalls für die, die geschlafen haben). Zwischendurch stellt er Fragen, doch es ist keine Inquisition wie beim Chefarzt, sondern eher eine Unterhaltung, zu der man gern etwas beiträgt, um ihn zu beeindrucken. (Jedenfalls die, die wach genug sind, um mitdenken und auch sprechen zu können.) Marie-Luise macht Punkte und auch Isa kann ein paarmal richtig antworten. Ich würde zu gerne aktiver teilnehmen, doch mein Gehirn arbeitet heute einfach zu langsam. Jenny, die nicht in den Genuss von Rubens Notversorgung kam, ist noch schlimmer dran als ich. Ihr Powerschlaf hat sie erst richtig müde gemacht, sie sieht zerknautscht und erledigt aus. Dr. Thalheim nimmt sie nicht dran; er übersieht ihren desolaten Zustand geflissentlich. Doch ich bin sicher, dass er ihn registriert. Mist, schaut er mich auch so missmutig an? Ich muss mir mehr Mühe geben!

Als wir zu Manuel kommen, tritt Dr. Thalheim zurück in die Reihe meiner Kommilitonen und nickt mir zu. Ich führe die Visite durch, frage Manuel nach seinem Befinden, als hätten wir uns heute noch nicht gesprochen, und beurteile die aktuellen Werte, die ich selbst vor wenigen Stunden erhoben habe. Ich käme mir albern vor, wäre ich nicht vollauf damit beschäftigt, Frische und Kompetenz vorzutäuschen. Dr. Thalheim ist zufrieden. Ich warte. Er wartet. Kommt jetzt noch was? Soll ICH jetzt etwa die Fragen stellen?

Endlich wendet sich Dr. Thalheim an die Gruppe und fragt nach dem postkommotionellen Syndrom. Marie-Luise zeigt auf – wer sonst?! – und nennt Apathie, Kopfschmerz, Schwindel, Übelkeit und Reizbarkeit. Dass auch Reizbarkeit dazugehört, hatte ich gar nicht auf dem Schirm. Vielleicht ist Manuel eigentlich ein echt netter Kerl und seine ständigen Provokationen sind nur der Verletzung geschuldet? Obwohl … diese frechen Flirtereien kann ich nun wirklich nicht auf die Gehirnerschütterung schieben! Äh … spinnst du, Lena? Du stehst hier vor der Gruppe, mitten in Dr. Thalheims Visite, und grübelst über Manuels modifizierten Nettigkeitspegel? Was hat Dr. Thalheim jetzt zu den Symptomen gefragt? Hat er gemerkt, dass ich mit den Gedanken gerade woanders war? Ich fasse schnell zusammen, dass Kopfschmerz, Schwindel und Übelkeit bei meinem Patienten zutreffen, Apathie etwas weniger. »Reizbarkeit dafür umso mehr.«

Diesen Zusatz kann ich mir mit einem Blick auf Manuel nicht

verkneifen. Er ist beleidigt und faucht, dies sei nur eine wilde Behauptung meinerseits. Woraufhin ich zufrieden sagen kann: »Da seht ihr es.« Eins zu null. Die anderen PJler grinsen. Nur Dr. Thalheim nicht.

»Noch irgendwas?«, fragt er knapp.

Ich schüttle den Kopf. Womit habe ich ihn denn jetzt verstimmt?! Mit diesem harmlosen Scherz? Gut, er hat ja recht. Man darf Patienten nicht vorführen, geschweige denn, sich über sie lustig machen – und sei es auch noch so unschuldig und der Patient noch so ein Quälgeist. Mir fällt nicht mehr viel ein, also ergänze ich nur noch, dass die Rückbildung der Symptome bis zu 2 Monate dauern kann. Dr. Thalheim sieht mich an und sein Blick wirkt plötzlich irgendwie abschätzig.

»So lange wollen Sie ihn aber nicht hierbehalten, oder?«

Bevor ich etwas antworten kann, geht er aus dem Zimmer. Die Gruppe folgt ihm. Und ich stolpere perplex hinterher, ohne mich von Manuel zu verabschieden. Was habe ich denn jetzt schon wieder falsch gemacht?!

»Ganz klar eifersüchtig«, murmelt Jenny mir auf dem Flur zu.

Ich schiele sie müde an. »Ich glaube, du träumst schon.«

Jenny lacht. »Ich würde ALLES dafür geben. In der Mittagspause MUSS ich mich hinlegen!«

Aber Pustekuchen. Pünktlich zu Beginn der Mittagspause steht Schwester Klara bereit, Jenny muss ins Labor. Ich wechsle noch einen kurzen Blick mit Ruben – er lacht mich an, ich zeige den hochgereckten Daumen – und dann schlafe ich ein, den Kopf auf der Tischplatte. Isa, die mit ihrem Tablett an den Tisch kommt, rüttelt mich wach, so energisch, wie ich sie noch nie erlebt habe. Na klar, es ist ihr todpeinlich. Nicht nur für mich.

Ich selber schäme mich erst eine halbe Stunde später. Dann nämlich wird mitgeteilt, dass wir Anfänger heute erstmals an der nachmittäglichen Fallbesprechung teilnehmen werden, bei der die älteren PJler ihre Patienten vorstellen. Jeweils ein PJler spricht über Krankengeschichte, Diagnose und Verlauf eines interessanten Patientenfalls und wir anderen spitzen die Ohren.

Für alle PJler gilt dies als Vorbereitung auf das mündlich-praktische Examen, in dem wir selbstständig einen Patienten befragen, untersuchen und den Bericht darüber schreiben sollen.

Na toll! Das ist es, worauf ich gewartet habe; so habe ich mir das Lernen als angehende Ärztin vorgestellt – mit den anderen interessante Fälle diskutieren und über Diagnosen rätseln ... Und jetzt hänge ich im Schulungsraum wie ein Schluck Wasser und statt engagiert teilzunehmen, wünsche ich mir nur, dass der Nachmittag schnell vergeht und mich bis dahin niemand anspricht. Jenny setzt sich in die letzte Reihe und stellt einen großen Ordner aufgeklappt vor sich auf den Tisch. Ich kenne den Trick aus der Schule und wette, dass sie dahinter ein Schläfchen versucht. Ich schwanke zwischen Neid und Empörung. Ich würde mich so etwas nie trauen! Doch zu meiner eigenen Überraschung denke ich schon wenige Minuten später gar nicht mehr an Schlaf. Gegen Müdigkeit hilft, außer Schlaf, nichts besser als Begeisterung. Das ist bei mir immer so. Damals, als ich zum ersten Mal allein mit meinen Freundinnen zum Zelten fahren durfte, haben wir drei Tage durchgemacht. Als ich so schrecklich in Tilo verliebt war und wir nachts stundenlang heimlich telefoniert haben, brauchte ich gar keinen Schlaf. Und auch jetzt hilft mir meine Begeisterung über die Trägheit hinweg, die Müdigkeit ist wie weggeblasen.

Paul, der Streber mit der Brille, berichtet von einem Patienten mit einer Sonderform von Diabetes, die mit einer schweren Insulinresistenz einhergeht. Und siehe da, Paul spricht interessant und verständlich – und mit genau der richtigen Mischung aus ärztlicher Neugier und Mitgefühl für den Patienten. Nach wenigen Minuten hat er mich in seinen Bann gezogen, ich schreibe mit fliegender Feder mit und stelle eine Frage nach der anderen. Dr. Ross, die die Vorstellung beaufsichtigt, ist noch gar nicht zu Wort gekommen, als die Stunde auch schon wie im Flug vergangen ist. Im Rausgehen wecke ich ganz unauffällig Jenny hinter ihrem Ordner, die eisern beteuert, sie habe keine Sekunde geschlafen. Isa, die Brave, plant noch einen Abstecher zum Buchausverkauf und ehrlich, vor einer halben Stunde, im diskussionsaufgeputschten Hochgefühl, dachte ich, ich würde auch das noch schaffen. Aber Pustekuchen. Jetzt zeigt mir mein Körper deutlich, was sich seit den durchgemachten Nächten auf dem Zeltplatz verändert hat: Ich habe einige Jahre mehr auf dem Buckel. Und den schaffe ich jetzt eilig nach Hause ins Bett.

In meinem Zimmer liegen die von Jenny geborgten Partyklamotten in einem wilden Haufen. Als ich sie zusammenlege, finde ich einen Zettel. *Ruf mich an, Rupert.* Nur das. Keine Telefonnummer. Denkt er, ich wüsste seine Nummer? Glaubt er, ich könnte mir ruhig die Mühe machen, sie rauszufinden? Oder hat er schlicht keine Ahnung, dass man, um jemanden anzurufen, vor der Verbindungsherstellung Zahlentasten drücken muss?

Ich kann mich heute definitiv nicht mehr mit solchen Fragen beschäftigen. Tut mir leid, Rupert. Ich falle ins Bett. Nie wieder Party – mindestens bis nächste Woche!

14

Es ist sonnenklar: Isa hat ein Geheimnis. Beim Frühstück erzählt sie, dass der Bibliotheksverkauf ein Reinfall war; Isa hat kein einziges nützliches Buch erworben. Stattdessen hat sie ein Stadtmagazin gekauft und zeigt uns, was sie am Wochenende erleben möchte. Jenny lehnt diese Magazine entschieden ab und behauptet, nach so etwas richteten sich nur Zugezogene, aber Isa kontert fröhlich, dass sie genau das ist – wie übrigens zwei Drittel aller Berliner. Ich finde die neue Isa wunderbar und verspreche, sie an ihrem Erlebniswochenende zu begleiten.

»Das ist lieb«, lächelt sie, »aber EINMAL gehe ich auch alleine.«

Ich wittere ihr Geheimnis. Will sie wirklich allein sein? Oder was tut sie, was wir nicht wissen sollen? Als Jenny im Bad verschwunden ist, greife ich nach dem Magazin und inspiziere die angekreuzten Veranstaltungen. (Doch typisch Isa – sie hat das Magazin durchgearbeitet und Relevantes ANGEKREUZT. Oder ist das nur die Medizinstudentenmacke?) Die Auswahl umfasst ein Stadtteilfest, eine Theaterpremiere, den Flohmarkt und einen Vortrag in der japanischen Botschaft. Ich frage scheinheilig, wohin sie denn gern ALLEIN ginge.

Isa zögert. »Vielleicht auf das Stadtteilfest?«

Im Leben würde ich nicht allein dorthin gehen, das ist doch todeslangweilig ohne Freunde. Oder Freund. Mein Instinkt klingelt über zwei Oktaven. Ich könnte schwören, dass in diesem Fall »allein« bedeutet, dass Isa mit jemand anderem gehen will. Ich lächle Isa an – sie sieht weg. Ich werde mir »Irrtum« auf die Stirn tätowieren lassen, wenn ich falsch liege. Isa will mit einem Mann auf das Fest. Ich frage mich, wo unser Häschen so unbemerkt Kontakte geknüpft hat. Kann ja nur in der Klinik gewesen sein; außerhalb sind wir ja immer zusammen. Ist es ein PJler? Einer der Pfleger? Oder gar der blauhaarige Ruben? Ich bin gespannt wie ein Flitzebogen.

»Bist du sicher?«, frage ich listig. »Das ist doch öde allein. Ich gehe mit und schiebe dich auf der Schiffsschaukel an.«

Isa hat noch nie erschrockener ausgesehen. Sie erklärt eilig, sie wolle nicht schaukeln, nur Leute ansehen – und dazu wäre sie gern allein. Warum rückt sie nicht damit heraus, dass sie ein Date hat?

»Wir könnten uns Jungs einladen und zu viert gehen. Irgendeine von unseren neuen Herrenbekanntschaften wird sich schon breitschlagen lassen«, sage ich.

Eine bessere Brücke kann ich ihr echt nicht bauen. Doch sie lehnt ab – freundlich, aber entschieden. (Sie ist nicht an Dates interessiert, ihre Menschenbeobachtungen sind sicher langweilig für mich und sie bleibt auch nicht lange.) Hätte ich nicht Verdacht geschöpft, würde ich wirklich glauben, das Fest sei das Langweiligste auf ihrer Wochenend-Liste. Ich gebe auf, ich will ihr ja nicht zu nahe treten. Vielleicht ist es die erste Verabredung. Vielleicht ist Isas Auserwählter jemand, von dem sie denkt, dass wir ihn langweilig finden. Wenn es gut läuft, werden wir sicher am Sonntagabend eingeweiht. So lange kannst du doch wohl warten, Lena!

Auf dem Weg zur Klinik muss ich dann noch einen anderen, bisher verdrängten Aspekt der Hat-Isa-ein-Date?-Geschichte überdenken. Wieso habe ich KEINS?! Dass Jenny, die fast jeden Abend ausgeht und Himmel und Menschen kennt, reichlich mit Verehrern eingedeckt ist, ist selbstverständlich. Aber wie hat die zurückhaltende, schüchterne Isa zwischen fleißigem Krankenhausdienst und abendlichem Lernpensum eine Eroberung gemacht? SIE hat doch sicher nicht IHN angesprochen! (Isa hat ja schon Hemmungen, auch nur Dr. Ross anzureden ...) Und du, Lena, die du dich für offen und irgendwie attraktiv hältst und glaubst, du gingest so locker auf neue Menschen zu – was hast du? Einen Zettel von Rupert Sand, ohne Telefonnummer. Nur um es klarzustellen: Ich gönne es Isa von Herzen. Aber was ist mit mir?

Vielleicht bin ich von diesen leicht trübseligen Gedanken ein wenig beeinflusst, als ich auf meinem Rundgang bei Manuel Station mache.

»Ich warte schon den ganzen Morgen darauf, dass du kommst und mir ein paar Venen zerstörst«, grinst er und normalerweise würde ich ihm eine gepfefferte Antwort geben. Aber mal ehrlich, Lena – da liegt ein gut aussehender Junge im Bett, lächelt umwerfend und flirtet mit dir (wenn auch auf diese seltsame Art). Was willst du eigentlich?!

»Vorsicht«, lächle ich also zurück, »du bist immerhin in meiner Gewalt. Wenn ich will, kann ich noch ganz andere Dinge zerstören!«

»Mit großer Macht kommt große Verantwortung, Lena!« (Hah, er steht auf Spiderman! Ich stelle mir vor, wie er im Spider-Schlafanzug an seinem Hochbett Seilschwingen übt.) »Aber das lernst du wohl erst im nächsten Jahr!«

Na, klar, immer eine Frechheit hinterher. Aber heute macht es mir Spaß. »Zum Glück«, erwidere ich. »Bis dahin kann ich meine Macht gewissenlos ausnutzen und dich rücksichtslos quälen. Also mach den Arm frei und füg dich in dein Schicksal!«

»Ich versteh nur nicht, wieso du immer noch so unbeholfen bist«, grinst er dreist. »Du übst an mir seit einer Woche! Kann es sein, dass du langsamer bist als deine Kollegen?«

Na, diese Schrauben kann ich auch noch anziehen. Ich lächle überlegen. »Ehrlich gesagt: Bei den anderen Patienten kann ich es. Aber die weinen auch nicht. Wenn ich weiß, dass jemand so leicht heult, kann ich nicht widerstehen.«

»Dann nehme ich mal lieber sicherheitshalber meinen neuen Teddy in den Arm.« Er nimmt den Teddy – MEINEN Teddy! –

vom Nachttisch. »Den hat mir eine mitfühlende Seele geschenkt, um mich über deine Brutalität hinwegzutrösten.«

Oh, jetzt kommen wir auf unsicheres Terrain. Weiß er oder weiß er nicht? Glaubt er echt an Marie-Luise?

»Wer war das denn, der dein geistiges Alter so gut geschätzt hat?«, frage ich.

Er lächelt. Ich glaube, er weiß es nicht … nicht genau …

»Das wüsstest du wohl gern«, entgegnet er. (Pah, mein Lieber, DU wüsstest es gern!) »Ich sag nur so viel«, setzt er nach, »sie hat mich dazu geküsst.«

Ha, ha, Herr Ritter, alles klar. Du willst mich provozieren. Aber so clever wie du bin ich allemal.

»Hab ich es doch gewusst«, sage ich. »Er ist von deiner Mami.«

Noch ungefähr zehn Minuten dauert meine Kontrolle und währenddessen geht unser Schlagabtausch unvermindert weiter. Und irgendwie tut das richtig gut. Okay, offenbar gehören zu einem Flirt zwischen uns immer Kampfansagen, Stolz und Frechheiten. Aber wir sind eben beide keine Süßholzraspler – und das ist mir eigentlich angenehm. Als ich zum Abschied sage, dass ich später mit meiner Gruppe zur Visite wiederkomme, schlägt Manuel einen schmachtenden Romeo-Tonfall an.

»Müssen wir dann wieder so tun, als ob wir uns nicht längst versprochen wären?« Er klimpert mit den Augen.

»Leider darf niemand von uns erfahren!«, erwidere ich säuselnd. »Sonst werde ich aus der Klinik verstoßen.«

Dann lachen wir beide. Voller Einverständnis, dass diese Flachserei GAR NICHTS bedeutet. Und trotzdem mit dem ganz, ganz leisen Unterton, der zeigt, dass wir es beide gemerkt haben. Es hat ein klein wenig geknistert. Unbedingt.

So ein Flirt versüßt mir den ganzen Tag. Als ich lächelnd meinen Wagen weiter über den Flur schiebe, begegne ich Isa.

»Was ist denn mit dir los?«, fragt sie. »Du strahlst ja richtig!«

»Nur so«, lächle ich. Tja, meine Liebe, das ist MEIN Geheimnis.

15

An meinem ersten Schultag habe ich fast geheult vor Aufregung. Heute, da meine erste selbstständige Untersuchung ansteht, bin ich nicht mehr so nah am Wasser gebaut. Aber die Aufregung ist mindestens so groß wie damals! Mit der Patientenakte im Arm stehe ich vor dem Funktionsraum wie einst vor der bunt bemalten Tür der 1c. Die Mischung aus schön und schrecklich, Angst und Stolz ist auch dieselbe. Nur Dr. Ross lächelt mir nicht so aufmunternd zu wie mein geliebtes Fräulein Ade; sie sagt nur knapp: »Patient ist unterwegs.«

Bei der Visite habe ich selbst eine weitere neurologische Untersuchung für den Patienten Ritter empfohlen. Aber ich dachte keine Sekunde, dass sie schon mir übertragen werden könnte. Doch Dr. Ross hat nur genickt und gesagt: »Gleich nach der Visite. Dann kann ich Ihre Untersuchung selbst überwachen.«

Und jetzt stehe ich hier, gleich kommt mein Patient, Dr. Ross blättert durch ihre Mappe – und ich versuche, im Kopf alles abzuspulen, was ich NICHT VERGESSEN DARF. Hätte ich doch nur eine halbe Stunde Zeit gehabt, noch mal ein einziges Buch aufzuschlagen!

Eine Schwesternschülerin schiebt eine Transportliege in den Raum. Sie lächelt verschämt; ich vermute, Manuel hat unterwegs eine anzügliche Bemerkung gemacht. Auch mich grinst er breit an.

»Was kann ich für Sie tun, Frau Doktor?«

Dr. Ross sieht von der Mappe auf und runzelt die Stirn.

»Neurologische Untersuchung«, sage ich schnell.

Dr. Ross runzelt noch mehr. Ja, Verzeihung. Es gehört sich, den Patienten umfassend über die anstehende Untersuchung zu informieren. Ich erkläre Manuel also alle Einzelheiten. Dr. Ross macht eine freundlichere Miene. Und dann lege ich los. Ich höre Herz und Lunge ab und überprüfe die Reflexe, inklusive eventueller Unterschiede zwischen linker und rechter Körperhälfte, mit dem Reflexhammer. Dann folgt die Untersuchung des Kopfes und der Funktion der Hirnnerven. Ich prüfe die Koordinationsfähigkeit mit dem Finger-Nase-Versuch, um eventuelle Funktionsstörungen im Kleinhirn zu entdecken, untersuche das Schmerz-, Druck- und Berührungsempfinden und teste die Orientierung und Konzentrationsfähigkeit. Zum Abschluss ordne ich ein Kontroll-EEG an. Und erst als ich die letzte Notiz geschrieben und die Instrumente zurückgelegt habe, komme ich wieder zu mir. Erst jetzt nehme ich Dr. Ross wieder wahr. Und erst jetzt wird mir bewusst, dass der Patient, den ich so gewissenhaft untersucht und eine halbe Stunde lang nur als Fall betrachtet habe, Manuel ist, mein streitbarer Flirtpartner. Dr. Ross nickt mir zu. Und als ich Manuels Blick begegne, entdecke ich in seinen Augen etwas ganz Neues: Es sieht fast aus wie Respekt.

»Das war's erst mal, Herr Ritter. Die Schwester bringt Sie zurück und ich komme später und informiere Sie über die Untersuchungsergebnisse«, sage ich vorbildlich.

Manuel schweigt beeindruckt. Ich klingle nach der Schwester. Dr. Ross steht auf.

»Alles in Ordnung«, ist ihr ganzer Kommentar, bevor sie den Raum verlässt.

Schade – es wäre nett gewesen, für diese glatte Untersuchung ein winziges Lob zu bekommen. Aber sofort überlege ich es mir anders: Dieser gleichgültige Abgang ist VIEL BESSER! Bedeutet er doch, dass ich nicht mehr die blutige Anfängerin bin, die extra gelobt wird, weil sie etwas richtig macht. Nein – es wird als völlig normal und nicht erwähnenswert betrachtet, dass ich eine Untersuchung korrekt durchführe! Großartig.

Manuel sieht mich mit funkelnden Augen an. »Das war also unser erstes Date …« Er grinst. »War ich gut?«

»Wie bitte?!« Ich bin noch ganz auf Ärztin und Patient gepolt.

Er lacht. »Hoffentlich war es für dich genauso schön wie für mich!«

Ich muss ebenfalls lachen. »Vielen Dank!«, sage ich. »Du hast es prima gemacht! Ich bin sehr zufrieden.«

»Ein Glück!« Er zwinkert mir zu. »Zwischendurch hatte ich schon das Gefühl, ich bedeute dir gar nichts mehr.«

Weil ich so froh über die gelungene Untersuchung bin, gebe ich zu, dass ich gerade nur an Lehrbuchzeichnungen und Schemas gedacht und zwischendurch fast vergessen habe, dass da ein Mensch liegt, den ich kenne.

Manuel setzt ein übertrieben enttäuschtes Gesicht auf. »Du hast mich mit dem Hammer gehauen, mir in die Augen geschaut und mich eine halbe Stunde lang betastet – ohne dabei nur eine Sekunde an MICH zu denken?! Ich fühle mich benutzt, Lena!«

Ich krieg das Grinsen gar nicht mehr aus dem Gesicht. Vor Erleichterung. Und, ja, auch weil Manuel heute irgendwie richtig süß ist. Bevor ich etwas erwidern kann, was ich nach dem Verfliegen des Hochgefühls bereuen könnte, kommt die Schwester und schiebt Manuel hinaus. Ich sammle meine Papiere zusammen. Eine Menge Arbeit liegt noch vor mir; ich muss die EEG-Auswertung und den Untersuchungsbericht verfassen. Ein Blick in die Kitteltasche: Mein Glückskuli ist da. Ich werde den Bericht also blitzschnell und fehlerfrei schreiben. Was soll heute noch schiefgehen?!

Ich schließe die Funktionsraumtür hinter mir. Die zweite Klasse meiner Grundschule lag im zweiten Stock, bis zur Vierten wurde man jedes Jahr auch ein Stockwerk nach oben versetzt. Als ich am ersten Tag als Zweitklässler an der bunten 1c-Tür vorbeiging, fühlte ich mich feierlich erwachsen. Wie niedlich, letztes Jahr habe ich hier fast geheult vor Aufregung.

16

Als engagierte Ärztin hat man überhaupt kein Privatleben. Wenn man mal eine Stunde keinen Patienten untersucht, betreut oder betröstet, sollte man sich eiligst seinem Schreibtisch widmen. Denn auch der zeigt beunruhigende Symptome: Der Papierstapel wächst unaufhörlich und schwillt gefährlich an; wird er nicht regelmäßig diszipliniert gestutzt, ist ein Kollaps unausweichlich. Ich verbringe also den Nachmittag im ärztlichen Vorbereitungsraum und formuliere den Bericht über Manuels Untersuchung. Ein erfahrener Arzt braucht dafür höchstens 20 Minuten. Ich habe 40 veranschlagt. Und brauche über eine Stunde. Immer wieder muss ich nachschlagen. (Von wegen, Lena, du MUSST nicht! Du kontrollierst völlig übertrieben, nur weil du dir wieder selbst nicht traust. Dauernd schlägst du Begriffe nach, die du ganz richtig verwendet hast. Aber ich kenne das Prinzip: Den einzigen Fachbegriff, den ich nicht noch mal nachschlage, habe ich garantiert auf peinlichste Weise falsch geschrieben.) Ich sitze also über eine Stunde im Vorbereitungsraum und kann noch dankbar sein, dass ich den Glückskuli habe und deshalb nur Zeit beim Nachschlagen verliere, statt den Bericht – wie mit jedem anderen Stift unausweichlich – noch mehrmals neu anfangen zu müssen! Auch die Konzentration ist im Vorbereitungsraum schwer zu halten. Denn natürlich gehen hier ALLE ein und aus. Und selbst die, die mich nicht ansprechen (»Oh, du musst Berichte schreiben? Ich bin ganz still!«), bewegen sich so bemüht leise im Raum, dass ich dauernd hinsehen muss.

Die einzige Ausnahme ist Dr. Thalheim. Er ist Zeuge, wie Dr. Ross mir den Berichtsbogen übergibt – und als er nach einer Stunde zurückkommt, fragt er laut und direkt: »Sind Sie immer noch nicht fertig?«

Ich bin nur eine Sekunde gekränkt, dann tritt er hinter den Schreibtisch und sieht mir über die Schulter. Ich merke, wie mein Rücken sich verspannt. (Bleib ruhig, Lena, du HAST doch alles nachgeschlagen!)

Dr. Thalheim überfliegt den Bericht und das »Hmhm … okay …« zwischendurch ist eigentlich beruhigend. Schließlich legt er mir die Hand auf die Schulter und sagt: »Das genügt völlig. Machen Sie Schluss.« Bevor ich etwas antworten kann, geht er hinaus, ohne sich noch mal umzusehen. Meine Schulter strahlt ganz warm.

Stolz hefte ich den Bericht in Manuels Akte und lege sie auf Dr. Ross' Schreibtisch. Die Stationsärztin – ich muss fast grinsen – warnt mich gleich, dass sie meinen Bericht heute wohl nicht mehr kontrollieren kann. Na klar, es ist ja schon fünf! Ich lächle und erkläre, dass Dr. Thalheim den Bericht so weit in Ordnung findet. (Sie tut doch immer so vertraut mit dem Oberarzt! Das kann ich auch! »Hach, wir sprachen gerade so nett, Dr. Thalheim und ich, und da hat er meinen Bericht einfach schnell selbst gelesen.« Marie-Luise hätte es SO gebracht. Ich hoffe nur, dass Dr. Ross es so versteht.) Dr. Ross zieht die Augenbrauen hoch. Ups, hoffentlich fühlt sie sich jetzt nicht übergangen? Soll ich lieber meinen Triumph opfern und zugeben, dass Dr. Thalheim den Bericht nur zufällig gelesen hat?

Aber die Faulheit siegt, Dr. Ross lächelt. »Dann muss ich ihn ja nicht mehr kontrollieren.« Sie gibt mir die Akte einfach zurück.

Voll neuem Tatendrang trete ich wieder auf den Flur, nach dieser zähen Schreibtischstunde muss ich dringend unter Leute. Was steht noch an? Ich muss Manuel über die Ergebnisse seiner Untersuchung aufklären. Was wollte ich heute noch? Ach so … Ich hatte mir doch vorgenommen, Isa im Auge zu behalten!

Nicht dass ich mir aufwendige oder zeitraubende Spionage vorgestellt hatte – ich wollte Isa weder über die Gänge nachschleichen noch raffinierte Befragungen unter dem männlichen Personal durchführen, nur die Augen offen halten. Aber ich habe seit heute Morgen nicht mehr eine Sekunde daran gedacht. Wie gesagt: Das Privatleben kommt hier total zu kurz!

Bis zum Feierabend geht das Gehetze munter weiter. Ich besuche Manuel und informiere ihn, dass alles in Ordnung ist und ich morgen bei der Visite alles ausführlich erklären werde. Manuel fragt, ob ich ihn dann bald entlassen will. Ehrlich gesagt – dieser Frage habe ich mich auch noch nicht gestellt. Aber klar, wenn jetzt nichts mehr vorkommt … Wenn er verspricht, zu Hause noch ein bis zwei Wochen stillzuliegen … Warum sollte ich ihn zwingen, hierzubleiben? Warum sollte ich ihn hierbehalten wollen? Ich vertröste ihn auch mit dieser Frage auf morgen.

»Tu mir nur einen Gefallen, Frau Doktor«, lächelt er. »Sag es mir rechtzeitig, damit ich mich seelisch und moralisch auf unseren Abschied vorbereiten kann!«

»Ach«, frage ich zurück, »wird es dir so schwerfallen, dich von mir zu trennen?«

Er zuckt die Achseln. »Oder ich will nur die Vorfreude genießen?«

Klar. Und ich dachte, wir sind uns heute nähergekommen. Als ich erschöpft in Richtung Feierabend schleiche, komme ich wieder an Zimmer 15 vorbei. Nicht zum ersten Mal heute – aber zum ersten Mal mit offenen Augen. Ich habe Frau Klein heute Morgen nur kurz begrüßt und kaum zwei Worte mit ihr gewechselt. Jetzt kommt es mir vor, als sei sie bei der Visite bedrückt gewesen. Ich trete an ihr Bett. Frau Klein schläft, sie atmet flach und langsam, mühevoll. Ich sehe auf sie hinunter und habe den Eindruck, als sei sie wieder ein bisschen kleiner geworden. Ihre Hand liegt auf der Decke. Irgendwann hat diese Hand zugepackt, Ball gespielt, in ihrem langen Lehrerleben sicherlich Tausende von Seiten beschrieben. Jetzt liegt sie auf der Decke, knitterig und kraftlos, voller Altersflecken. Vorsichtig lege ich meine Hand auf ihre. Frau Klein wacht nicht auf. Ganz leise gehe ich aus dem Zimmer. Morgen muss ich mir mehr Zeit für sie nehmen.

Ich eile den Gang hinunter, meine Freundinnen warten sicher schon. Dr. Thalheim tritt aus seinem Büro; er ist in der Jacke, offenbar macht er heute auch mal Feierabend. Ich drossle das Tempo, um wie zufällig neben ihm herzugehen. (Ist doch ganz normal, wir haben denselben Weg und gehen in derselben Geschwindigkeit.) Und siehe da, er spricht mich an.

»Haben Sie Ihren Bericht abgeliefert?«

Ich bejahe, verschweige aber, dass Dr. Ross ihn nicht noch mal gelesen hat.

»Sie müssen schneller werden«, mahnt er. Ich nicke. Na und, dann ermahnt er mich eben – aber er spricht mit mir, völlig normal und sehr nett! Und dann sagt er, ohne mich anzusehen: »Wenn das Vorbereitungszimmer wieder mal so schlimm überfüllt ist, können Sie im Notfall auch mein Büro benutzen.«

Mir bleibt die Luft weg! Er hat mich in sein Büro eingeladen! (Nur mich? Alle Anfänger? Alle Anfängerinnen? QUATSCH, Lena! Sein Büro hat EINEN Schreibtisch und EINEN Besuchertisch. Wo sollten die denn alle sitzen? Auf dem Teppich zu seinen Füßen? Bestimmt hat er nur dich eingeladen!) Ich weiß, dass ich eine satte tomatenrote Farbe angenommen habe – deshalb sehe ich nicht auf, als ich mein glückliches »Danke« ausatme. Auch er sieht weiter geradeaus.

»Wenn ich nicht da bin«, fügt er hinzu.

Klar. Irgendwie musste er das ja einschränken, er kann mich immerhin nicht auffordern, von nun an mit ihm gemeinsam im Oberarztbüro zu arbeiten. (Tut es ihm jetzt leid? Überlegt er gerade, dass er nun Tag und Nacht sein Büro besetzen muss, damit ich sein Angebot nicht annehmen kann?)

»Natürlich«, antworte ich.

Er schaut rüber und lächelt. »Bis Sie mit dem Schreiben der Berichte sicherer sind.«

Okay. Er verkauft es als zeitlich begrenzte und meiner Unerfahrenheit geschuldete Fördermaßnahme. Aber eingeladen hat er mich trotzdem. Vor dem Eingang warten Isa und Jenny. Hallo, hier komme ich! Neben dem Oberarzt, ins Gespräch vertieft. Beide sehen her. (Danke! Normalerweise schauen in den guten Momenten, in denen man etwas Unglaubliches locker als alltäglich verkaufen will, immer alle weg.)

Thalheim nickt ihnen zu. »Einen schönen Abend«, wünscht er mir und ich antworte für alle hörbar: »Ihnen auch. Und Danke noch mal.« Dann steigt er in seinen VW und ich schreite zu den Mädels – und bemühe mich um das lässige »Ist doch nichts dabei«-Gesicht, während der Stolz wie Solariumbräune auf meiner Haut strahlt.

In der S-Bahn sind wir alle vergnügt – ich wegen meiner Adelung zum besonderen Schützling des Oberarztes und Isa genießt sicher ihr Geheimnis. Vielleicht hat sie ihren Auserwählten eben noch auf dem Gang getroffen? Aber warum ist Jenny so glänzender Laune? Keine Spur von den üblichen Feierabend-Verwünschungen gegen Schwester Klara!

Als ich nachfrage, lächelt sie geradezu diabolisch: »Ich habe sie besiegt!« Wie, das lässt sie sich nicht aus der Nase ziehen. »Ihr werdet schon sehen!« Doch sie wirkt beunruhigend zufrieden.

Bester Laune machen wir Pläne für den Abend – Pizza und DVD oder Hotdogs und Kino, Jenny will raus, Isa will Gemütlichkeit. Dann lenkt Jenny plötzlich ein, sie sieht erschrocken aus.

»Vielleicht ist es doch besser, wir machen was zu Hause, dann können wir nebenbei noch ein ganz klein wenig … lernen.«

Beinahe hätte sie schon wieder vergessen, uns über die Buschfunk-Nachrichten zu informieren: Morgen gibt es eine Chefarztvisite. Es soll wohl festgestellt werden, ob die neuen PJler nun auf eigene Patienten losgelassen werden können. Isas fröhliche Aufzählung gemütlichkeitsgeeigneter DVDs bleibt mitten im Wort stecken. Ich kann ihr Entsetzen nachfühlen. Nach der letzten Pleite muss ihr diesmal ein perfekter Auftritt gelingen. Mich erstaunt Isas Langmut und Freundlichkeit – sie geht nicht auf

Jenny los, die schon seit gestern Bescheid weiß und uns um die Hälfte der Lernzeit gebracht hat! Doch Jammern hilft nichts, wir sollten wohl froh sein, dass wir überhaupt noch von der drohenden Überprüfung gehört haben. Auf dem Heimweg lassen wir uns eine Pizza einpacken (doch, Isa ist extrem nervös; sie hetzt den Pizzabäcker, als wäre er ein Krankenwagenfahrer auf Marihuana) und essen genusslos am Schreibtisch. Statt des ersehnten Entspannungsabends verbringen wir die halbe Nacht vor den Lehrbüchern. Oh Mann, ich brauche echt mal wieder Privatleben. Doch als ich mich seufzend bei Isa beschwere, sieht sie mich mit großen Augen an: »Das IST unser Privatleben!«

17

Manche Tage sind voller Magie. Unser heutiger fing mit einer guten Nachricht an: Dr. Dr. Kreuz ist noch in einer Besprechung und hat erst nach dem Mittagessen für uns Zeit. All die auf acht Uhr gepolten, geschniegelten und Fachvokabeln murmelnden PJler wirken erlöst, als sei die Visite um Tage statt um Stunden verschoben. An diesem Vormittag haben die meisten von uns ihre Lehrbücher im Kanülenwagen liegen.

Als das Mittagessen heranrückt, ist Isa noch gelassen. »Ich kann es«, beteuert sie. »Ich kann jedes Krankenbild herbeten, als hätte ich es entdeckt. Wenn ich die Nerven behalte, kann nichts passieren.«

Ich lächle ihr zu und drücke ihr die Daumen – und wünschte mir gleichzeitig, ich könnte das auch von MIR sagen.

Offenbar weiß Ruben über die drohende Chefarztbegegnung Bescheid; als Isa am Tresen steht, schiebt er ihr einen Schokokuss über die Theke. »Gut gegen Nervosität.« (Ruben hat scheinbar für jedes Seelenweh ein essbares Gegenmittel parat.) Der Liebschaften-Detektiv in mir rätselt sofort, ob Ruben Isas geheimer Freund ist. Aber NIEMAND könnte weniger zu unserem Mäuschen passen. Oder ist es gerade das? Mir bleibt keine Zeit zum Grübeln, schon passiert das nächste magische Ereignis des Tages: Jenny bezähmt Klara. Dies scheint wirklich ein Zauberkunststück. Jenny überlistet die böse Hexe des Ostflügels und keiner durchschaut den Trick. Es fängt damit an, dass Jenny heute ganz entspannt beim Mittagessen sitzt. Klara geht dreimal an unserem

Tisch vorbei und mustert sie durchdringend. Jenny isst gleichmütig weiter. Beim dritten Mal fragt Klara scheinheilig, ob Jenny schon im Labor gewesen sei. Jenny schüttelt den Kopf.

Klaras Stimme bekommt einen kratzigen Unterton: »Und wann gedenken Sie die Auswertungen abzuholen?«

Jenny lächelt. »Nach dem Essen.«

Klara wird blass vor Wut. »Punkt eins müssen sie auf meinem Tisch liegen«, faucht sie.

Jenny schaufelt eine Gabel Spaghetti in sich hinein und erwidert mit vollem Mund: »Werden sie.«

Klaras Blick wandert zur Uhr über dem Eingang. Es ist zehn vor eins. Wie will Jenny das schaffen? Die Laborjungs trödeln angeblich immer! Und das Labor ist im anderen Trakt. Im Keller! Jenny isst seelenruhig auf und tupft sich übertrieben sorgfältig den Mund mit einer Serviette. Dann verlässt sie im Schlenderschritt die Cafeteria. Klara schnaubt und sieht wieder zur Uhr. Ich auch. Fünf vor Eins. Klara schreitet hinaus auf den Flur wie in die Schlacht. Isa und ich folgen ihr. Jenny kann den Weg ins Labor niemals schaffen und pünktlich wieder hier sein. Klara stelzt zu ihrem Tresen. Eine Minute vor eins. Jenny ist nicht zu sehen. Wohin ist sie verschwunden?

Jennys Grinsen ist triumphal, als sie mit den Berichten an Klaras Tresen tritt. Sie schaut auf ihre Digitaluhr und wartet. 30 Sekunden steht sie still mit den Berichten vor dem Tresen, während Klara sie anstarrt und aussieht, als ob sie gleich platzt. Punkt 13:00 Uhr legt Jenny die Berichte auf den Tisch, dreht sich um und geht. Wir genießen Klaras Gesicht nur eine Sekunde, dann hasten wir Jenny nach, die hinter der Flurecke auf uns wartet.

»Na, wie war ich?!«

Wir beteuern, dass sie einen großartigen Erfolg gelandet hat. Zauberei! Jenny lässt sich ihr Geheimnis nicht entlocken, sie lächelt wie eine Sphinx. Leider bleibt keine Zeit, sie auszuhorchen oder zu erpressen; die Visite ist herangerückt.

Magie ist nicht immer weiß, positiv, feenhaft. Am Nachmittag senkt sich ein böser Zauber über uns, ein regelrechter Bann.

Noch während der S-Bahnfahrt haben wir Isa mit Testfragen gelöchert – noch auf dem Krankenhausvorplatz konnte sie alle beantworten. Noch vor zehn Minuten, beim Mittagessen, war sie bester Dinge. Als Dr. Dr. Friedrich Kreuz die PJler-Reihe auf dem Flur abschreitet, bin ICH die Nervöse. Immerhin muss ich diesmal selbst einen Patienten vor dem Chefarzt vorstellen. Isa hingegen ist ruhig. Verdächtig ruhig. Sprachlos. In diesem Moment wird es mir klar. Isa ist verloren.

Die Visite wird eine Katastrophe. Bei der ersten Chefarztvisite waren wir alle unvorbereitet und es war auch Dr. Kreuz' erste Begegnung mit uns. Dass es da jemandem die Sprache verschlug, war vielleicht entschuldbar. Beim zweiten Mal nicht. Und diesmal kommt Dr. Dr. Kreuz mit einer festen Vorstellung. Scheinbar erinnert er sich an die schweigsame ängstliche Neue und hat sich vorgenommen, ihr heute eine zweite Chance zu geben. Und eine dritte, vierte und vierzehnte. Isa ist dauernd dran. Und gibt nicht eine einzige Antwort. Es ist die Hölle. Dr. Kreuz tut nichts, um Isa zu erlösen. Er fragt auch beim fünfzehnten Mal so ungerührt, als habe Isa nicht schon auf vierzehn Fragen entsetzt den Kopf geschüttelt.

Meine eigene Patientenvorstellung ist eine willkommene Unterbrechung in dem schrecklichen Trauerspiel, die ich dankbar annehme und sogar hinauszuzögern versuche. Ich erkläre die Untersuchungsergebnisse und schlussfolgere, dass Manuel – falls seine Genesung weiter so gut fortschreitet – zu Beginn der nächsten Woche entlassen werden kann.

»Normalerweise schmeißen wir vor dem Wochenende alles raus, was laufen kann«, brummt der Chefarzt.

Was?! Soll ich Manuel jetzt aus dem Bett zerren? »Also laufen kann er nicht. Sollte er nicht …«, stammle ich.

Dr. Kreuz lacht. »Kleiner Scherz.« Aha. Chefarztscherz. Nett, dass Ihnen nach so was zumute ist. Mir nicht.

In den quälenden Physikstunden meiner Schulzeit, in denen ich dauernd dran war und nie auch nur einen Hauch verstand, habe ich eine unersetzliche Lebensweisheit gelernt: Jede Stunde, und kommt sie einem auch vor wie die ewige Eishölle, hat nur 60 Minuten. Und irgendwann und unweigerlich sind 60 Minuten, so quälend sie auch waren, VORBEI. Auch die Chefarztvisite vergeht. Nach einer Stunde stehen wir erschöpft und verschwitzt auf dem Flur. Isa ist ein winziges Häufchen Elend. Wir schleppen sie – wohin auch sonst – in die uns viel zu vertraute Damentoilette. Isa weint.

»Ich kann meine Sachen packen«, sagt sie. »Ruft meine Eltern an. Ich ziehe zurück nach Hause und verkrieche mich für den Rest meines Lebens in meinem Kinderzimmer.« All unsere Trostversuche scheitern. »Ihr glaubt doch nicht, dass der mich hier noch einen Handschlag tun lässt!«, schluchzt Isa. »Wieso sollte der mir einen Patienten anvertrauen?!«

Wie ungerecht: Isa ist diejenige von uns, die am meisten gelernt hat und noch vor zwei Stunden – ich kann es beschwören! – einfach ALLES wusste. Ich biete an, mit Dr. Ross zu sprechen, mit dem Oberarzt, sogar mit dem Chef. Sie müssen doch erfahren, dass Isa nicht dumm oder ignorant ist – nur ängstlich! Isa schüttelt resigniert den Kopf. »Das ändert doch nichts! Die können auch keine Ärztin behalten, die kein Wort rausbringt.«

Es ist sinnlos. Isa ist untröstlich. Erst als Jenny fragt, ob sie nach Hause gehen möchte – wir werden schon eine Ausrede finden –, sieht Isa auf. Sie streicht sich die Haare aus dem Gesicht und trocknet ihre Tränen. »Auf keinen Fall! Vielleicht ist das mein letzter Tag, da will ich doch alle Patienten noch mal besuchen.« Ich könnte sie knutschen für ihre Tapferkeit.

Die nächsten zwei zauberhaften Momente des Tages sind zum Glück von der guten Art. Von Isas Unglück mitgenommen, bin ich am Nachmittag ein wenig langsam und gedrückter Stimmung. Auf der Suche nach etwas Ablenkung werfe ich einen Blick in Manuels Zimmer. Und siehe da, er schläft. Wie ein Baby liegt er da, den Kopf halb auf meinem Bären. Er sieht aus wie fünfzehn. Ich weiß auch nicht, warum ich mich an sein Bett setze, doch die Stille im Zimmer und die überraschende Weichheit tun irgendwie gut. Ich bin in Gedanken gerade ganz bei der armen Isa, als Manuel die Augen aufschlägt. Und jetzt? Schnell aufstehen, so tun, als hätte ich nur seine Medikamente kontrolliert? Zu spät. Ich bleibe sitzen.

Manuel lächelt mich an. »Sorry, ich war so müde«, sagt er verschlafen und sieht einfach lieb aus.

»Macht nichts«, antworte ich leise.

Er grinst. »Ich war heute Nacht auf einer Party.«

Ich grinse zurück. Und bleibe sitzen. Das geht nicht, Lena, du musst aufstehen. Ärztin sein, Distanz halten. Jetzt!

Manuel schiebt den Bären unter seinem Kopf zurecht. »Stimmt's, du schmeißt mich nicht vor dem Wochenende raus?«

Ich beruhige ihn. Frühestens Montag. Eher Mittwoch. »Freust du dich nicht, hier rauszukommen?«

»Doch«, sagt Manuel. »Aber wenn ich zu Hause auch nur stillliegen muss, bleibe ich lieber noch hier. Die Gesellschaft ist netter.«

Ich werde verlegen, jetzt bin ich es, die schnell ein bisschen frotzeln muss. »Lass das nicht deine Mami hören, die wird das sehr traurig machen.«

Manuel schüttelt den Kopf. »Ich wohne alleine. Deine Anwesenheit misst sich nicht mit meiner Mutter, nur mit dem vertrockneten Kaktus und den leeren Pizzapappen in meiner Bude.«

Aha. Sehr romantisch. Vielen Dank, Manuel, jetzt fällt es mir ganz leicht, aufzustehen. Ich streiche den Kittel glatt.

»Kann ich denn am nächsten Wochenende wieder aufstehen?«, fragt er.

Ich überlege. »Wenn du vorsichtig bist, langsam gehst und nicht länger als 20 Minuten herumläufst …«

Manuel lächelt. »Hast du dann Lust, nächstes Wochenende vorsichtig und langsam 20 Minuten mit mir auszugehen?«

»Mal sehen«, sage ich cool. Und draußen auf dem Flur mache ich nur einen einzigen Tanzschritt.

Der letzte magische Moment des Tages ist winzig. Ich besuche Frau Klein und frage, wie es ihr geht – und wie bei der Visite behauptet sie, außer dem Husten und der Atemnot keine

Beschwerden zu haben. Sie freut sich sehr über den Besuch und weil das Sprechen ihr schwerfällt, erzähle ich ihr ein bisschen. Natürlich komme ich auf die Chefarztvisite zu sprechen. Vielleicht kann uns Frau Klein einen Rat geben, wie Isas Angst zu bezwingen ist?

Sie drückt leicht meine Hand. »Negative Programmierung.« Ich sehe sie erwartungsvoll an. Doch ihr Tipp ist sonderbar. »Da hilft nur Spaß«, sagt sie. Ich bin irritiert. Frau Klein lächelt über mein verblüfftes Gesicht. »Spaß macht Selbstbewusstsein. Geh mit ihr auf den Jahrmarkt!«

Ich muss lachen. Ich habe etwas ganz anderes erwartet, aber irgendwie ist das ein toller Tipp. Ich bedanke mich und verspreche, am Montag wiederzukommen und von meinen Spaßtherapie-Erfolgen zu berichten.

Als ich aus dem Zimmer komme, steht Dr. Thalheim am Ende des Ganges. Ruhig lehnt er an der Wand und scheint etwas zu beobachten. Mich würde brennend interessieren, was oder wem er da so gebannt zusieht. Ich gehe näher heran … und höre Isas Stimme. Leise trete ich neben den Oberarzt. Isa sitzt bei ihrer Lieblingspatientin, dem Pferdemädchen. Offenbar erzählt sie von der versauten Visite und ihrer Angst vor den Konsequenzen.

»Weißt du, was man machen muss?«, fragt das Pferdemädchen. »Man muss sofort wieder aufsteigen. Sonst hat man für immer Angst.«

Isa lächelt traurig. »Manchmal geht das nicht.«

»Doch!«, ereifert sich das Pferdemädchen. »Ich bin nach dem Unfall auch noch mal rauf. Es tat höllisch weh. Aber es musste sein!«

Isa ist entsetzt. »Du bist noch mal aufs Pferd gestiegen?!«

Das Mädchen lächelt schuldbewusst. »Eh der Krankenwagen da war, war ich wieder unten.«

Isa schimpft. So was Leichtfertiges! Das Pferdemädchen lässt sich geduldig ausschimpfen, dann sieht sie Isa treuherzig an.

»Aber ich werde wieder gesund. Und garantiert keine Angst vor Dakota haben.«

Isa drückt ihre Hand. »Mal sehen…«, sagt sie unbestimmt. »Aber danke.«

Dr. Thalheim dreht sich zu mir um. »Sehen Sie, manchmal sind es nicht die Ärzte, die die Patienten aufbauen.«

»Isa kann es wirklich«, sage ich. »Sie hat nur Angst vor Dr. Kreuz.«

»Ich weiß«, antwortet Dr. Thalheim ebenso leise. »Sie ist eine der Besten.«

Ich schöpfe Hoffnung. Dann werden sie Isa doch wohl nicht bestrafen! Er ist immerhin der Oberarzt!

»Sie macht sich Sorgen, dass sie rausfliegt«, flüstere ich ganz gegen meinen Vorsatz.

Dr. Thalheim schüttelt unwirsch den Kopf. Wusste ich doch, dass das übertrieben ist.

»Oder dass sie jetzt keinen Patienten kriegt …«, setze ich vorsichtig hinzu. Er antwortet nicht. »Aber wenn ich hier läge – ich würde mir wünschen, dass Isa mich betreut!«, sage ich nachdrücklich.

Dr. Thalheim sieht mich an. Sei mein Held, erlöse die arme Isa und zeig, dass du gerecht und verständnisvoll bist! Ich WEISS es! Wir sehen uns in die Augen und ich bin mir sicher, dass er Isa hilft.

»Darf ich ihr sagen, dass Sie wissen, dass sie es kann?«

Thalheim schüttelt den Kopf. »Was nutzt es, wenn ich es weiß? Sie muss es zeigen können.« Puff, ist die Magie verflogen.

18

Wie habe ich das Wochenende herbeigesehnt! Gut, der Freitagabend ist versaut. Wir pflegen Isa. Jenny hat selbstlos ihre Partyverabredung abgesagt, um für uns indisch zu kochen. Isa und ich sitzen dabei und ich bringe alles vor, was ihr Mut machen und mein ungutes Gefühl wegen Dr. Thalheims Ansage unterdrücken könnte. Doch mein Bericht von Frau Kleins Ratschlägen, verbunden mit der Empfehlung, auf dem Fest am Sonntag alle Fahrgeschäfte mitzunehmen, stößt bei Isa auf taube Ohren.

»Ich will keine Pferdegeschichten und keine Jahrmarkts-Therapie«, sagt sie traurig. »Ich wäre einfach gern allein.«

»Na, daraus wird nichts«, erwidert Jenny. »Ich habe ein paar Leute eingeladen.«

Isa ist entsetzt; ich bin auch verdutzt. Nicht gerade rücksichtsvoll!

»Seht mich nicht so an!«, ruft Jenny. »Was nutzt es, wenn wir hier versauern und den Teufel an die Wand malen?! Wir schmeißen doch keine Party, es kommen nur drei Leute zum Essen, um uns abzulenken!«

Als wir nicht schnell genug einverstanden sind, klappert Jenny laut mit den Töpfen und schimpft, wir hätten keine Ahnung, was Isa guttut. Wir lenken ein. Isa, weil sie doch gerührt ist, dass Jenny quasi für sie ein Essen gibt und sie Jenny generell nicht gut widersprechen kann. Und ich habe insgeheim auch was anderes vom Freitagabend erhofft, als trübselig zu Hause zu sitzen.

Eine winzige Planänderung macht den Abend überraschend perfekt. Kurz vor dem Eintreffen der Gäste nimmt Jenny mich zur Seite und erklärt flüsternd, einer der Jungs habe gerade abgesagt. Ich hatte gar nicht gewusst, dass wir nur Herrenbesuch bekommen.

»Meinst du, ich kann Tom anrufen?«, fragt Jenny. »Oder ist er ZU langweilig?« Jenny macht sich Sorgen (sehr schmeichelhaft), dass bei nur zwei Besuchsherren am Ende wieder Isa übrig bleibt; dass die beiden sich nur mit uns unterhalten und Isas Laune noch trüber wird. Jenny ist nur unsicher, ob es wirklich besser wird, wenn sie den temperamentlosen Tom einlädt?

»Aber wer kommt sonst an einem Freitagabend spontan zu einem langweiligen Essen?!«

Ich kann Jenny vollauf beruhigen. Es konnte gar nichts Besseres passieren. Hat Jenny wirklich geglaubt, dass Isa locker wird und ihr Unglück vergisst, wenn sie einem fremden (und wie ich Jenny kenne, auch noch attraktiven) Jungen gegenübergesetzt und gezwungen wird, sich zu unterhalten? Der freundliche Tom ist genau der richtige Gast für so einen Abend!

Als die drei Jungs ankommen, wird sofort klar, dass Jenny den tätowierten Musiker für sich reserviert hat. Mir bleibt die Wahl zwischen einem bärtigen Architekturstudenten namens Jonas – und eben dem langweiligen Tom. (Mann, wie gemein, jetzt sage ich das auch schon!) Ich beschließe, mich nicht zu entscheiden und mich mit beiden freundlich zu unterhalten, ohne irgendwas zu signalisieren.

Der Abend wird wunderbar gemütlich. Jennys Essen ist großartig und die Unterhaltung kommt nicht so oft ins Stocken, wie man hätte befürchten können. Jenny schäkert mit allen drei Herren, selbst mit Tom. Mir ist das Prinzip völlig klar: Sie will Ron, dem kiffenden Musiker, zeigen, wie spritzig und begehrenswert sie ist – und wie wenig an ihm interessiert. Wenn ich mich trauen würde (oder jemand hier wäre, für den es sich lohnte, über seinen Schatten zu springen), würde ich es genauso machen. Mich stört Jennys aufgedrehte Tour nicht; ich bewundere ihre Art.

Temperament, Unbekümmertheit und immer den passenden Spruch parat – hat sie nicht alles, was man sich wünscht? Jonas, der Architekturstudent, ist dankenswerterweise so höflich, nicht allzu begeistert auf Jennys Rundumflirt einzugehen. Er unterhält sich mit mir über die Berliner Altbauten. Kurz warnt mein Gedankenteufel, dass ich Jenny Manuel lieber nicht vorstellen sollte. Quatsch, Lena, sie kennt ihn doch! Sie findet ihn sogar süß. Sie will ihn nicht. Doch was ich tun würde, wenn es anders wäre, macht mir für eine Sekunde Kopfzerbrechen. Meine Chancen wären wohl eher schlecht. Wer konkurriert schon mit Jenny? Wie stünde es zwischen den beiden, wenn Manuel IHR zugeteilt worden wäre? … Brems dich, Lena! Päppelst du hier einen Neid-Komplex auf? Jenny lacht mich an und schenkt mir Wein nach und ich schäme mich.

Isa scheint den Abend wider Erwarten auch zu genießen. Wie ich gehofft habe, ist die Anwesenheit des freundlichen Tom genau der beruhigende Ausgleich, den sie braucht. Als die drei Herren zur Tür hereinkamen, fiel Isa fast vom Stuhl vor Schreck. Man konnte ihr den Schock nur zu deutlich vom Gesicht ablesen. (Männer! Unterhaltung!) Die ersten zehn Minuten hat sie mit niemandem geredet und ich befürchtete schon das Schlimmste. Bei ihrer letzten Begegnung mit Tom (in der denkwürdigen Nacht im Turnverein) hat sie sich doch schon ganz ungezwungen mit ihm unterhalten! Sollten durch die heutige Pleite alle Fortschritte wieder vernichtet sein? Aber Isa fing sich, als klar wurde, dass Jenny keineswegs vorhatte, sie in den Mittelpunkt des Abends zu stellen. (Ich weiß nicht mal, ob Jenny das könnte; der Mittelpunkt scheint doch ihr natürlicher Platz zu sein.) Je wilder Jenny aufdrehte, desto gelassener wurde Isa. Inzwischen plaudert sie locker mit Tom und – oh, jetzt habe ich dem Architekturstudenten bestimmt fünf Minuten nicht mehr zugehört …

Im späteren Verlauf des Abends wird die Stimmung noch richtig ausgelassen. Jenny möchte Karaoke singen und ist mit diesem Vorschlag glücklicherweise allein. Aber für eine Runde Twister sind wir alle in der passenden kindischen Stimmung. Ich bin im gesamten Verlauf meiner Kindheit nie mit diesem Spiel konfrontiert worden und habe eindeutig die falschen Hosen an für so viel Körpereinsatz. Aber im Notfall halte ich es wie Isa, die vor den Anweisungen mit zu viel Körperkontakt einfach aufgibt und sich fallen lässt. Jenny gibt natürlich nie auf und am Ende sitzen wir zu viert neben dem Spielfeld und amüsieren uns köstlich über ihre Verrenkungen um und über Ron. Als die drei Jungs sich nach Mitternacht verabschieden, ist Isas Stimmung deutlich besser. Ich ermutige sie, am Montag einfach offen mit Dr. Thalheim zu reden. Vor dem hat sie doch sicher keine Angst?! Der wird ihr bestimmt helfen! Schließlich habe ich wohl einmal zu oft »Dr. Thalheim« gesagt, denn Jenny fragt mich grinsend, ob ich jetzt etwa meinem Radkurier-Patienten untreu würde. Ich werfe ein Sofakissen nach ihr und schwöre mir, in Zukunft meine Begeisterung und meine Zunge etwas besser im Zaum zu halten.

Das Wochenende ist herrlich entspannt. Ich begleite Isa wie versprochen zu einigen ihrer angekreuzten Veranstaltungen. Bei der Theaterpremiere am Samstagabend wird viel geschrien und mit Bühnenblut gespritzt – ein bisschen zu dick aufgetragen für meinen Geschmack, aber vor uns sitzt der Kultusminister mit seiner Entourage und findet es prima. Auf dem Flohmarkt entdecke ich eine traumhafte alte Lampe, die nach einer kurzen aber heftigen Dekontamination ihren Platz neben meinem Bett einnimmt, als hätte sie ihr Leben lang nur auf mein Zimmer gewartet. Nur auf den Vortrag in der japanischen Botschaft verzichte ich – ich weiß echt nicht, was Isa sich davon erwartet. Am meisten genieße ich die Fahrten durch Berlin. Im Bus komme ich kaum dazu, mich zu unterhalten, so sehr fasziniert mich das Straßenleben. Abends mit der S-Bahn durch die Stadtmitte zu fahren, ist das Schönste. Die Reichstagskuppel ist erleuchtet, die Spree funkelt, überall drängen sich die Menschen. An der Friedrichstraße steigen Damen in glitzernden Kostümen ein, am Alex schieben sich die schrill gestylten 16-Jährigen aus dem Wagen und ein S-Bahn-Musiker singt für uns »Heart of Gold« (und im Unterschied zu vielen seiner Kollegen auch noch gut!).

Jenny verbringt den Samstag bei Ron und lässt sich nur zu der Premiere mitschleppen. Aber Isa und ich unterhalten uns auch allein richtig gut. Sie erzählt mir aus ihrer Kindheit in der Kleinstadt und so viel ist mir herzbewegend vertraut. Die langen Nachmittage, die Blumenampeln und Wintergärten, Fahrradtouren und Meerschweinchen. Wie ich weiß auch Isa seit der Mittelstufe, dass sie Ärztin werden möchte. Im Studium habe ich so viele Leute getroffen, die den Beruf wegen ihrer Eltern gewählt haben – oder weil sie das Medizinstudium nun mal als logische Konsequenz aus einem Einserabitur betrachten. Selbst Jenny hätte sich ohne ihren Vater und die familiäre Arzt-Tradition sicher für ein fröhlicheres Studium entschieden.

Es tut gut, mit Isa über unsere Träume und Erwartungen an das Arztleben zu sprechen. Zum ersten Mal komme ich mir nicht vermessen oder naiv vor, wenn ich erzähle, dass ich Leben retten möchte. Eigentlich hört sich das ja immer nach Klischee an. Gutes tun, etwas erreichen, helfen. Ich will nicht einfach nur da sein. Isa versteht das.

Nur das Stadtteilfest am Sonntagnachmittag hängt noch unbesprochen über unseren Häuptern, als wir uns auf ein Stück Kuchen im Eckcafé treffen. Isa beteuert, sie ginge nur kurz Menschen gucken. Jenny meidet solche Feste ohnehin, ihrer Meinung nach sind dort nur Familien und Prolls. Ich könnte mir ehrlich gesagt auch einen Abend in der Badewanne vorstellen, doch mich kitzelt die Neugier, mit wem Isa verabredet ist. Also behaupte ich noch zweimal, ich käme gern mit … bis Isa kapituliert. Als Jenny bezahlen geht, beugt sich Isa zu mir und flüstert: »Ich MUSS allein gehen, Lena, bitte! Es tut mir leid!«

Ich lächle, ganz überrascht. »Bist du etwa verabredet?«, frage ich, als fiele mir diese Möglichkeit eben erst ein.

In diesem Moment kommt Jenny zurück. Isa kneift die Lippen zusammen und sieht mich regelrecht flehend an. Ich wechsle also das Thema – und fange Isas dankbaren Blick auf. Sie nickt unmerklich. Ich hatte recht.

Als ich mit einem Schmöker (wann habe ich zum letzten Mal

ein Nicht-Fachbuch gelesen?!) in der Wanne liege, kommt Jenny ins Bad. An diese Art Gemeinsamkeit bin ich nicht gewöhnt, doch Jenny findet offenbar nichts dabei, sich für ihr Date fertig zu machen, während ich bade. Mitten im Augenbrauenzupfen fragt sie wie aus dem Nichts: »Hat Isa eigentlich ein Date?«

Ich verschlucke mich fast vor Schreck. Jenny zeigt mit der Pinzette auf mich. »Nie im Leben ist die allein auf dem Fest!« Ich finde, wenn sie es schon von selbst anspricht, kann ich mich auch auf die Unterhaltung einlassen – immerhin habe ich nichts verraten. Jenny liebt Geheimnisse und ist überzeugt, Isa durchschaut zu haben: Ihrer Meinung nach ist es der bebrillte Paul.

»Merkst du nicht, wie die sich beim Mittagessen immer zuzwinkern?«

Mir ist so etwas nie aufgefallen (ich glaube auch nicht, dass Isa der Zuzwinker-Typ ist), aber meine Ruben-Theorie schmettert Jenny mit einer vernichtenden Geste ab. »Viel zu schräg.« Sie lacht mich an. »Das werden wir rausfinden, okay?«

Ich nicke, auch wenn mir nicht ganz wohl dabei ist. Jennys Art zu spionieren ist sicher nicht sehr dezent. Auf einmal wird Jenny still und setzt sich nachdenklich neben meine Badewanne.

»Meinst du, sie hat es meinetwegen verheimlicht? Bin ich zu aufdringlich?«

Ich bin irritiert über Jennys plötzliche Selbsthinterfragung. Aber würde ICH Jenny erzählen, dass ich mich verliebt habe? Würde ich nicht befürchten, dass sie den Kandidaten rücksichtslos unter die Lupe nimmt? Oder dass ich selbst vielleicht umgehend abgemeldet wäre? Ich beruhige Jenny mit der Beteuerung, Isa sei einfach generell schüchtern. Aber irgendwas bleibt doch hängen. Jenny hat einen unerwarteten Moment von Einsicht und Selbstkritik.

»Ich nehme mir immer vor, nicht so aufzudrehen und mich nicht überall einzumischen und nicht immer vorzudrängeln. Aber ich mach das nicht mit Absicht! Mir ist einfach so schnell langweilig.« Treuherzig sieht sie mich an. »Bin ich eine schlechte Freundin?«

Ich muss lachen. Aus der Frage spricht so deutlich der Wunsch nach Lob und Bewunderung. Ich puste Jenny eine Handvoll Schaum ins Gesicht und sage: »Hör auf, du Spinnerin! Wir lieben dich doch!« Dann entdeckt Jenny den pinkfarbenen Lippenstift, den ich in einem Anfall von Selbstüberschätzung gekauft und nie benutzt habe. Sie schnappt nach Luft und springt auf (»Den MUSS ich haben!«), trägt die knallige Farbe auf, so kräftig es nur geht und aller Selbstzweifel ist verflogen. Sie dreht sich um, zeigt mir das pinkfarbene Kunstwerk und fragt: »Wer knutscht wohl heute mit Ron?!«

»Nur du allein«, lächle ich.

Jenny drückt mir mit übertriebenem Schmatz einen Pink-Kuss auf die Wange und rauscht aus dem Bad. »Bis Morgen«, flötet es im Flur, dann bin ich allein in der Wohnung.

In der gemütlich-schläfrigen Hitze der Badewanne wird mir klar, wie gut ich es habe. Zwei neue Freundinnen – eine zum Reden und eine zum Toben –, eine PJ-Stelle, in der ich sogar schon mit dem Oberarzt sprechen kann, ohne rot zu werden, ein richtig schön anspruchsloses Buch und eine eigene Badewanne. Mein neues Leben lässt sich wirklich gut an. Meine Gedanken schweifen zu Manuel ab. Ob die Verabredung ernst gemeint war? Würde ich mit ihm ausgehen? Wie er wohl ist, wenn wir das Arzt-Patienten-Verhältnis erst mal los sind? Ich lächle in mich hinein. Irgendwie freue ich mich richtig auf den Montag!

19

Alles wird gut. Am Montagmorgen ist zwar Isas Angst wieder da, aber unsere Kleine ist wenigstens einen Hauch zuversichtlicher. Sonntagabend kam sie für ihre Verhältnisse spät nach Hause; ich fühlte mich schon wieder wie die Mutti, weil ich in der Küche auf sie gewartet habe. (Erst beim Türklappen ging mir auf, dass sie dasselbe denken könnte, dann war es aber zu spät, um unauffällig zu verschwinden.)

Isa strahlte – und natürlich kann man solches Glück schwer für sich behalten. Ich erfuhr, dass der geheimnisvolle Unbekannte ihr Eis spendiert und einen Snoopy geschossen hat. (Mit Bällen, wohlgemerkt, nicht mit dem Luftgewehr. Aber immerhin.) Das Date klang ein klein wenig langweilig, aber nach Isas glänzenden Augen zu urteilen, fand sie es unübertrefflich. WEN sie getroffen hat, behält Isa weiter für sich – aber sie beteuerte so beschämt, es läge nicht an mir, dass ich denke, lange wird sie es nicht mehr geheim halten.

Heute Morgen jedenfalls scheint Isa etwas entspannter – bis wir an Schwester Klaras Tresen treten. Mit Jenny spricht Klara heute nicht, sie sagt nur unbestimmt in den Raum »Laborergebnisse um eins«.

Jenny lächelt brav: »Wie immer.«

Schwester Klara schnaubt, weiterhin ohne Jenny anzusehen: »Wer so flink ist, kann ja eigentlich auch noch die Vormittagsproben runterbringen.«

Und Jenny flötet: »Kein Problem!«

Jetzt hat sie also zwei zusätzliche tägliche Botengänge zu erledigen und es scheint ihr gar nichts auszumachen. Sie zuckt nur mit den Achseln und schiebt mit ihrem Wagen ab. Und das übertriebene »Unbeschwert und sexy«-Hinternwackeln macht sie mit voller Absicht; sie WEISS, dass Klara ihr wütend nachsieht.

Auch für Isa hat Klara heute einen verächtlichen Blick übrig: »Du sollst dich bei Dr. Ross melden. Jetzt.« Damit dreht sie sich um. Isa ist bleich. Na klar, jetzt kommt es.

»Ich gehe mit«, sage ich leise und drücke ihren Arm. Isa setzt sich in Bewegung wie eine Schlafwandlerin.

»Du musst doch die Runde machen …«, widerspricht sie halbherzig.

»Ach, was! Das machen wir hinterher schnell zusammen«, will ich sie aufmuntern. Das hätte ruhig zuversichtlicher klingen können!

Isa sieht mich an, blass. »Hinterher bin ich vielleicht nicht mehr da …«

»NATÜRLICH! Die schmeißen doch ihre beste Anfängerin nicht raus!« Das klang schon viel überzeugter. Mann, ich hoffe, ich habe recht!

Ich will nicht sagen, dass ich lieber drinnen bei Dr. Ross wäre, um mir ihr Urteil über Chefarztvisiten-Versager anzuhören. Aber hier draußen auf dem Gang zu stehen, ist auch nicht sonderlich angenehm. Rausschmeißen können sie sie nicht! Aber ehrlich gesagt wäre der Bescheid, keinen Patienten zu bekommen, nicht SOO viel besser als ein Rausschmiss. Isa ist nicht der Typ, den eine solche Demütigung zum Kampf herausfordert. Sie würde nur noch unsicherer werden und den zweiten Anlauf vielleicht auch versauen, und wenn man im ganzen Tertial keinen Patienten anvertraut kriegt, bekommt man es nicht angerechnet, dann wird man für die Examensprüfung nicht zugelassen und wird wahrscheinlich niemals Arzt. Toll, Lena, du kannst in einem einzigen pessimistischen Gedankengang eine ganze Biografie ruinieren. Ich lehne mich an die Wand, drücke die Daumen und schiebe konzentriert gute Gedanken durch die

Ross-Bürotür. Und ich zähle wieder: Diesmal die Erhebungen auf dem Milchglasfenster der Tür. Der Schwierigkeitsgrad ist der Brenzligkeit der Situation angemessen. Wenn es eine gerade Anzahl ist, wird Isa nichts passieren.

Ich habe mich etwa zehn Mal verzählt und neu angefangen, als Jenny über den Flur hastet. »Warum erfahr ich das erst jetzt?!« Auch sie will unserer Freundin mental beistehen – und im Gegensatz zu mir bleibt sie nicht bangend auf dem Gang stehen wie ein Lämmchen, sondern legt kurzentschlossen das Ohr an die Tür.

»Hörst du was?«

»Psst!«, macht Jenny und schließt konzentriert die Augen. Ich gehe auch einen Schritt näher heran, um mir den Überblick über die Milchglasfenstererhebungen einfacher zu machen. Ich weiß gar nicht, wie es kommt, dass ich plötzlich (natürlich immer noch sorgfältig zählend) ebenfalls mein Ohr an den weißen Lack drücke.

»Das sehen Sie doch sicher ein?«, klingt Dr. Ross' Stimme durch die Tür.

Was?! Wäre ich doch früher auf die Idee gekommen, mitzuhören! (Isa macht es sicher nichts aus!) Isa antwortet, aber sie spricht zu leise, als dass man auch nur ein einziges Wort verstehen könnte. Und dann – WARUM habe ich es nicht kommen sehen?! – sagt jemand hinter uns: »Die fleißigen PJlerinnen lassen sich kein Wort ihrer Stationsärztin entgehen.« Ich versuche noch schnell, meinen Kopf unauffällig in schickliche Entfernung zur Tür zu bringen. Vergiss es, Lena. Du kannst ihm nicht mehr weismachen, du hättest nur dabeigestanden. Er hat euch gesehen. Beide.

Langsam drehe ich mich um. Ist er sehr sauer? Dr. Thalheims Gesicht ist unbewegt. Oh Mann, was muss er nur von mir denken?! Ich will zu einer Erklärung ansetzen. Aber was zur Hölle sagt man? (Sorry, wir waren müde? Die Tür ist so schön weich? Wir trainieren unseren Meatus acusticus?) Ehe mir eine halbwegs passende Entschuldigung einfällt, lächelt Jenny dem Oberarzt offen ins Gesicht. »Sind Sie etwa nie neugierig?«, fragt sie in einem Tonfall, den man schon als aufmüpfig verstehen könnte. Was die sich traut! Wenn ich Thalheim wäre – es könnte gut sein, dass ich jetzt ausflippen würde.

»Doch«, entgegnet er ungerührt. »Aber erstens habe ich etwas mehr Selbstbeherrschung als Sie. Und zweitens weiß ich in diesem Fall schon Bescheid.«

Ach, na toll. Aber dann weiß er ja wenigstens, dass wir Dr. Ross quasi in eigener Sache belauschen. Vielleicht gibt das mildernde Umstände? Jenny tritt einen Schritt näher an den Oberarzt heran. Hat sie gar kein schlechtes Gewissen? Siegen Frechheit und Unschuld tatsächlich immer?

»Dann sagen Sie uns doch, was los ist!«, schmeichelt sie.

Er zieht die Augenbrauen hoch. »Lauschen Sie doch noch ein wenig, dann erfahren Sie es vielleicht.«

Ich schäme mich in Grund und Boden. (Aber irgendwo ganz hinten unten in meinem Hinterkopf registriert ein kleiner Teufel mit Genugtuung, dass er auf Jennys Um-den-Finger-wickel-Masche nicht anspringt.) Jenny ist gekränkt. Selbst sie ist nicht so unverfroren, wieder den Kopf an die Tür zu legen, solange der Oberarzt danebensteht. Wir warten. Er wartet. Sehr unangenehm. Ich möchte dringend aus seinem Blickfeld verschwinden. Aber ich will hier sein, wenn Isa herauskommt. Bedeutet seine unbewegte Miene, dass alles gut ausgeht? Er würde doch hier nicht herumstehen und mit einer PJlerin Kräfte messen, wenn ihrer besten Freundin gerade die Zukunft ruiniert wird! Thalheims Blick wandert über unsere Wagen.

»Wissen Sie, was mich wirklich stört?«, fragt er knapp. »Nicht, dass Sie lauschen. Weder Ihre Neugier noch Ihre Manieren interessieren mich. Aber das hier …« Er zeigt auf unsere Kanülenwagen. »Das wäre ein Grund, SIE zu feuern.«

Er hat so recht, dass es kaum auszuhalten ist. Wer hat vorhin getönt »Das machen wir dann schnell«? Dieselbe, die sich am Wochenende so hochmütig in der Behauptung gesonnt hat, sie wolle Menschen helfen, Leben retten, wichtig sein?! Was meine ich mit »dann schnell«? Dass wir von einem Patienten zum nächsten eilen und flott Blut abnehmen wie in einer Großmolkerei? Warum ist denn für die Morgenrunde mehr Zeit eingeplant als zum Desinfizieren/Kanüle rein/Kanüle raus nötig ist? Weil da Menschen liegen, die allein sind, vielleicht traurig, vielleicht Angst haben. Mann, Lena, wie schäbig! Ich trete zu meinem Wagen und schiebe ihn langsam über den Flur davon. Ich weiß, eine Entgegnung wäre angebracht gewesen. Eine Entschuldigung an Dr. Thalheim, wenigstens ein Wort zu Jenny. Mir fällt einfach nichts ein. Im Film würde es jetzt regnen. Hier auf dem Krankenhausflur.

Heute Vormittag nehme ich mir für jeden Patienten Zeit. Ich erfahre Dinge, von denen ich keine Ahnung hatte. Dass die schmächtige Frau in der 9 sechs Kinder und die Polizistin in der 14 einen Hang zu anzüglichen Witzen hat und dass der zahnlose Rentner in der 11 jeden Morgen um acht aus dem Fenster schaut – dann geht unten seine Frau mit seinem Hund vorbei. Doch meiner aufmerksamen Anteilnahme zum Trotz hallt in meinem Kopf immer Dr. Thalheims Stimme wider, kalt vor Enttäuschung. Ich könnte mich nicht nur der Patienten wegen in Grund und Boden schämen. Ich habe auch keine Ahnung, wie ich dem Oberarzt wieder unter die Augen treten soll. Erschöpft schleiche ich aus dem Zimmer der Polizistin mit der Pankreasinsuffizienz; hinter mir dröhnt das schallende Gelächter, mit dem sie ihre eigenen Witze honoriert. Ich muss kurz ausruhen. Und dann gehe ich vielleicht erst mal zu Manuel hinein, nur um ein bisschen Kraft zu tanken?

Am Ende des Ganges erscheint eine weiße Gestalt, schwebt langsam auf mich zu wie ein Geist. Isa. Sie bleibt stehen und lächelt schief. Mann, Jenny hätte schon aus einem Kilometer Entfernung das Ergebnis heraustrompetet, bei gutem Ausgang mit Gesang und Luftsprüngen, im schlechten Fall wütend wie ein brüllender Löwe. Isa seufzt nur: »Ich bekomme einen Patienten.«

Hurra, na also, ich wusste doch, das alles gut wird; warum jubelt sie denn nicht?! Ach so, da kommt noch was. »Aber nicht so wie ihr«, fährt Isa fort. »Sondern als Test. Dr. Ross und Dr. Thalheim haben beschlossen, dass ich den Patienten begleitet betreue. Dann muss ich ihn in der Fallbesprechung vorstellen, damit ich sprechen lerne. Wenn ich das hinkriege, vor allen Leuten, ist alles okay. Wenn nicht …«

Schnell umarme ich meine mutlose Freundin. Klar kriegt sie das hin.

»Alle sind in der Fallbesprechung …«, flüstert sie.

Ich schüttle den Kopf. »Der Chefarzt kommt bestimmt nicht zu so einer PJler-Kindergartenveranstaltung!«

Ehrlich gesagt weiß ich nicht, ob der Chef nicht EXTRA vorbeischauen würde, um zu sehen, ob die PJlerin seines Misstrauens ihre Sprache wiedergefunden hat. Aber das sage ich natürlich nicht. Stattdessen gebe ich mich überzeugt, verspreche, mir den Vortrag vorher zu Hause 157-mal anzuhören – und endlich wagt Isa wieder Luft zu holen.

»Du bist die Beste!«, sagt sie. »Ich bin so glücklich, dass wir Freundinnen sind.«

Es klingt, als hätte sie so was noch nie zu irgendwem gesagt. Seit Hanni und Nanni hat niemand seine Freundschaftsbekundungen mehr so gestelzt dargebracht. Aber Isa ist nun mal nicht der Küsschen-Typ. Unsere Küsschen-Freundin kommt übrigens genau in diesem Moment im wilden Galopp um die Ecke gestürmt. Sie lässt sich das Ergebnis zusammenfassen, Isa aber nicht ausreden, und knutscht sie ab.

»Na seht ihr!«, lacht sie. »Und jetzt hopp hopp mit unseren Wägelchen, sonst sind wir hier die schlechtesten Ärzte!«

Ach ja. Kurz hatte ich verdrängt, dass es da noch was gab, weswegen ich mich mies fühlen musste. Jenny grinst, als ich das sage.

»Andere werden nie beim Lauschen erwischt!«, tönt sie. »Aber wir müssen nur eine Sekunde zu lange stehen bleiben, schon sitzt uns der Oberarzt im Nacken!« Ich nicke, auch wenn das eigentlich nicht alles ist, weshalb ich mich schlecht fühle.

»Ihr habt gelauscht?«, fragt Isa entsetzt.

»Wir kamen ja gar nicht dazu!«, empört sich Jenny. »Kaum

standen wir vor der Tür, kam Thalheim auch schon angeflogen wie der Rachegott.«

»Und?!« Isa wird bleich, als habe SIE Dr. Ross so schamlos bespitzelt.

»Nichts«, winkt Jenny ab. »Er hat nur gesagt, wir sollen mit unseren Wagen weiterschieben, sonst kündigt er uns.« So wie sie es erzählt, klingt es lustig – nach einem einverständigen Geplänkel mit scherzhaft erhobenem Zeigefinger. Will sie Isa beruhigen? Erinnert sie sich wirklich so beschönigt an den Vorfall? Bin ich die, die mal wieder hemmungslos übertrieben hat?!

Bis zum Mittag setze ich meine aufmerksame Runde fort. Ich brauche doppelt so lange wie sonst und fühle mich sehr gut damit. Frau Klein wirkt auch heute sehr schwach, doch sie lächelt.

»Wie geht es Ihrer Freundin?«

Ich erzähle ihr von der Vereinbarung, die die Ärzte für Isa getroffen haben, und Frau Klein hält die Abmachung für sehr gut.

»Sie wird es schaffen«, flüstert sie. »War sie auf dem Rummel?« Ich nicke. Frau Klein lächelt zufrieden. »Das hilft.« Dann bekommt sie einen schrecklichen Hustenanfall. Einen kurzen Moment bin ich völlig hilflos; dann geht die Medizinerin in mir auf Autopilot. Aufrichten, den Rücken richtig stützen. Ich helfe Frau Klein auf, sie hustet fürchterlich, ringt kraftlos nach Luft. Als sie sich etwas beruhigt hat, gieße ich ihr ein Glas Wasser ein und helfe ihr trinken. Sie nimmt ganz kleine Schlucke, wie ein kranker Vogel. Ihre Haut ist blass, fast durchscheinend, der Atem geht schwer. Vorsichtig bringe ich sie wieder in eine halb sitzende Position – und was sagt die reizende alte Dame als Erstes, nachdem sie wieder genug Luft für ein Wort zusammengerungen hat? »Entschuldigung.«

Ich muss lachen und beruhige sie; es gibt nichts zu entschuldigen. Doch ich werde aufmerksam. Frau Klein beteuert bei jeder Visite, es ginge ihr schon besser und sie brauche nichts. Aber wie oft sagt sie Dinge wie »Ich mache ja schon so viele Umstände«! Hält ihre Bescheidenheit sie davon ab, ehrlich über ihr Befinden zu sprechen? Eine Lungenentzündung ist kein

Schnupfen, liebe Omi! Bei älteren Patienten kann eine Pneumonie hässliche andere Erkrankungen nach sich ziehen. Ich beschließe, dass die bescheidene Frau Klein besonders beobachtet werden sollte. Bei der Visite muss ich das Dr. Ross gegenüber erwähnen. (Noch heute Morgen hätte ich mich vertrauensvoll an den geschätzten Oberarzt gewandt. Aber das würde jetzt wohl voll nach Einkratzen aussehen.)

Zur Mittagspause ist mein Rundgang noch nicht fertig. Ich habe nicht mal gemerkt, dass schon Mittagszeit ist – ich begegne nur einer fröhlichen Jenny auf dem Flur: Sie schlendert aufreizend langsam vor einer Gruppe Schwestern her, die ebenfalls zur Cafeteria wollen. Ich werde unfreiwillig Teil der Präsentation, denn als ich aus Zimmer 15 komme, nutzt Jenny die Gelegenheit, mir überlaut zu erzählen, wie nett es sei, jetzt eine lange Pause zu machen. Ich weiß, dass sie nur Schwester Klara ärgern will, deshalb warte ich, bis sich der Schwesternpulk vorbeigedrängt hat, ehe ich erkläre, dass ich das Essen ausfallen lassen muss, wenn ich vor der Visite meine Runde schaffen will.

»Also, ich gehe!«, erklärt Jenny rigoros. »Ich kämpfe mir doch nicht mühsam meine Pause zurück, um sie gleich wieder für was anderes zu opfern!«

Ich verstehe sie – und würde gerne noch mal den Trick sehen, bei dem sie gleichzeitig Mittag isst und Klaras Laborergebnisse holt, aber ich gehe trotzdem nicht mit. Ich war weder bei Manuel, noch habe ich den neuen Patienten in der 17 kennengelernt. Wegen meiner Langsamkeit gerät ohnehin schon alles in Verzug. Die Laborjungs werden sauer genug sein, wenn ich diese zwei Proben mit Verspätung nachliefere.

Ich hebe mir Manuel als krönenden Abschluss auf und schiebe eben ins Zimmer 17, als Dr. Thalheim über den Gang eilt. Na klar, jetzt gehen ja alle zum Mittag. Es ist zu spät zum Weggucken, wir hatten schon Blickkontakt.

»Sie sind ja noch hier«, sagt er knapp.

Wo soll ich sonst sein?! »Ich kann heute keine Mittagspause machen«, entgegne ich kurz.

Er nickt. »Das hätte mich auch enttäuscht.«

Damit verschwindet er in Richtung Cafeteria, ohne sich noch mal umzusehen. War das Ermahnung, Lob oder Nachtreten? Ich kann es nicht einordnen. Lieber nicht grübeln, in so einem Fall ist immer Optimismus empfohlen. Wenigstens weiß er im Grunde seines Herzens, dass ich im Grunde des meinen ein guter Mensch bin. Das muss wohl erst mal reichen.

Der 17er ist eine hübsche junge Frau, vielleicht Anfang dreißig. Ich grüße sie freundlich, sie antwortet nicht. Ich stelle mich höflich vor und rede ein bisschen vor mich hin, sie stellt sich taub und stumm. Als ich sie frage, ob sie mich hören kann, verdreht sie die Augen, stöhnt genervt »Leider!« und dreht sich weg. Arrogante Kuh? Das kann ich auch. Ein bisschen schnippischer bitte ich sie, den Arm freizumachen. Keine Reaktion, sie streckt nur mürrisch den Arm aus und lässt mich den Ärmel hochziehen. Ich lege noch einen Zacken Hochmut drauf und nehme ihr Blut ab, als müsse es ihr eine Ehre sein. Aber so richtige Befriedigung stellt sich nicht ein. Warum ist sie so abweisend, so ekelhaft zu mir? Oder zu allen? Muss man jeden Patienten in sein Herz schließen? Ja, ja, ich weiß. Man sollte.

Bei Manuel ist es viel netter. Ich erzähle ihm von der Frau, die so sichtlich von mir genervt war.

»Du mit deiner guten Laune kannst einen aber auch deprimieren«, sagt er. »Du kommst rein, strahlst, machst auf patent – klar nervt das!«

Aha. Na, wenn ich heute strahle … Aber in Manuels Sprache war das wohl ein Kompliment. Ich möchte noch ein paar Nettigkeiten mehr hören und provoziere ein bisschen, indem ich mich über die Arroganz der Patienten beschwere, die eine Anfängerin nicht ernst nehmen. Er könnte ja EINMAL sagen, dass er inzwischen Respekt vor mir hat und ich meine Sache gut mache. (Gab es von den Vorgesetzten so lange kein Lob mehr, dass du jetzt bei den Patienten fischen gehst? Das sind Schutzbefohlene, Lena …) Doch statt des Lobes gibt es natürlich wieder nur eine Unverschämtheit.

»Dann wird das wohl nichts mit unserem Date nach meiner Entlassung«, grinst Manuel. »Wenn jetzt der nächste respektlose Patient vor deine Nase gelegt wird, verliebst du dich ja sicher in DEN.«

»Ich bin doch nicht … ich hab mich doch nicht …« Atmen, Lena! Und dann einen vollständigen Satz! »Ich verlieb mich doch nicht in eine FRAU!«, trompete ich.

Manuel grinst breit. Super, Lena, was war das denn?! Du hättest sagen müssen, dass du nicht in IHN verliebt bist! »Ich verlieb mich doch nicht in eine Frau« klingt wie aus einer Eifersuchtsszene. (»Keine Angst, Liebling, ich würde mich niemals in jemand anderen verlieben; schon gar nicht in eine Frau.« Sorry, aber das war der Subtext!)

»Gut zu wissen«, lächelt Manuel. »Also bleibt es bei unserem Date?«

Wenn ich jetzt einen coolen Spruch parat hätte, mit dem ich absage, ihm die Hoffnung nehme und mir gleichzeitig offen lasse, spontan doch anzurufen … wäre das eine gute Strategie. Doch nur »Mal sehen« klingt feige. Lieber die Flucht nach vorn antreten.

»Klar«, sage ich. »20 Minuten am Samstag. Ich hoffe, du grübelst schon, wie du mir ein angemessenes Date bieten kannst, ohne dich zu überanstrengen, ohne Alkohol – und in der kurzen Zeit …«

Er lacht. »Wenn du kommst, fällt mir was ein.«

Ich lächle zurück. »Wenn dir was einfällt, komme ich.« Patt. Wundervoll.

Ich schiebe mein Wägelchen aus Manuels Zimmer und will mich auf den Weg machen, die letzten beiden Proben ins Labor nachzuliefern. Oder doch einen kurzen Abstecher in die Cafeteria? Die Pause dauert noch 12 Minuten. Unter Heißhunger könnte ich in 12 Minuten durchaus ein Wildschwein verdrücken … Aber die Proben noch länger zu verspäten, kommt natürlich nicht infrage. Hoffentlich hat eine meiner Freundinnen an mich gedacht. Ich eile in Richtung Labor. Orakel gefällig?

Wenn mir jemand die nächste Tür aufhält, sind die Leute ab jetzt alle nett und aufmerksam zu mir und dann bringt mir jemand was zu essen mit. Achtung, ich komme. Jemand hält mir die Tür auf. Ruben.

»Hier, nimm!«, sagt er und hält mir einen Teller hin – mit einem riesigen Sandwich. Ich starre ihn an: Er ist so großartig, ich finde gar keine Worte.

»Nimm schon, ich muss wieder rein.«

Ich stopfe mir eilig das halbe Brot auf einmal in den Mund. »Banke!«

»Nicht mir«, sagt Ruben, schon halb im Gehen. »Es ist von Thalheim.«

Fast hätte ich in diesem Moment mein zartes Leben ausgehaucht. Nein, ausgeröchelt, ausgekrümelt. Denn das halbe Sandwich bleibt mir in der Kehle stecken. Ich huste und schlucke, Tränen steigen mir in die Augen.

»Dr. Thalheim schickt mir ein Salat-und-Salami-Sandwich?!«

Ruben schüttelt abfällig den Kopf. »Ruccola-Tomate-Pastrami. Aber natürlich hat er DAS nicht bestellt. Er hat nur gesagt, ich soll dir ein Brot bringen, weil du keine Pause hast.«

Ich bin so gerührt und dankbar, dass ich ihm einen krümeligen Kuss auf die Wange drücke.

»Soll ich ihm den weitergeben?«, ruft Ruben mir nach. Ich drehe mich um. »Untersteh dich!« Er grinst und verschwindet.

Das Sandwich schmeckt himmlisch, seit es nicht mehr nur meinen Hunger, sondern auch meine Sehnsucht nach einer Vergebungsgeste des Oberarztes stillt. Wenn er mir etwas zu essen schickt, dürfte er meinen bußfertigen Sondereinsatz ja wohl anerkennen. Also ist mein eigensüchtiger Patzer von heute Morgen verziehen. Ich kaue langsam und das Friedensbrot reicht den ganzen Weg bis in den Laborkeller.

Natürlich sind die Laboranten sauer, dass jetzt noch zwei Proben hinterhergetrödelt kommen, aber ihre Nörgelei kratzt mich nicht. Jenny ist noch nicht da, um die Ergebnisse der Proben vom Morgen abzuholen. Ich setze mich vor dem Labor auf die

Treppe, hole das erste Mal an diesem Tag Luft und warte. Sie muss ja gleich kommen, dann können wir zusammen zurückgehen und ich hätte Gelegenheit, das Care-Brot des Oberarztes schnellstmöglich auszuwerten. Soll ich mich bedanken oder ist es stilvoller, es stillschweigend hinzunehmen? Bring ich ihn in Verlegenheit, wenn ich mich bedanke? Am Ende des Ganges führt ebenfalls eine Treppe nach oben, dort liegt der Chirurgie-Trakt. Im nächsten Tertial werde ich dort arbeiten. Wie wird das sein? Wer ist dann wohl mein Oberarzt?

Als ich wieder auf die Uhr schaue, ist es fast zwei. Warum ist Jenny noch nicht da?! Gleich ist Visite! Verdammt. Sie hat es doch nicht geschafft. War ja fast klar, dass der wie-auch-immer-geartete Trick schwerlich zweimal hintereinander funktioniert. Klara wird ausrasten, wenn Jenny die Ergebnisse nicht abgeholt hat, obwohl sie vorher so selbstgefällig in der Cafeteria herumtrödelte. Das gibt eine zur Faust geballte Gewitterwolke, unter der sich nicht mal die wendige Jenny wegducken kann. Also was tut eine gute Freundin? Ich öffne noch mal die Tür zu den gnatzigen Laboranten. Sollen sie mich doch anfauchen, ich muss die Auswertungen mitnehmen. Ich setze mein gewinnendstes Lächeln auf und erkläre dem ältesten Laborler, dass heute ausnahmsweise ICH die Morgenergebnisse abhole. Er schaut nur ganz kurz vom Computer auf.

»Morgenproben? Das wird halb eins geholt.«

Ja, das weiß ich, Papi. Aber von meiner Freundin Jenny, für die halb eins ein Richtwert und ein Sieg im Grabenkampf mit einer gemeinen Oberschwester einen Hauch wichtiger ist als Pünktlichkeit. Geduldig erkläre ich dem Mann, dass heute leider etwas durcheinandergeraten ist und die Ergebnisse deshalb erstens VON MIR und zweitens JETZT ERST geholt werden.

»NEE, Mädchen!« Er sieht mich an wie ein begriffsstutziges Entchen. »Die sind schon weg.«

Na prima. Wann und wo immer wir uns verpasst haben, fest steht: Jetzt ist es nicht mehr Jenny, die ein Blitztempo vorlegen muss. Jenny ist pünktlich bei der Visite. Ich nicht.

Ich schaffe es gerade noch, mit Japsen und Keuchen. Zeit, Jenny zur Rede zu stellen, ist nicht mehr. Dr. Ross' Blick wandert über meinen rotverschwitzten Kopf, sie sagt aber nichts. Sie ist freundlich und etwas desinteressiert wie immer. Es wirkt, als wisse sie gar nichts von unserem morgendlichen Lauschangriff auf ihr Büro. Wäre ja anständig von Thalheim, das nicht zu petzen, immerhin hat Dr. Ross keinen Schaden genommen und wir haben unsere Standpauke schon bekommen. Dr. Ross konzentriert sich, wenn überhaupt, heute sowieso nur auf Isa. Sie fragt sie immer wieder nach ihrer Meinung. Isa strengt sich an; sie spricht sicher, hörbar und deutlich – und macht, soweit ich das beurteilen kann, einen guten Eindruck. Nun ja. Auf Dr. Ross. Vor der sich sowieso niemand je ängstigen würde. Selbst wenn sie mit einer geladenen MP zur Visite käme. Denn sie wäre viel zu phlegmatisch, um zu entsichern. Oder die entsicherte Waffe anzuheben. (»Liebe PJler, hier eine MP zur Beängstigung. Ich erwarte Ihre Kooperation. Bitte fürchten Sie sich jetzt zügig, das Gerät ist schwer und kompliziert und um sechs muss ich weg.«)

Schluss, Lena! Erstens: Nur weil Dr. Ross es lockerer angeht, ist sie doch eine gestandene Ärztin. Zweitens: Selbst wenn es nicht so wäre, ist sie deine Vorgesetzte und du hast nicht das Recht, dich über sie lustig zu machen, selbst wenn das nur im inneren Kino stattfindet. Und drittens: Selbst wenn dein Kopfkino nicht so respektlos wäre – deine absurden Vorstellungen lenken dich immer vom Wesentlichen ab! Super, jetzt habe ich schon wieder ewig nicht zugehört.

Als Nächstes kommt mein Patient, da ist Träumen unmöglich. Manuels Werte sind gut, Dr. Ross fragt mich nur, wann ich ihn entlassen möchte. Ich könnte »morgen« sagen. Diese Nacht noch hierbleiben, morgen nach dem Frühstück Transport nach Hause. Gegen 7:30, meine Schicht beginnt um acht. Dann müssten wir uns heute verabschieden. Heute ist Montag. Vier Tage bis Samstag.

»Am Mittwoch«, sage ich. »Gleich nach dem Frühstück werfen wir ihn raus.«

»Endlich!«, sagt Manuel laut, Marie-Luise nickt ihm mitleidig zu. Kein Mensch würde darauf kommen, dass wir nach seiner Entlassung verabredet sind. Leider.

Der Besuch bei Frau Klein verdrängt die Gedanken an Manuel. Sie ist noch schwächer geworden, hustet stark. Doch auf Dr. Ross' Frage erklärt sie wie immer, es gehe ihr besser. Okay, dann muss ich jetzt wohl doch einschreiten. Wenn Dr. Ross nur abhakt und weitergeht, muss ich etwas sagen. Doch Frau Kleins starker Husten ist heute so aufdringlich, dass er sie Lügen straft. Dr. Ross setzt die Antibiotika-Dosis hoch und ordnet ein neues EKG an. Ich bin ihr richtig dankbar. Mann, Lena, hast du wirklich gedacht, sie wäre inkompetent? Ganz schön überheblich, was?

»Da müssen wir ein bisschen aufpassen«, sagt Dr. Ross zu mir. Ich nicke. Wir verstehen uns. Dr. Ross klopft bekräftigend auf ihr Klemmbrett. »Risikogruppe, alt, immungeschwächt. Da liegt die Rate bei fast 30 Prozent.«

Mir bleibt die Luft weg. Was Dr. Ross meint, ist die Sterblichkeitsrate. 30 von 100 Patienten mit Frau Kleins Risikofaktoren sterben an ihrer Lungenentzündung. Ich kann nur beten, dass Frau Klein das nicht verstanden hat. Wie herzlos, so was zu sagen! Ich hasse sie.

Dr. Ross sieht meinen erschütterten Blick, versteht ihn typisch-unsensibel falsch und lächelt: »Vor gut hundert Jahren waren es noch über 90 Prozent! Es lebe der Fortschritt!«

Es lebe der Maulkorb, du blöde Kuh! Zum Glück scheint unsere Patientin Dr. Ross' taktlose Belehrung nicht verstanden zu haben. Ich hasse sie trotzdem!

Die Letzte auf unserem Rundgang ist die Kuh auf der 17. Ich bin gespannt, ob sie mit der Stationsärztin auch nicht redet. Bei der könnte Dr. Ross doch mal kaltschnäuzig sein! Doch Dr. Ross hält die Tür auf und kündigt Frau Schwab rücksichtsvoll unseren Besuch an. Sie bekommt keine Antwort, aber statt entschlossen aufzutreten, schleicht Dr. Ross so leise ins Zimmer, dass wir unwillkürlich auch auf Zehenspitzen gehen. Dr. Ross öffnet die

Akte und sagt: »Paula Schwab, 34, Magenkarzinom. Noch keine Nebendiagnosen.«

Ich weiß nicht, ob ich mich je so mies gefühlt habe. Wie konnte ich mich so wichtig nehmen, alles auf mich beziehen? Hat Paula Schwab nicht alles Recht der Welt, zu schweigen, abzuweisen, zu hassen? Wie würde ich auf so eine Diagnose reagieren? Unbewusst habe ich immer das Gefühl, alle Krankheiten beherrschen zu können. Ich kenne die Symptome, die Prognose. Manche Diagnosen sind leichter zu überbringen, andere sind furchtbar. Dann muss man Mut machen, darf aber keine falschen Hoffnungen wecken. Trotzdem ehrlich sein. Dafür gibt es Verhaltensempfehlungen. Man weiß also genau, was zu tun ist. Trotzdem habe ich keine Ahnung, wie es sich anfühlt, so eine Diagnose gestellt zu bekommen. Aber ist das nicht der wichtigste Teil im Umgang mit dem Patienten? Zu wissen, wie es sich anfühlt?

Nach der Visite zerstreuen wir uns recht betreten, das Schicksal der jungen Frau macht uns allen zu schaffen. Ich schlurfe über den Gang, das Mitleid und die Schuldgefühle wegen meines unsensiblen Umgangs mit der Patientin sind wie Betonschuhe; ein Wunder, dass meine schweren Schritte nicht das Linoleum abschleifen. Was für ein langer, anstrengender Tag. Und leider: Erfahrungsgemäß kann ich noch wenigstens eine Herausforderung erwarten. Ich habe es selten erlebt, dass ein solcher Tag plötzlich ab vier ins Abwärmprogramm schaltet und friedlich ausplätschert – meistens kommt noch was nach.

Bei mir ist es der Oberarzt, der nachkommt. Dr. Thalheim holt mich auf dem Gang vor seinem Büro ein und bittet mich, einen Moment mit hereinzukommen. Aus seiner Sicht gibt es also doch noch was zu beräumen. Ich wappne mich für eine Auswertung mit Mahnung – du wirst nicht widersprechen, Lena, er hatte recht und er hat dir ein Brot geschickt.

Wieder lässt er mich im Sessel vor seinem Schreibtisch Platz nehmen. Heute gibt es keinen Indiana-Jones-Kaffee. Einen ganz kurzen Kontrollblick kann ich mir nicht verkneifen, vielleicht eröffnet sich ja heute das Geheimnis des Bilderrahmens? Fehlanzeige. Der altmodische Rahmen steht wie beim letzten Mal neben einem Bücherstapel, allerdings kann ich auch von hier aus nur die stoffbezogene Rückseite sehen; wieder bleibt mir ein Blick auf Thalheims perfekte Frau (oder seine zauberhafte Familie, die geliebten Eltern oder seinen treuen Vierbeiner) verwehrt. Mehr als einen Blick kann ich jetzt auch nicht riskieren. Vielleicht könnte ich beim Aufstehen ein wenig hinter den Schreibtisch geraten? Dr. Thalheim setzt sich mir gegenüber.

»Sie verstehen, dass ich noch einmal auf den Vorfall heute Morgen zurückkommen muss.«

Natürlich.

»Ich kann nachvollziehen, dass Sie für Ihre Freundin da sein wollen. Auch mir ist es wichtig, dass Sie hier Freunde finden und sich gut einleben. Nicht, damit Sie es hier schön kuschelig haben. Sondern weil später viel davon abhängt, dass Sie Kollegen haben, denen sie vertrauen und auf die sie sich hundertprozentig verlassen können.« Er lächelt.

Ich atme aus. So schlimm wird es also nicht. Eigentlich sehr nett von ihm, das Freundefinden auch als wichtiges Ziel des PJs darzustellen. Ich möchte das honorieren und gebe noch einmal ehrlich zu, dass ich heute Morgen meine Patienten hintangestellt habe, mich dafür schäme und das nie wieder tun will.

Er nickt. »Das weiß ich, Fräulein Weissenbach. Diese Sache ist ja nun auch erledigt.«

Okay, dann sind wir uns ja einig. Ich entschuldige mich, du akzeptierst, ich arbeite durch, du schickst Brot. Eigentlich wäre wirklich nicht noch ein Vier-Augen-Gespräch nötig gewesen. Wollte er vielleicht einfach wieder mal mit mir allein sein? Bestellt er mich in sein Büro, nur um mit mir zu plaudern? Wie sehe ich aus? Und sollte ich ein neues Thema anbieten, um es ihm leichter zu machen?

»Ich hätte Sie auch nicht noch mal um ein Gespräch gebeten«, unterbricht er meine geschmeichelte Fantasie, »wenn nicht noch eine andere Sache vorgefallen wäre.«

Moment! Was soll das?! Ich bin mir keiner Schuld bewusst. Hastig läuft der Tag im Zeitraffer durch mein Hirn. Ruhig, Lena. ICH HAB NICHTS GETAN!

Dr. Thalheim muss meine Verwirrung bemerken, doch er unternimmt nichts, um mich zu beruhigen. Sein Blick ist ernst. »Ich kann nicht hinnehmen, dass Sie manchen Patienten so viel Zeit widmen, ohne dass es medizinische Gründe hat«, sagt er ruhig.

Ich verstehe nicht. Doch als ich nachfrage, wird sein Lächeln fast zynisch. »Ganz einfach, Fräulein Weissenbach: Sie widmen sich den einen weniger … und den Jungen mehr.«

Was für eine Ungerechtigkeit! Denkt er das echt? Ich brauche eine gefühlte Stunde, bevor ich wieder ein Wort rausbringe. Ganz ruhig, Lena! Lass ihn nicht merken, wie gekränkt du bist. Frag sachlich, wie er auf eine so ungeheure Unterstellung kommt.

»Was soll das denn heißen?!« (Nicht ganz so eloquent. Und der Tonfall gerät auch leicht beleidigt. Aber besser ging's nicht ohne Wuttränen.) Oh Mann, und jetzt geht mir auf, was er meint. Manuel.

»Sie verbringen sehr viel Zeit bei dem SHT in der 16.«

Klar. Manuel. Was sagt man jetzt? Ich versuche zaghaft ins Feld zu führen, dass ich auch bei Frau Klein mehr Zeit verbracht habe als bei anderen Patienten. Dr. Thalheim lässt das nicht gelten.

»Die 15 ist eine einsame alte Dame ohne Angehörige; sehr löblich, dass Sie sich immer mal ein wenig Zeit für sie nehmen. Das sollten wir alle tun.« Erst klingt es noch ermutigend. Aber dann fährt er fort: »Bei Zimmer 16 hingegen muss ich vermuten, dass Ihrem höheren Engagement ein eher persönliches Interesse zugrunde liegt.«

So gestelzt Sie es auch herauswinden, Dr. Thalheim – was Sie sagen wollen, kommt leider brutal deutlich heraus. Was, was, was sagt man dagegen?! Mein erster Impuls ist abstreiten, hinausrauschen, für immer beleidigt sein. Bei jedem anderen hätte ich diesem Affekt nachgegeben. Hier geht es nicht. Also was sagen?

»Es ist nicht, was Sie mir unterstellen.« Sehr gut, Lena. Erst mal klar abgrenzen. »Er ist nur ein schwieriger Fall.«

Dr. Thalheim bleibt kalt. »Nicht aus medizinischer Sicht.«

Mann, nein. Natürlich nicht. DIR ist so was wahrscheinlich noch nie passiert! Draußen kannst du gleich die Wände hochgehen, Lena. Jetzt musst du das hier irgendwie sachlich zu Ende bringen. Getroffene Hunde bellen. Also nur knurren. Besser wäre gleich der unschuldige Hundeblick. Mach ihn zu deinem Verbündeten!

»Er hat mich lange nicht als Ärztin – Verzeihung, als angehende Ärztin – akzeptiert und meine Anweisungen ignoriert. Ich musste mir erst Respekt verschaffen.«

Na also. Nur aus rein fachlichen Motiven musste ich so viel Zeit dort verbringen. Und von dem Teddy weiß Thalheim nichts. Oder von unserem Date. Komm schon, Chef! … Nein, immer noch nicht.

»Sie hätten ihn abgeben können«, widerspricht Thalheim. »Sie sind Anfängerin. Patienten, die Sie zu sehr fordern, sollten Sie abgeben, um sich angemessen mit ALLEN Patienten beschäftigen zu können.«

Ja. Ist doch gut. Irgendwie hat er ja recht. Also entschuldige ich mich. Nicht nur, weil er ein bisschen recht hat. Auch weil ich jetzt WIRKLICH GERN sein Büro verlassen würde. Endlich. Nach der dritten Entschuldigung steht Dr. Thalheim auf. Er bringt mich zur Tür. Soll ich noch irgendwas sagen?

»Versprochen, Dr. Thalheim. In Zukunft werde ich die respektlosen jungen Männer sofort abgeben.« War das zu viel? Täusche ich mich oder muss er schmunzeln? Ist jetzt alles wieder gut?

»Eins noch«, sagt er in der Tür. »Ich habe gesehen, dass Sie ihn noch bis Mittwoch behalten wollen. Dafür sehe ich keine Notwendigkeit. Herr Ritter geht morgen.« Damit schließt er die Tür.

Ich könnte jetzt noch mal klopfen. Aber ich tue es nicht. Man könnte darüber diskutieren, dass ich die betreuende (Fast-)Ärztin bin und die Entlassung für übermorgen festgelegt habe. Er ist aber der Chef. Dass er meine Anweisungen ändert, ist legitim.

Über die Gründe dafür möchte ich nicht mit ihm streiten. Nicht mal mit mir selbst. Denn dann muss ich zugeben, was der heimliche Hauptgrund für meine Manuel-Verlängerung war. Und ich will eigentlich nur noch nach Hause.

Auf dem Weg zum Spind komme ich noch einmal an Zimmer 17 vorbei. Und da fällt mir ein, dass es unter all den Heimsuchungen des Tages eine einzige Sache gibt, in der ich noch etwas wiedergutmachen kann. Ich öffne die Tür. Paula Schwab liegt mit dem Gesicht zur Wand, doch sie schläft nicht. Sie hält sich eine Zeitung vor das Gesicht und lässt sie auch nicht sinken, als ich sie anspreche. Aber sie hört mich ja trotzdem.

»85 Prozent aller Magenkrebspatienten mit Ihrem Tumorstadium werden geheilt«, sage ich. Ich hab keine Ahnung, ob die Zahl stimmt. Ich hoffe nur, dass sie hoch genug ist, um Mut zu machen. Ohne unglaubwürdig zu sein. »Keine Angst, Sie schaffen das!«, sage ich und ich hoffe so sehr, dass ich recht habe. »Alles wird gut.«

20

Das Krankenhaus bestimmt irgendwann dein ganzes Leben. Jenny behauptet, dass deswegen alle Arzt-Ehen mit Nichtmedizinern in die Brüche gehen. (Und die Arzt-Arzt-Ehen halten ihrer Meinung nach auch nur, weil beide keine Zeit und Nerven haben, sich scheiden zu lassen.) Jenny muss es wissen. Bei mir ist jedenfalls zu beobachten, dass meine Gesprächsthemen, die schon während des Studiums immer eingeschränkter wurden, inzwischen auf ein Minimum reduziert sind. Auf EINS: Die Klinik. Dies ist aber ein unerschöpflicher Komplex: die Ärzte, die Patienten, die Schwestern, Krankheiten, Ärgernisse, Essenszeiten. Kein Wunder, dass die Gespräche mit Außenstehenden immer seltsamer werden. Kein Wunder, dass Isa, Jenny und mir nie der Gesprächsstoff ausgeht. Fest steht: Ohne die beiden würde ich mein neues Leben nicht überleben. Nach der Zurechtweisung vom Oberarzt brauche ich dringend Unterstützung.

Jenny erklärt Thalheim für ungerecht und neidisch – und dreht die ganze Unterhaltung, ohne dabei gewesen zu sein, binnen Kurzem so herum, dass daraus eine Eifersuchtsszene wird, in der Dr. Thalheim den jugendlichen Rivalen aus seinem Reich verbannt, um mich endlich konkurrenzlos für sich zu haben. Isa ist vorsichtiger und führt fairerweise meine nicht ganz zu leugnende Affinität zu Manuel ins Feld. (Bloß gut, dass ich von der Verabredung nichts erwähnt habe!) Ich höre den beiden eine Weile zu und beschließe, Dr. Thalheims Entlassungs-Anordnung kommentarlos zu akzeptieren. Verabschieden werde ich mich trotzdem von Manuel – und dann kann ich ihn ja draußen wiedersehen. Ohne dass es jemanden interessieren darf. Ich fühle mich sehr erwachsen und sehe dem nächsten Tag gelassen entgegen. Sollen sie doch alle kommen!

Und das tun sie. Der Dienstag beginnt täuschend mit Rühreiern und »Guantanamera« in der S-Bahn – dargeboten von zwei Südländern, die mit der Sonne um die Wette strahlen. Nichts lässt mich ahnen, dass der Tag sich binnen weniger Stunden in einen Albtraum verwandeln wird.

Mein erster Weg führt zu Manuel. Na klar. Wenn das Dr. Thalheim erfährt, ist sein Vorurteil wieder bestätigt. Manuel hat schon von einer Schwester gehört, dass er heute gehen darf. Ich muss nur noch seinen Arztbrief schreiben, dann werde ich ihn offiziell entlassen. Manuel freut sich, endlich hier rauszukommen – aber ich glaube, ein wenig graut ihm auch vor den kommenden Tagen. Denn er muss Bettruhe halten und seine Mutter hat sich in den Kopf gesetzt, dass Manuel während der Rekonvaleszenz bei ihr wohnt. Manuel hat keine Lust, die nächste Woche unter Mamas Obhut zu verbringen, und schildert mir das geblümtgerüschte Zepernicker Drei-Zimmer-Haus in den abstoßendsten Farben. Dabei würden Manuels Freunde ihm gern an seinem eigenen Bett Gesellschaft leisten. Und der Pizzabote kommt heutzutage auch bis ans Bett … Manuel glaubt, bestens allein zurechtzukommen, und will meine Meinung hören. Vielleicht denkt er, unser Treffen sei in Gefahr, wenn er nach Zepernick übersiedelt? Doch als ich ihn beruhigen will, bekomme ich eine typische Manuel-Abfuhr.

»Dir macht es vielleicht nichts aus, für 20 Minuten mit mir zwei Stunden zu fahren. Aber meine Freunde haben da sicher nicht immer Bock drauf!«

Aha. Sehr nett. Ich sage schnell, dass ich dann auch nicht komme. Arroganter Pascha!

»Sei nicht eingeschnappt!«, grinst Manuel. »Setz dich lieber noch ein bisschen zu mir. Immerhin sehen wir uns jetzt eine Woche nicht.«

Eigentlich würde ich das gerne tun. Natürlich geht es nicht. »Ich kann nicht hier rumsitzen«, erkläre ich mit gradem Rücken. »Wenn ich das bei allen Patienten täte, könnte ich gleich hier wohnen.«

Er lacht nur. »Aber mich magst du nun mal lieber als die anderen.«

Ich schüttle den Kopf. »Selbst wenn dem so wäre … Solange du hier bist, haben auch wir nur ein Arzt-Patienten-Verhältnis.«

Manuel zwinkert mir zu. »Wenigstens gibst du zu, dass wir ein Verhältnis haben!« Super. Immer fällt ihm noch was ein.

Manuels fröhliche Behauptung, wir hätten ein Verhältnis, klingelt durch meinen Vormittag. Ich schreibe den ersten richtigen Arztbrief meines Lebens und Dr. Ross segnet ihn ab. Beim Mittagessen schwatzen wir alle drei wild durcheinander. Isa ist aufgeregt, heute bekommt sie ihren ersten Patienten zugeteilt und muss in Anwesenheit ihrer beiden Vorgesetzten die Eingangsuntersuchung machen. Jenny hat sich bereits eine Patientin gewünscht und fordert uns zum Daumendrücken auf. Zu unserer Überraschung hat sie sich um Paula Schwab beworben, die junge Frau mit dem Magenkarzinom. Ich habe großen Respekt. Isa hat Bedenken. Weiß Jenny, was für eine psychische Belastung ein Patient mit möglicherweise tödlicher Diagnose ist? Jenny wehrt ab. »Ich bin nicht aus Zucker. Und da müssen wir doch alle durch.« Sehr abgeklärt. Aber natürlich hat sie recht. Bloß muss es ja vielleicht nicht gleich der ERSTE Patient sein …?

Jenny schmettert Isas Bedenken ab. »Ich will keinen Pipifax«, erklärt sie entschieden. »Ich will zeigen, was ich kann.«

Sie hat eine seltsame Art Ehrgeiz. Auch davor muss man sicher Respekt haben. Ich hoffe nur, sie weiß, worauf sie sich einlässt. Was sie will, weiß Jenny auf jeden Fall mit eiserner Entschlossenheit. Und sie lässt sich von niemandem aufhalten.

Schwester Klaras Gesicht ist die reinste Leidensmiene. Sie sieht immer wieder herüber und beobachtet Jenny beim Essen und Schwatzen – doch heute erinnert sie sie nicht mehr vor allen an ihre Pflichten. (Ich an Klaras Stelle würde auch so wenig

Aufmerksamkeit wie möglich auf meine neue tägliche Schmach lenken.) Als ich mich erinnere, dass ich gestern vergeblich auf sie gewartet habe, schweigt Jenny sich aus.

»Sorry, aber ich kann meine Geheimnisse nicht mehr einfach so preisgeben, solange ANDERE LEUTE ihre nicht auch teilen!« Natürlich zielt das gegen Isa. Die wird prompt rot und Jenny genießt es. »Ich bin jederzeit zum Austausch bereit«, flötet sie.

Isa lächelt etwas angestrengt. Ich fürchte, gegen Jennys Hartnäckigkeit wird sie nicht lange durchhalten. Als der bebrillte Paul an uns vorbeigeht, grinst Jenny noch breiter und winkt. Ich glaube nach wie vor nicht, dass PAUL Isas geheimer Freund ist – aber er wird ganz schön rot, als er zurückwinkt, und Jenny fühlt sich bestätigt. Ich denke ehrlich gesagt, dass Paul einfach über die Aufmerksamkeit der schönen Jenny errötet ist, und grinse in mich hinein, als ich mir vorstelle, dass meine ungestüme Freundin sich jetzt einen Verehrer angelacht hat, der ihr von nun an auf Schritt und Tritt brilleputzend und büchertragend durch die Klinik hinterherläuft.

Fünf vor eins schlendert Jenny aus der Cafeteria und fragt Schwester Klara im Vorbeigehen, ob die nicht auch langsam mit dem Essen fertig werden und an ihren Tresen zurückkehren wolle.

»Ich möchte in zwei Minuten die Laborergebnisse dort abgeben und hab keine Lust, auf Sie zu warten, Schwester!«

Was für eine herrliche Unverschämtheit! Und Schwester Klara steht wirklich auf und räumt ihr Tablett weg! Ich kenne sonst niemanden auf der ganzen Welt, der sich solche Frechheiten trauen würde – und dann auch noch damit durchkommt! Isa und ich lassen es uns auch heute nicht nehmen, das Spektakel anzusehen. Wir verlassen mit Schwester Klara die Cafeteria – und werden bereits von der zufrieden mit den Umschlägen winkenden Jenny erwartet.

»So finden wir das nie raus«, flüstert Isa, plötzlich auch angestachelt. »Wir müssen VOR Jenny gehen!«

Ich grinse. »Du willst wohl dein Geheimnis behalten?!« Ihr Blick trifft mich, enttäuscht und vorwurfsvoll. »Ich hab nichts verraten«, beteuere ich. »Aber du kennst doch Jenny! Ganz schwer, was vor ihr zu verheimlichen!«

Warum sieht Isa denn nur so erschrocken aus?! Dr. Ross spricht Isa an; es ist Zeit für ihre Aufnahmeuntersuchung. Hinter der Stationsärztin kommt Dr. Thalheim. Der braucht mich gar nicht so anzusehen. Ich drücke Isa schnell die Daumen, dann gehe ich davon. Mein Rücken sagt: Ich respektiere deine Anweisung, weil du mein Vorgesetzter bist. Aber dass ich dich anlächle, kannst du nicht anordnen.

Bei der Visite erfahren wir schon, wer Isas Patient sein wird: ein älterer Herr mit einer Hepatitis E. Und auch Jennys Wunsch hat sich erfüllt; in Zimmer 17 teilt Dr. Ross uns mit, dass Frau Schwab ab morgen von Jenny betreut wird. Die 15 ist unsere letzte Station. Ich übergebe Manuel den versiegelten Arztbrief für seinen Hausarzt und füge stolz vor den anderen die letzten Ermahnungen an. Dr. Ross sagt »Alles Gute«, Marie-Luise wünscht Manuel Glück und beugt sich beim Händeschütteln eindeutig zu weit über ihn – und dann war es das. Manuel darf gehen. Eine Schwester wird jetzt seine Sachen packen. Als die anderen das Zimmer verlassen, bleibe ich noch eine Sekunde an Manuels Bett.

»Es ist ausgemacht«, flüstert er verschwörerisch. »Wir sehen uns am Wochenende.«

Ich zwinkere ihm zu. »Ja. Und wenn du gepackt hast, schaue ich noch mal kurz rein und verabschiede dich.«

»Ich packe nicht selbst«, sagt er. »Das hat meine Ärztin verboten. Sie hat mir Frauen verordnet, die alles für mich tun sollen.«

»Nur damit du vorbereitet bist: In dem Arztbrief steht, dass dein Hausarzt dir bei solchen Anwandlungen einfach schlaferzwingende Barbiturate spritzen soll.« Ich klopfe ihm auf den Arm und eile den anderen nach. Das wird mir echt fehlen!

Vielleicht bin ich doch ein wenig angestoßen von Dr. Thalheims gestriger Kritik. Auf meiner Nachmittagsrunde jedenfalls beschließe ich, ihn Lügen zu strafen und meinem anderen Schützling etwas Extrazeit zu widmen. Frau Klein liegt mit geschlossenen Augen in ihrem Bett, schläft aber nicht. Sie atmet flach. Ich berühre ihre Hand. Sie öffnet die Augen, ein winziges Lächeln erscheint auf dem runzeligen Gesicht.

»Meine Lieblingsärztin …«

Diese zwei Worte waren offenbar schon zu anstrengend für sie; wieder überkommt sie ein schlimmer Hustenanfall. Ich weiß nicht, ob ihr neues EKG schon ausgewertet wurde und was für Ergebnisse es zeigt, aber fest steht, Frau Kleins Husten wird immer schlimmer, wie wacker sie auch das Gegenteil behauptet.

»Es geht Ihnen gar nicht gut, oder?«, frage ich leise.

Frau Klein schüttelt abwehrend den Kopf: »Ich will nicht jammern …«

Langsam habe ich ihre Bescheidenheit wirklich satt. »Das ist doch kein Jammern, Frau Klein! Haben Sie Schmerzen?«

Sie hustet. Es klingt fürchterlich. »Es geht schon.« Sie ringt nach Luft. Mir platzt der Kragen. Ich schlage einen barschen Tonfall an, eine regelrechte Oberlehrerinnen-Stimme.

»Sie sind die Letzte, der man Weinerlichkeit unterstellen könnte! Aber Ihre falsche Bescheidenheit bringt uns alle in Schwierigkeiten. Sie müssen mir sagen, ob Sie Schmerzen haben, damit wir Ihnen helfen können!«

Sie sieht mich fast erschrocken an. Aha. Ärztliche Autorität. Frau Kleins Blick wird endlich offener: »Ich krieg keine Luft.« In meinem Kopf blättern die Lehrbuchseiten zur Pneumonie durcheinander. Ateminsuffizienz. Symptome: Atemnot. Schwitzt sie, ist sie unruhig, schnappt sie nach Luft? Lippen und Fingernägel können sich bläulich-violett verfärben. Was IST »bläulich-violett«?

Frau Kleins Fingernägel sind beinahe durchscheinend, sie haben eigentlich gar keine Farbe, aber einen bläulichen Schimmer könnte man schon ausmachen. Ihre Lippen sind dunkel. Was heißt »bläulich«?! Ich muss jemanden holen! Sofort. Das hier kann weit schlimmer sein, als wir die ganze Zeit dachten. Die Buchstaben in meinem Kopflehrbuch werden größer und größer. Im schlimmsten Fall kann der Patient nicht mehr selbstständig atmen und ist nicht mehr in der Lage, ausreichend Sauerstoff aufzunehmen. Es kommt zu schwerem Sauerstoffmangel. Über eine Nasensonde muss Sauerstoff zugegeben werden. Ich muss zu Dr. Thalheim.

»Keine Angst, Frau Klein. Wir helfen Ihnen gleich. Ich bin sofort wieder da.«

Ich bin noch nicht an der Tür, als ich sie plötzlich laut keuchen höre. Dann ein Schreckenslaut, wie der Schrei eines kranken Vogels. Ihre Hände krampfen sich zusammen, ihre Augen sind weit aufgerissen wie in Todesangst. Mit einem Sprung bin ich wieder bei ihr. Sie bekommt keine Luft, hat panische Angst, es ist, als ob sie erstickt. Jetzt, hier, vor meinen Augen. Das Notsignal dröhnt über die Station, jemand schreit um Hilfe, es ist meine Stimme, aber sie klingt ganz fremd. Atemspende. Kopf überstrecken, Nase verschließen, über den Mund Luft insufflieren. Das hast du tausendmal gemacht. An Puppen. Es geht nicht. Frau Klein ist in Panik, ich kann sie nicht halten. Ruhig! Lass mich doch helfen! Helft mir doch! Meine Hände zittern. Ich habe enorme Kräfte, ich halte sie. Tränen tropfen auf das Kopfkissen. Es sind höchstens zwanzig Sekunden vergangen. Die längsten zwanzig Sekunden seit Anbeginn der Welt.

Jemand steht neben mir, jemand zieht mich vom Bett weg. Jemand bringt einen Notfallrespirator. Eine Maske wird auf Frau Kleins Gesicht gedrückt. Die Sauerstoffzufuhr läuft. Intensivmedizinische Versorgung. Künstliche Beatmung. Frau Klein wird wegtransportiert. Alle gehen eilig, aber niemand rennt. Ich gehe hinterher. Ruhige Stimmen. Jemand sagt: »Die Patientin braucht maschinelle Atemhilfe.« Man muss ihr die Atemarbeit abnehmen. Meiner lieben, kleinen Omi. Sie bekommt einen Beatmungsschlauch in die Luftröhre gelegt und wird an das Beatmungsgerät angeschlossen. Jemand sagt: »Gut gemacht, Fräulein Weissenbach! Sie können jetzt zurück auf Ihre Station.«

Ich stehe auf dem Gang der Intensivstation. Jemand hat mit Dr. Thalheims Stimme gesagt, ich solle wieder auf die Station gehen. Mir war gar nicht bewusst, dass Dr. Thalheim da war. Erst langsam komme ich wieder zu mir. Ich war wie abgeschaltet. Außen Autopilot, innen ein hilfloses kleines Mädchen. Das Seltsame daran ist, dass die anderen offenbar die ganze Zeit den Autopiloten gesehen haben. Sie wissen nicht, dass ich im Inneren panisch und ohnmächtig war. Es muss ausgesehen haben, als sei ich konzentriert bei der Sache und handle mustergültig nach Vorschrift. War das so? Ich habe es richtig gemacht. Nur nicht bewusst. Ich habe ohne Verzögerung erstversorgt und alles ist vorbildlich gelaufen. Doch was die anderen für planvoll halten, war nur eine automatische Reaktion, nichts, was ich bewusst gesteuert habe. Wird das immer so sein? Dass man im Inneren weint und betet und nur außen rasch und geschult die richtigen Knöpfe drückt? Kann man sich darauf verlassen, dass man die drückt? Hätte es genauso gut passieren können, dass die Fremdsteuerung ein ganz falsches Programm einschaltet? Überwindet man diese Schizophrenie irgendwann und ist nur noch der Autopilot? Ich bete dafür. So etwas wie eben möchte ich nie wieder erleben.

Auf dem Weg zur Station kommt langsam alles zurück. Hoffentlich hat jemand meine Runde fortgesetzt. Ich sollte der Magenkrebspatientin eine Blutprobe entnehmen, hoffentlich hat das jemand übernommen, die Probe sollte schnellstens ins Labor. Jenny. Paula Schwab ist jetzt ihre Patientin. Mein Gedankenkarussell dreht sich immer noch erschreckend langsam. Ich muss abgehärteter werden. Schneller wieder funktionieren. Irgendwann werden noch schlimmere Dinge passieren. Es wird Situationen geben, in denen sie schnell aufeinanderfolgen. Dann darf dich so ein Erlebnis nicht für eine Stunde ausschalten. Dann musst du sofort weiter zum nächsten Patienten. Und genauso funktionieren. Was willst du machen, wenn jemand stirbt, Lena?

Ich bleibe stehen. Immer wieder ist das gesagt worden. Im Studium gab es zu Beginn jedes Fachs und dann regelmäßig etwa viermal im Semester die Ermahnung. Menschen sterben. Es wird passieren. Ich weiß das. Ich war in der Pathologie, habe all die Fächer absolviert, vor denen sich meine Nicht-Mediziner-Freundinnen mit angeekeltem Schauer gruseln. Leichen. Noch nie habe ich eine gekannt. Heute wäre es fast dazu gekommen. Ich war überhaupt nicht vorbereitet.

Die Tür zu Nummer 16 steht offen. Eine Lernschwester bezieht das Bett. Manuel ist weg. Ich habe seinen Abschied verpasst.

Noch vor zwei Stunden war ich ein Mädchen mit einem Date. Ein bisschen aufgeregt, ein bisschen verliebt, süße Geheimniskrämerei. Jetzt ist kein Gedanke mehr daran. Ich würde das alles hergeben, wenn die kleine Omi auf der Intensivstation durchkommt. Alles andere ist unwichtig. Das Krankenhaus bestimmt plötzlich mein ganzes Leben.

21

Meine Freundinnen lassen sich alles dreimal erklären und sind des Lobes voll. Jenny gibt freimütig zu, dass sie sich auch eine solche Bewährungsprobe wünscht. Bei Isa schwingt ein wenig Angst mit, sie könne in eine ähnliche Lage geraten und falsch oder zu langsam reagieren. Diesbezüglich kann ich sie mit meiner Automatismus-Erfahrung beruhigen. Heute Abend bin ich es, die bekümmert und bekocht wird. Dabei habe ich doch eigentlich gar nichts getan …

Weil die beiden mich so rührend umsorgen, gestehe ich ihnen endlich auch mein Manuel-Verabredungs-Geheimnis. Jenny lobt mich für vorbildliche Effizienz.

»Ich muss immer zusehen, wie ich neben der Arbeit noch Zeit finde, die Suche nach dem Richtigen am Laufen zu halten«, lacht sie. »Du erledigst das effektiv in einem Aufwasch. Kein Wunder, dass du so entspannt bist!«

Ich könnte ausufernd widersprechen; ich fühle mich weder entspannt, noch habe ich planvoll kombiniert – und dass Jenny nur nach einem Richtigen sucht, ist ja wohl die Beschönigung des Tages. Doch ein klein wenig lasse ich mir die Schmeicheleien auch gefallen. Was könnte sich mehr nach Bestätigung anfühlen, als ein Lob für Date-Anbahnungen von der routinierten, erfolgsverwöhnten Jenny?! Und nicht einmal Isa bringt eine warnende Einschränkung zum Thema Ärztin und Patient vor, obwohl ich zugebe, dass unsere Verabredung schon ein paar Tage bestand. Vielleicht, weil sie selbst jemanden trifft, zu dem sie beruflich gesehen eigentlich Abstand halten sollte?! Jedenfalls haben meine Freundinnen großes Mitgefühl für meine verpasste Verabschiedung – es tut ihnen fast mehr leid als mir. Ich habe bisher nur an Frau Klein gedacht und keinen Moment daran, was Manuel denken könnte, warum ich nicht aufgekreuzt bin …

Isa hofft für mich, dass er sich trotzdem meldet, meine Adresse könnte er ja über die Klinik bekommen. Ich hatte überhaupt noch nicht daran gedacht, dass er mich nicht einfach anrufen kann. (Vielleicht, weil ich es nicht wie Isa für die einzige Möglichkeit der Kontaktaufnahme halte, dass der Mann die Frau anruft.) Trotzdem: Wäre es zu der geplanten Verabschiedung gekommen, hätte ich ihm natürlich meine Nummer gegeben. Jenny sieht kein Problem darin, schließlich kann ich seine Adresse einfach in seiner Akte nachschlagen. Ehrlich gesagt habe ich dabei ein wenig Skrupel …

Der Abend vergeht jedenfalls sehr nett, auch wenn Jenny sich vor dem Schlafengehen beschwert, wir würden nur noch zu Hause hocken. Klar, wir sind ja schon DREI Abende daheimgeblieben! Wenn wir morgen auch nichts unternehmen, sagt sie, ist sie glatt gezwungen, sich mit Leo zu treffen – obwohl der immer nur über seine Musik redet, was einem als Nicht-Musikerin irgendwann redundant erscheint … Wir sind verwirrt; der Musiker hieß doch Ron? Jenny macht eine wegwerfende Geste. Ron war nur der Schlagzeuger. Leo ist Gitarrist und Sänger!

Ich wusste bisher nicht, dass es bandinhärente Attraktivitäts-Abstufungen gibt, die sich an den Instrumenten bemessen – könnte das ein wenig oberflächlich sein? –, aber Jenny hat den tätowierten Ron schon völlig aus ihrem Bewusstsein gestrichen. Etwas später, als wir nebeneinander im Bad stehen, wage ich die Frage, ob Jenny sich nicht unwohl fühlt, wenn rings um sie herum abgelegte »Freunde« herumlaufen. Wie ist das, wenn sie letzten Samstag als Rons Freundin zum Konzert kam – und diese Woche an Leos Seite erscheint?

Jenny lässt die quietschrosa Zahnbürste sinken und schaut mich verständnislos an. »Da ist doch nichts dabei?«

Ich finde, das klingt ein wenig naiv. Oder gefühllos.

»Ich bin mit all meinen Exjungs befreundet«, lächelt sie.

Ich kann es nicht glauben. Gab es nie Eifersucht, Streit, Hass? Liefen alle Beziehungsenden so freundlich und einträchtig ab, dass man am nächsten Tag wieder zusammen Eis essen gehen kann? So was habe ich nie erlebt.

»So großes Drama ist es bei mir eben nie.« Jenny spuckt Zahnpasta ins Becken und zuckt mit den Schultern. »Man verliebt sich, irgendwann entliebt man sich und wenn man Glück hat, gleichzeitig.« Prüfend bleckt sie ihre Zähne vor dem Spiegel wie ein täuschend niedliches, bissiges Tierchen. »Wenn nicht, muss einer eben tapfer sein.«

Ich habe den Verdacht, dass es selten Jenny ist, der das abverlangt wird. »Und was, wenn Ron und Leo nun nicht mehr Freunde sein wollen, nachdem du sie ausgetauscht hast?«, frage ich streng. »Was ist, wenn deinetwegen eine aufstrebende junge Band zerbricht?!«

Jenny lacht und drückt ihre blonden Locken an beiden Seiten des Kopfes platt ins Gesicht. »Dann mache ich mir Yoko-Ono-Haare!«

Am Mittwochmorgen wartet Dr. Thalheim am Tresen auf mich. (Nun ja, ich schätze, dass er zufällig vorbeikommt, als ich meinen Dienst antrete – aber die Vorstellung, dass er auf mich gewartet hat, gefällt mir natürlich besser.) Er teilt mir mit, dass Frau Klein noch auf der Intensivstation liegt. Sie wird künstlich beatmet. Noch ist nicht klar, ob sie alles unbeschadet überstehen wird. Ich nicke. Dr. Thalheim sieht mich offen an.

»Ich weiß, Sie haben die Patientin ins Herz geschlossen. Sie dürfen sie in Ihrer Pause gern besuchen.« Seine Stimme ist warm und weich, unsere Differenzen sind vergessen. In meinem Kopf taucht das Bild der winzigen, zerknitterten, hilflosen Frau Klein auf, die in meinen Armen fast erstickt. Mit meiner Coolness ist es vorbei.

Ich sehe an Dr. Thalheim vorbei und frage: »Sie wird es doch überleben, oder?«

Dr. Thalheim sucht meinen Blick, sieht mir in die Augen. »Wir werden sehen. Aber Sie können dafür jetzt nichts mehr tun. Auch das müssen Sie hier lernen.«

Damit dreht er sich um und geht. Ich sehe ihm nach, wie er über den Flur davoneilt, schon wieder ganz geschäftig. Wird man so nach zehn Dienstjahren? Ich auch? Will ich so werden? Ist es dann leichter?

Vorerst ist an einen Besuch bei Frau Klein nicht zu denken. Ich habe den Stationsrundgang gerade beendet, als Dr. Ross mich rufen lässt; ich soll einen neuen Patienten für die Innere aufnehmen. Auf dem Weg in den Aufnahmebereich gehe ich im Kopf noch einmal durch, was ich zu tun habe. Ist der Patient stationär eingewiesen worden oder Notfallpatient? Entsprechend ausführlich muss ich die Anamnese und die körperliche Untersuchung durchführen, je nach Zustand des Patienten. Die Patientengeschichte klären. Bei der Untersuchung am besten nach Körperregionen vorgehen, damit man nichts vergisst. Ich atme kurz auf. Theoretisch ist alles da. Jetzt muss man es nur noch umsetzen.

Dr. Ross wartet vor dem Aufnahmeraum. Sie drückt mir einen Anamnesebogen in die Hand und öffnet die Tür.

»Na dann bin ich mal gespannt!«, sagt sie knapp. Ein winziges »Sie schaffen das schon« wäre nett gewesen.

Auf der Liege sitzt ein älterer Mann. Als ich mich vorstelle, sagt er: »Bisschen jung, was?« Ich nenne mein Alter und meinen Ausbildungsstand – und stelle dann aus Verlegenheit auch Dr. Ross vor. Das beruhigt ihn ein wenig. Sehr nett eigentlich, dass die Stationsärztin sich die Zeit nimmt, bei der ersten Aufnahme dabei zu sein. Es kann sein, dass ich bald mehrere Patienten am Tag allein aufnehmen muss. Besser, ich habe es wenigstens einmal unter Aufsicht richtig gemacht.

Ich beginne mit der Patientenbefragung und fülle den Anamnesebogen aus. Dirk Schwendler, 62, hat eine Virusmyokarditis, eine infektiöse Herzmuskelentzündung, wohl hervorgerufen durch Influenzaviren. Jedenfalls hatte er eine Virusgrippe und jetzt haben die Viren als Begleiterkrankung das Herz angegriffen. Dirk Schwendler ist außerdem verheiratet, starker Raucher und ziemlich herablassend. Das Letztere gehört allerdings nicht in den Patientenbogen. Leider. Wäre interessant, wenn das mal mit aufgezeichnet würde: 62, Raucher, Großkotz. Kann nicht mit jungen Frauen. Zur Sache, Lena! Als ich den Bogen endlich ausgefüllt habe, sind bereits fast 20 Minuten vergangen. Und ich habe mit der körperlichen Untersuchung noch gar nicht angefangen. Leider habe ich zu auffällig auf die Uhr geschaut; jetzt sieht auch Dr. Ross zur Uhr und runzelt die Stirn. Ich weiß, sie ist in Eile. Aber Herr Schwendler möchte sich gebührend über seine Symptome aussprechen, das kann man ihm auch nicht verwehren. Doch am Ende des Tertials muss ich einen Patienten in maximal 30 Minuten aufnehmen können. Ich muss viel schneller werden.

Bei der körperlichen Untersuchung sollte man aber auch nicht hetzen. Das wird mir spätestens klar, als ich in der Eile das Stethoskop fallen lasse und nun von beiden einen strafenden Blick ernte. Super. Wenigstens läuft die restliche körperliche Untersuchung komplikationsfrei. Herr Schwendler lässt sich widerspruchslos durchchecken, solange ich ihn weiter belehrend über seine Symptome sprechen lasse. Die Anwesenheit der Stationsärztin hat in ihm offenbar den Eindruck geweckt, dass er vor allem hier ist, damit ICH etwas lerne. Dazu will Herr Schwendler gern beitragen. Ich lasse ihn dozieren und konzentriere mich nur auf die Untersuchung. Zwischendurch fange ich sogar ein kleines Grinsen von Dr. Ross auf. Offenbar findet meine Taktik ihre Zustimmung. Zum Abschluss prüfe ich noch einmal das Röntgenbild, das Schwendlers Hausarzt mitgeschickt hat, ordne eine Blutuntersuchung, ein EKG und einen Ultraschall vom Herzen an und rufe eine Schwester, die Herrn Schwendler auf ein Zimmer bringen soll. Herr Schwendler scheint fast enttäuscht, dass es schon vorbei ist. Ich hingegen bin ziemlich froh, als die kleine Schwester Tanja den schulmeisterlichen Patienten hinausführt.

Dr. Ross nickt mir zu: »Nächstes Mal muss es doppelt so

schnell gehen. Sonst war alles okay.« Ich bedanke mich und will den Aufnahmeraum verlassen – als Dr. Ross mich zurückruft. Was will sie denn noch? Sie nimmt die frisch angelegte Patientenakte an sich und kommandiert: »Jetzt stellen Sie mir mal den neuen Patienten vor!«

Ach ja. Auf diesen Test hätte ich vorbereitet sein können. Also reiß dich noch mal zusammen, Lena! Ich erinnere mich erst an das Alter des Patienten, dann an die Diagnose, dann an seinen Namen. Noch mal im Kopf sortieren und her mit den einstudierten Formulierungen: »Der Patient Schwendler ist 62 Jahre alt und männlich. Er litt vor ca. einer Woche an einer Virusgrippe und wurde nach ärztlicher Vorbehandlung durch den Hausarzt stationär eingewiesen. Die Diagnose des Hausarztes ist Virusmyokarditis. Dies habe ich bestätigt …«

Die passenden Formulierungen fließen wie von selbst über meine Zunge. Geübt ist geübt. Und Patientenvorstellungen haben wir geübt wie die Irren. Leider kann ich meine perfekte Vorstellung nicht zu Ende bringen. Dr. Ross unterbricht mich.

»Wissen Sie was? Das ist völliger Quatsch.«

Äh … Geht's noch? Das ist es, was an der Uni gelehrt wird. Das ist eine vorbildliche Patientenvorstellung!

Dr. Ross lächelt müde. »Im ersten Satz müssen Sie mir sagen, was mit ihm los ist. Ab dem zweiten Satz höre ich schon nicht mehr richtig zu. Wenn Sie wollen, dass ich Ihren Patienten nicht versehentlich umbringe, sagen Sie mir das Wichtigste im ersten Satz.« Damit drückt sie mir die Patientenakte in die Hand und geht.

Ich bin einen Moment sprachlos. Es trifft mich immer persönlich, wenn sich herausstellt, dass etwas, was ich engagiert auswendig gelernt habe, für die Katz ist. Aber irgendwie ist Dr. Ross auch unerwartet lässig. So viel Selbstironie habe ich ihr jedenfalls nicht zugetraut.

Erst ärgert es mich schon, dass der Papierkram für die Aufnahme von Herrn Schwendler mich wieder so viel Zeit kostet, am Tempo muss ich unbedingt noch arbeiten. Doch als ich in

Richtung Cafeteria stürme, um der fast vergangenen Mittagspause wenigstens noch ein Brötchen abzuluchsen, bekomme ich ein Geheimnis geschenkt. Auf dem Rückweg zur Station offenbart sich mir, ganz ohne mein Zutun, die Lösung für Jennys Labor-Rätsel. Denn neben mir geht ein schlaksiger junger Laborant mit einem Stapel Umschläge. Wenn das nicht die Vormittags-Ergebnisse sind, komme ich morgen im Bademantel zur Arbeit. Das ist natürlich die einzig mögliche Antwort auf die Frage, wie Jenny in 5 Minuten in den Laborkeller und zurück geflitzt sein kann: GAR NICHT. Die Ergebnisse werden ihr geliefert. Und wie sie den jungen Mann dazu gebracht hat, kann sogar ich mir denken.

Ich gehe etwas langsamer, der Laborant ebenfalls. Aha, er will nicht erwischt werden. Es ist ja auch nicht seine Aufgabe, den PJlerinnen die Ergebnisse hinterherzutragen. Wahrscheinlich droht ihm Ärger, wenn er seinen Platz regelmäßig so lange und grundlos verlässt. Ich spiele ein wenig Katz und Maus mit ihm, verlangsame und beschleunige mein Tempo und merke amüsiert, dass er mich loswerden möchte. Schließlich bleibt er stehen und tut, als studiere er das Schwarze Brett vor dem Stationseingang. Natürlich bleibe ich auch stehen. Er sieht sich unruhig um, ich grinse ihn an. Der arme Junge schwitzt. Ich muss ihn erlösen.

»Gib schon her«, sage ich. »Ich gebe es ihr.«

Er tut kurz, als wisse er nicht, worum es geht; dann habe ich ihn überzeugt, dass er mir ruhig die Umschläge anvertrauen kann. Es stellt sich heraus, dass er immer hier draußen wartet, damit niemand merkt, dass Jenny die Ergebnisse gebracht kriegt – dass sie ihn aber oft unangenehm lange warten lässt. Der Laborant gesteht mit verlegenem Grinsen, dass er sich schon mehrfach regelrecht verstecken musste, damit Jennys Trick nicht auffliegt. Aber ich bin sicher, wenn sie ihn bitten würde, im Handstand zu warten, würde er das auch noch tun – so wie seine Augen leuchten, wenn er ihren Namen ausspricht. Der Junge ist erleichtert, dass ich ihm die Umschläge abnehme. »Meine Pause ist nämlich gleich um«, lächelt er unsicher. Der arme Junge opfert also seine

Pause für Jennys. Ich schicke ihn ins Labor zurück. Es ist fünf vor eins, Jenny muss gleich hier aufkreuzen und ich habe Lust, den Spaß zu verdoppeln.

Drei vor eins kommt Jenny gehetzt. Sie stockt – und sieht sich konsterniert um. Sie kann nicht glauben, dass ihr Jüngelchen heute nicht da ist. Sie sieht auf die Uhr, späht die Treppe hinunter. Dann sieht sie mich. Ich frage unschuldig, was sie hier tut. Müsste sie nicht auf dem Sprint ins Labor sein? Muss sie nicht gleich am Tresen abliefern? Aber wenn ich dachte, dass sie Ausflüchte sucht, lag ich falsch.

»Quatsch!«, trompetet sie freimütig. »Diesen Gewaltmarsch mache ich doch schon ewig nicht mehr! Ein Typ bringt das Zeug zu mir rauf! … Theoretisch …«

Sie sieht sich unruhig um. Natürlich ist kein Typ zu sehen – aber auch die Umschläge sind wohlverborgen.

»Ich bring ihn um!«, faucht Jenny. Die Undankbarkeit in Person. Erst als sie losstürzen will, um die Ergebnisse selbst zu holen und nebenbei wahrscheinlich dem armen Laboranten den Kopf abzureißen, ziehe ich die Befunde unter dem Kittel hervor. Jenny stürzt auf mich los.

»Du sollst deine Freundinnen nicht beschwindeln!«, ermahne ich mit erhobenem Zeigefinger. Erst als sie das verspricht, überreiche ich ihr die Ergebnisse.

Im Galopp macht sie sich auf den Weg zu Klaras Tresen, immerhin ist es schon 13 Uhr. Doch Jenny wäre nicht Jenny, wenn sie nicht vor der Ecke stoppen, die Haare glatt streichen und seelenruhig zum Tresen stolzieren würde wie die Siegesgöttin der Station. Und die angefressene Miene, mit der Schwester Klara die Umschläge in Empfang nimmt, ist ihre süße Belohnung.

Ich gehe etwas langsamer hinter Jenny her. Im Zimmer 15 zieht gerade Herr Schwendler ein; eine Schwester packt seine Sachen aus. Frau Klein kommt also vorerst nicht hierher zurück. In meinem Magen ballt sich eine fiese Faust. Während ich eben mit Jenny herumgekichert habe, war Frau Klein völlig aus meinen Gedanken verschwunden. So schnell geht das. Wir sind eben immer noch Mädchen, unreif, albern, gedankenlos. Vielleicht ist das auch in Ordnung, der Arztberuf kann einen trotz aller Befriedigung ja ziemlich niederdrücken. Ich fühle mich trotzdem gemein. Einfach, so irrational das auch sein mag, weil ich weiß, dass Frau Klein sonst niemanden hat, der an sie denkt.

Bei der Visite überkommt mich plötzlich mit voller Wucht das gegenteilige Gefühl. Eine richtig gute, heimelige Ärztinnenstimmung. Ich kenne alle Patienten hier, die Polizistin, das Pferdemädchen – sogar schon den letzten Neuzugang, den wichtigtuerischen Herrn Schwendler. Ich kenne ihre Geschichte, ihre Beschwerden, ich weiß, wie ich mit ihnen reden muss. Ich habe ihre Therapien und Prognosen im Blick und sie vertrauen mir – mehr oder weniger zumindest. Als ich den Rentner in der 11 über seine Blutwerte aufkläre und ihm zum Abschluss die Freude mache, auch nach dem Befinden seines Hundes zu fragen, sagt plötzlich eine kleine Stimme in mir: Das ist es. So kann es immer weitergehen. So soll dein Leben sein. Das ist es, was du sein willst. Ärztin. Eine Brausepulverblase zerplatzt sanft in meiner Magengegend. Das richtige Leben ist ganz nah.

Als wir uns Zimmer 16 nähern, steigt meine Stimmung noch ein klein wenig – und erst kurz vor der Tür wird mir klar, dass DAS jetzt nicht mehr gerechtfertigt ist. In der 16 liegt ja seit gestern Isas Hepatitispatient. Komisch, für mich ist es immer noch Manuels Zimmer, beim Betreten warte ich unwillkürlich auf den ersten frechen Spruch und sein gewinnendes Lächeln dazu. Ich beschließe, doch den Übergriff auf seine Akte zu wagen und ihn anzurufen. Isa macht ihre Sache gut; sie stellt den neuen Patienten flott aber gewissenhaft vor, und an dem zuversichtlichen Lächeln, mit dem der ältere Herr ihren Ausführungen folgt, sieht man sofort, dass die sanftmütige, einfühlsame Isa sein Herz und sein Vertrauen schon gewonnen hat.

Nachdem endlich auch die wöchentliche Fallbesprechung überstanden ist – leider kann man Marie-Luise nichts vorwerfen, sie hat wirklich gut gesprochen – gehe ich hinüber auf die Intensivstation. Hinter der Glastür beginnt eine andere Welt. Es ist still, meine Schritte klingen viel zu laut auf dem Linoleum. Die Tür zum Schwesternzimmer steht offen. Ich erkläre den beiden Schwestern, zu wem ich möchte, und merke, dass ich unwillkürlich flüstere.

»Das ist 'ne Nette, die Frau Klein«, sagt die Schwester leutselig. »War das Ihre Patientin?«

Ich verneine. Dass ich bloß PJlerin bin, hat die Schwester offenbar nicht begriffen. Sie behandelt mich ziemlich ehrerbietig und fragt, ob ich den zuständigen Kollegen sprechen möchte. Als ich ablehne, bedankt sie sich für meine Rücksicht.

»Der schläft nämlich gerade mal fünf Minuten. Sie wissen ja, diese Dauerschichten …«

Ich beteuere, dass »der Kollege« wirklich nicht geweckt werden muss und frage mich insgeheim, wie lange er wohl schon Dienst hat. Werde ich auch mal so? Im Krankenhaus schlafen, weiterarbeiten, wieder im Büro übernachten, noch eine Schicht? Wie schaffen es andere, wie Dr. Ross, das Krankenhaus jeden Tag pünktlich zum Glockenschlag zu verlassen? Mangelndes Interesse? Schlamperei? Selbsterhaltungstrieb?

Die Schwester zeigt mir Frau Kleins Zimmer und lässt mich allein. Frau Klein wird maschinell beatmet. Sie scheint zu schlafen. Das Beatmungsgerät summt, sonst ist es ganz still. Ich setze mich ans Bett. Warte, sehe mich um. Das Zimmer ist karg, an der Wand nur ein nichtssagender Druck. Eine Landschaft, wie sie tausendmal ähnlich Ikea-gerahmt in tausend anderen Krankenzimmern hängt. Noch mehr als die vielen Geräte neben dem Bett betont dieses Bild die traurige Funktionalität des Zimmers. Es geht nicht mehr darum, dem Patienten ein behagliches Gefühl zu verschaffen. Wer hier liegt, braucht nur ein Standardbild.

Frau Klein schläft. Ich weiß nicht recht, was ich tun soll. Wie lange soll man sitzen bleiben, wenn der andere gar nicht weiß, dass man da ist? Ich hätte Blumen mitbringen sollen, an denen sie sich freuen kann, wenn sie aufwacht. Aber der muffige Klinikshop, aus dem ohnehin nur ein müdes Kraut zu bekommen gewesen wäre, hat schon geschlossen. Frau Klein bewegt sich ein wenig, doch sie wacht nicht auf. Die Infusionskanüle an ihrem Arm ist nicht richtig festgeklebt. Ich nehme die Pflasterrolle vom Nachttisch und fixiere die Kanüle ordentlich an dem dünnen Arm, damit sie nicht verrutscht, wenn Frau Klein sich wieder bewegt. Dann kann ich nichts mehr tun. Ich stehe auf, so müde. Ich lege die Hand auf den dünnen Arm und sage: »Gute Besserung. Bis morgen.« Vielleicht hört sie es ja im Schlaf.

Als ich mich zur Tür wende, wird die eben geöffnet. Die Schwester lässt Isa und Jenny herein. Isa hat einen Blumenstrauß dabei und die Schwester bringt beflissen eine hässliche Vase. Jenny nimmt ihr das verschnörkelte Ungetüm aus der Hand.

»Na, darin muss sich das Gestrüpp aus dem Geschenkeshop wenigstens nicht schämen!«, spottet sie.

Die Schwester kichert leise. Ich wundere mich, wie sie dem Krankenhausladen überhaupt noch etwas abgeluchst haben. Isa deutet vielsagend auf Jenny. »Mit Vehemenz.« Die Schwester richtet die hässliche Vase auf dem Nachttisch aus.

»Ich sag ihr morgen, dass die von Ihnen sind«, flüstert sie, »da wird sie sich aber freuen!«

»Ich würde uns das struppige Kraut um die Ohren hauen«, grinst Jenny.

»Morgen bringen wir schönere mit«, beruhigt Isa und Jenny kontert: »Vielleicht haben wir Glück und sie sieht das hier bis dahin gar nicht.«

Ich stehe zwischen meinen Mädels und der kichernden Schwester und mir fehlen irgendwie die Worte. Alles ist schrecklich, die albernen Sprüche und die winzige, schlafende Oma. Aber ich bin gerührt. Von Isa, die auf Zehenspitzen hinausschleicht und es selbstverständlich findet, morgen wiederzukommen, und von Jenny, die dem hässlichen Blumenstrauß einen kleinen Knuff gibt und mir durchs Haar wuschelt. »Wird schon wieder, deine kleine Omi!«

»Bis morgen«, nicke ich der Schwester zu und schleiche zwischen meinen Freundinnen hinaus. Wie schön, dass ich ihnen überhaupt nichts erklären muss.

22

Am nächsten Tag habe ich zwei Missionen: Ich möchte etwas für Frau Klein tun – und etwas für mich. (Das Zweite ist natürlich Manuels Nummer. Ich habe beschlossen, dass ich ihn wirklich gern wiedersehen möchte. Und dass es für die Frau, die den größten Teil seiner Patientenakte verfasst hat, durchaus in Ordnung ist, auch nach der Entlassung noch einen winzigen Blick in eben jene Akte zu werfen.) Meine beiden Missionen haben selbstverständlich nichts mit meinem Dienst zu tun. Der aber ist zum ersten Mal seit Langem entspannt.

Herr Schwendler, die Virusmyokarditis, ist heute freundlich, ohne so herablassend zu sein. Das erleichtert mich besonders, weil Dr. Ross mir eröffnet, dass ich Schwendler in der Fallbesprechung vorstellen soll. Paula Schwab, die Magenkrebspatientin, sieht mich heute bei der Blutentnahme zum ersten Mal an und erwidert sogar meinen Gruß. Und als ich in der Mittagspause am Tresen des blauhaarigen Ruben selbstvergessen vor mich hin summe, macht er mir vor allen Anwesenden ein reizendes Kompliment.

»Lena«, lächelt er, »so wie du von innen her leuchtest … Ich wette, jeder hier ist in dich verliebt!«

Ich freue mich nur ganz kurz. Dann wird mir klar, wer hinter mir steht. Der Oberarzt. Ich werde schamesrot, finde aber glücklicherweise eine Ausflucht, indem ich Ruben danke und behaupte, auch in ihn verliebt zu sein. Was soll man sonst sagen? Dr. Thalheim war die Situation wohl unangenehm, er hat abgedreht und ist zum Anfang des Tresens zurückgegangen, um sich Besteck zu holen. Aber das war doch sicher kein Fluchtmanöver! Hatte er wirklich noch kein Besteck auf seinem Tablett, als er neben mir stand?! Lena – niemand hier käme auf die absurde Idee, der Oberarzt könnte ein heimliches Interesse an dir haben! Außer …

»Siehst du«, grinst Ruben, »da lag ich wohl richtig.«

Ich weiß, dass das ganz und gar absurd ist, aber schmeichelhaft ist es natürlich trotzdem. Und als perfekte Ergänzung zum allgemeinen Wohlgefühl des Tages lasse ich es mir doch gefallen.

Nach all dem positiven Anlauf ist der Absprung nicht schwer. Ich wage es zwar nicht, im Arztzimmer grundlos an den Computer zu gehen – aber als ich sehe, dass das Schwesternzimmer leer ist, trete ich wie selbstverständlich ein und greife nach Manuels Akte. Das war doch einfach! Hier ist sein Patientenbogen; Adresse, Telefonnummer, alles ist da. Ich schreibe alles auf einen kleinen Zettel ab und stelle die Akte zurück. Fast schade, dass es so leicht ging; erst macht man sich heiß und dann ist überhaupt keine Geheimniskrämerei notwendig – da fühlt man sich schon ein klein wenig albern.

Thalheim kommt herein, als ich gerade vom Aktenschrank zurücktrete. Und ich kann nicht mal sagen, ich hätte das nicht irgendwie geahnt.

»Schwester Klara?«

Nein, Dr. Thalheim, hier ist keine Klara. Hier ist nur eine mäusegroße PJlerin, die gern chamäleonartig die Farbe des Aktenschranks annehmen würde. Thalheim fragt, was ich suche; ich antworte, ich hätte schon alles gefunden. Stimmt ja. Er hakt nach. »Aber was suchten Sie?« Hartnäckig. Also lüge ich ihn ein bisschen an. Er hat es provoziert. Ich behaupte, ich hätte in Schwendlers Akte etwas nachsehen müssen, weil ich ihn in der Fallbesprechung vorstellen soll. Das immerhin stimmt wieder. »Und der Computer im Arztzimmer war besetzt.« Auch das stimmt! Thalheim sieht mich an, ruhig. Ich glaube, ich werde rot.

»Sie selbst haben den Patienten gestern aufgenommen, oder? Sollten Sie sich die Einzelheiten nicht wenigstens einen Tag merken können?«

Oh, Mann, hast du das nötig?! Darf man kontern, dass Dr. Ross, SEINE Stationsärztin, selbst zugegeben hat, dass sie sich nach der Diagnose gar nichts mehr merkt? Eher nicht. Ich nicke also brav. Dr. Thalheim schaut mir in die Augen – und ich kann sehen, was er denkt. Wenn ich dich jetzt frage, was du nachgelesen hast, weißt du keine Antwort. Ja, ja, ist ja gut. Wenn er mich noch eine Sekunde so anschaut, gestehe ich von ganz allein, dass ich mir private Patientendaten beschafft UND ihn belogen habe. In meinem Hirn rattern die Schwendlerdaten von gestern herum – was könnte ich nachgesehen haben, worauf ich die Antwort noch weiß?? Hilfe! Dr. Thalheim fragt nicht. Er sieht weg.

»Wissen Sie, Fräulein Weissenbach, was in unserem Beruf ganz wesentlich ist? Das Gespür.« Damit will er gehen.

Aber er KANN nicht wissen, was ich nachgesehen habe. Er blufft. Und wenn du das jetzt auch tust, Lena, kannst du dich noch aus der Affäre ziehen. Ich wage es und frage unschuldig: »Was meinen Sie?«

Er dreht sich um. Ha, du weißt vielleicht, dass ich dich beschwindelt habe, aber ich werde eisern leugnen und du KANNST nicht wissen, was ich wirklich gemacht habe. Du bist vielleicht der Oberarzt, aber nicht der allwissende Stationsgott! Ha!

»Ich meine nur, dass Sie Ihren Feinsinn entwickeln sollten«, sagt er knapp. »Dazu gehört, dass Sie sich Patientendaten automatisch einprägen. Aber auch, dass Sie lernen, Ihre Vorgesetzten einzuschätzen.«

Mist. Jetzt hab ich doch das Gefühl, verloren zu haben. Komm, sagt mein innerer Optimismusteufel, pfeif auf den Oberarzt! Du hast Manuels Nummer, den rufst du nachher an. Außerhalb der Klinik hat Thalheim gar nichts zu bestimmen.

Nach der Mittagspause werde ich Zeuge einer weiteren unangenehmen Arztbegegnung – oder vielmehr Nicht-Begegnung. Diesmal trifft es zur Abwechslung nicht mich, sondern Isa. Als wir von der Cafeteria zur Station zurückgehen, tönt plötzlich der straffe Bass von Dr. Dr. Kreuz über den Gang. Chefarzt im Anmarsch. Er kommt um die Ecke, ins Gespräch mit einem der Ärzte vertieft. Ich grüße höflich. Dr. Kreuz nickt knapp, auch der andere Arzt grüßt, sie gehen weiter, ohne ihr Gespräch zu unterbrechen. Ich drehe mich zu Isa um. »Na siehst du, er hat dich schon vergessen.«

Isa ist weg. Ich komme mir vor wie im Trickfilm – fast kann ich noch ihre Silhouette in der Luft erkennen, die Beine rennen so schnell auf der Stelle, dass sie durchdrehen. Es ist wahr: Isa ist beim Erscheinen des Chefarztes ausgebüxt. Ich kann es nicht fassen und öffne aufs Geratewohl die nächste Tür. Blutrot im Gesicht steht Isa dahinter.

»Bist du irre?«, fahre ich sie an.

»Bloß feige …«, flüstert Isa zurück.

Ich ziehe sie auf den Flur. Der überraschten Patientin im Bett bleiben wir die Erklärung schuldig.

»Ich weiß, dass es idiotisch ist«, sagt Isa bedrückt. »Aber es ist ein Reflex!«

Ich habe wirklich Mitleid, sie wirkt so unglücklich. Aber nächste Woche ist wieder Visite, da kann sie nicht ausweichen!

»Was soll ich denn machen?!« Isa klingt hilflos. »Ich habe jahrelang gearbeitet und auswendig gelernt und alles andere vernachlässigt. Ich hab vierzehn Kurse als Beste abgeschlossen. Und jetzt ist alles umsonst, weil ich in Totenstarre verfalle, sobald ich nur seine Stimme höre …«

Die einzige Lösung, die mir spontan einfällt, hat leider nur Kindergartenniveau. Ich schlage vor, dem Chef nachzugehen.

»Wir laufen ihm einfach fünfmal über den Weg, dann gewöhnst du dich an seinen Anblick«, sage ich.

»Und er gewöhnt sich daran, dass wir irre sind«, erwidert Isa. »Außerdem sollten wir uns lieber um die Patienten kümmern als um meine Psycho-Störung.«

Ich weiß, dass das eine Ausrede ist. Aber auf den Gedanken,

ich könnte mich nicht genug um die Patienten kümmern, reagiere ich inzwischen empfindlich. Also gebe ich nach. Und darüber, was der Chefarzt schlussfolgern könnte, wenn seine PJlerinnen ihn plötzlich über die Flure verfolgen, habe ich wirklich nicht nachgedacht.

Heute habe ich für meinen Besuch bei Frau Klein vorgesorgt; ich bin in der Mittagspause zum Blumenladen an der Ecke gesprungen und habe einen »echten« Strauß gekauft. (Ja, ich habe die 10 Minuten von der Mittagspause abgezogen – und immerhin keinen Laboranten geschickt.) Als ich den Strauß zum Feierabend im Aufenthaltsraum abhole, hat jemand ihn aus dem Papier gewickelt und auf den Tisch gestellt. Aber darauf kann ich keine Rücksicht nehmen.

Auf der Intensivstation begrüßt mich die Schwester von gestern. Dass ich hinter ihrem Rücken einen Blick auf den Dienstplan werfen kann, bringt mir einen guten Schwung Sympathiepunkte. Der einzige Name, der gestern und heute eingetragen ist, ist »Hanna« – und die Schwester strahlt, weil ich ihren Namen weiß. Sie bringt mich ins Krankenzimmer und erzählt von Frau Kleins Tag. Es klingt nicht gut; sie hat fast den ganzen Tag geschlafen und nichts zu sich genommen. Der diensthabende Arzt hat angeordnet, dass sie künstlich über die Vene ernährt wird. Hanna schafft es, meine Blumen mit dem Gestrüpp von gestern so zu arrangieren, dass ein schöner großer Strauß entsteht. Ich sitze daneben, betrachte Frau Klein und nicke zu Hannas Bericht. Meine Arztmaske hält. Aber in meinem Inneren überstürzen sich die Fragen: Wie angegriffen wird die Lunge sein, wie sah wohl das MRT aus, was kann passieren, wenn sich Frau Kleins Zustand noch verschlechtert? Sie ist nicht meine Patientin, ich muss den zuständigen Arzt um die Informationen bitten. Warum ist sie nicht meine Patientin?!

Frau Klein wacht nicht auf. Dann kommen meine Freundinnen; sie versuchen, die Situation ein wenig schönzureden. Morgen wird es besser sein, sorg dich nicht, solange sie schläft, ist alles gut. Sie haben recht. Es tut mir nur leid, dass Frau Klein hier den ganzen Tag allein liegt – und den einzigen Besuch regelmäßig verschläft. Aber ich kann nichts anderes tun, als morgen wiederzukommen.

Am Abend hängen wir alle ein wenig durch. Jenny bemäkelt ihre Haare und durchwühlt unzufrieden unser Badezimmer auf der Suche nach der passenden Kur, die keine von uns vorrätig hat. Isa will lernen und fühlt sich von Jennys Frisurenpanik gestört. Sie sagt nichts, aber ihre Sorge, sich gleich nicht mehr konzentrieren zu können, ist fast panisch. Und ich? Ich sitze am Küchentisch und falte den Zettel mit Manuels Nummer auf und zu. Wenn die Verabredung ein Scherz war, blamiert mich mein Anruf bis auf die Knochen. Wenn ich noch eine halbe Stunde unentschlossen bin, ist es zu spät, um anzurufen. Ich brauche ein Orakel. Wenn in den nächsten fünf Minuten eine meiner Freundinnen fragt, ob ich schon angerufen habe, tue ich es. Dafür wäre es natürlich von Vorteil, wenn sie wüssten, dass ich die Nummer besorgt habe. Ich muss es einfacher machen. Wenn in den nächsten fünf Minuten eine von beiden HEREINKOMMT, ist das ein Zeichen dafür, dass ich Gesellschaft brauche und bedeutet, ich soll anrufen. Also, wenn Isa gleich unerwartet ihr Lehrbuch verlässt und in die Küche kommt, rufe ich an. Obwohl Isa, einmal im Lern-Tunnel, nicht so schnell wieder vom Schreibtisch aufsteht. Wenn Jenny binnen fünf Minuten kommt, rufe ich an. Obwohl das eigentlich nicht gelten sollte, denn für Jenny gehört zu einem Haarpackungsturban ein Glas Sekt, deshalb ist die Wahrscheinlichkeit dafür, dass sie gleich in die Küche kommt, so ungerecht hoch, dass das Ereignis nicht orakeltauglich ist …

Nee, Lena, noch komplizierter kann man es wirklich nicht mehr machen. Es muss doch möglich sein, festzustellen, ob du 1.) anrufen MÖCHTEST, was du 2.) sagen könntest und was 3.) Manuel schlimmstenfalls antworten könnte. Fast habe ich mich von dieser neuen erwachsenen Vorgehensweise überzeugt, da öffnet sich die Küchentür. Jenny, mit einem turmhohen Handtuchturban, will wissen, warum wir noch nichts zu trinken haben. Und Isa bringt ein Lehrbuch voller bunter Klebezettel und fragt, ob sie uns zum ersten der versprochenen 157 Male ihren Patientenfall referieren kann. Beide begreifen fast zeitgleich, was der Zettel vor mir auf dem Tisch bedeutet, und ich sage souverän: »Ich wollte ihn gerade anrufen.« Meine Freundinnen sind überzeugt, dass Manuel auf meinen Anruf wartet. Ich werde trotzdem erst mal nur fragen, wie es ihm geht. Wenn er blöd reagiert, schiebe ich einen medizinischen Grund vor und beende das Gespräch.

Manuel ist weder herablassend noch erfreut, er ist beleidigt. »Sag bloß, du erinnerst dich an mich!«, sagt er wie die um hundert Jahre vertröstete Elfenbeinturm-Prinzessin.

Es dauert einen Moment, bis ich begreife, dass Manuel sich zu Hause schrecklich langweilt und der Meinung ist, ich hätte mich schon vorgestern melden können. Ich berichte nur knapp vom Klinikstress; es scheint ihn aber auch nicht so sehr zu interessieren wie die Frage, wann wir uns denn sehen. Dass wir uns treffen, scheint also ausgemacht. Und das schmeichelt mir dann doch wieder. Ich frage mich jetzt einfach mal nicht, ob es wirklich daran liegt, dass er mich so gerne mag – oder ob der zur Untätigkeit verdonnerte Manuel sich schlicht nach Ablenkung sehnt.

»Ich schlage vor, du kommst morgen her«, sagt er. Ganz schöne Macho-Allüren. Schon aus Prinzip muss ich sagen, dass ich morgen nicht kann. (Komm schon, Lena, du WILLST ihn doch treffen! Aber so viel Erziehung muss sein.) Wir einigen uns auf Sonntag.

»Meine Ärztin hat mir das Aufstehen verboten«, sagt Manuel und ich kann sein Grinsen förmlich hören. »Ich werde aber das Bett frisch beziehen lassen, eh du kommst.«

Immer die gleichen Frechheiten. Inzwischen bin ich dran gewöhnt, Herzchen.

»Ist gut«, antworte ich. »Aber zieh den Spiderman-Schlafanzug aus.«

Er lacht. Und plötzlich freue ich mich richtig drauf, ihn zu sehen. Wenigstens Mission 1 ist bestanden.

23

Ich habe Jenny wirklich gern. Aber ich muss zugeben, dass ich sie doch noch nicht richtig einschätzen kann. Sie überrascht mich immer wieder. Im Umgang mit Paula Schwab, der Krebspatientin, ist sie plötzlich ganz anders, sehr erwachsen, distanziert. Bei der Visite berichtet sie von der Endosonografie, mit der sie die Ausbreitung des Tumors festgestellt hat. Heute wird sie eine Ultraschalluntersuchung der Bauchorgane und danach ein CT durchführen, um die Metastasenbildung zu überprüfen. Jenny klingt sicher und routiniert. Plötzlich kann ich mir vorstellen, was aus ihr werden kann. Eine kluge, erfahrene Ärztin, eine, die nicht zu viele Worte macht und nicht nach deinem Privatleben fragt – aber eine, bei der man sich sicher fühlt. Ich bin irgendwie stolz auf sie. Umso mehr ärgert es mich, als ich Marie-Luises gehässige Bemerkung aufschnappe. Wir verlassen die 17 und die Gruppe zerstreut sich gerade, da sagt Marie-Luise gut hörbar in die Luft: »Die hat sie sich doch nur gekrallt, um sich zu profilieren.«

Was für eine Gemeinheit! Ich will ihr eine gepfefferte Antwort geben, doch auch Jenny hat die Bemerkung gehört. »Vielleicht will ich nicht nur glänzen«, sagt sie herausfordernd zu Marie-Luise. »Vielleicht will ich ja einfach Krebs heilen?!«

»Jenny, damit macht man keine Scherze«, sagt Isa leise.

»Nicht immer so ängstlich und bieder, Isa«, erwidert Jenny über die Schulter. »Wozu sind wir denn Ärzte? Um aufgeschlagene Knie zu verpflastern?«

Ich bin nicht sicher, ob ich Jenny gerade ernst nehme. Ist das wirklich ihre Meinung oder will sie Marie-Luise nur irgendwas entgegensetzen? Und was denke ich? Will ich eigentlich auch »die großen Fälle«? Oder würde mir Knie verpflastern reichen – in der beruhigenden Welt, in der aufgeschlagene Knie die schlimmste Verletzung sind? Ich sehe die anderen PJler nachdenklich werden. Paul nickt sogar. Marie-Luise schnaubt, sie weiß nichts zu entgegnen. Jenny lächelt, macht kehrt und geht. Und lässt uns alle mal wieder hübsch verunsichert zurück.

Als ich abends auf die Intensivstation komme, eilt Schwester Hanna mir schon entgegen. »Heute geht es ihr viel besser!«

Glücklich trete ich an Frau Kleins Bett. Wirklich, sie erwidert meinen Blick, scheint sogar ganz leicht zu lächeln.

»Wie geht es Ihnen?«, frage ich froh.

Frau Klein hebt die Hand und deutet auf die Blumen auf dem Nachttisch, sie schüttelt leicht den Kopf und droht mit dem Finger. Es soll wohl heißen, dass sie unsere Blumengaben übertrieben findet.

Ich kann nicht lange bleiben; nachdem ich 10 Minuten von der Station und meinen Mädels erzählt habe, ist Frau Klein müde. Ich darf sie nicht überanstrengen. Aber als ich gehe, bin ich so glücklich wie lange nicht. Ich bin sicher, dass es ihr nach dem Wochenende viel besser gehen wird. Sie hat es mir sogar in die Hand versprochen.

An diesem Freitagabend hat die WG Ausgangssperre. Das legen wir spontan fest, als uns beim Heimkommen klar wird, wie verwahrlost unsere Wohnung wirkt. Haben wir wirklich die ganze Woche nicht abgewaschen? (Wann denn, wir sind ja nie zu Hause – und morgens immer auf den letzten Drücker.) Was haben wir eigentlich die letzten Tage gegessen – der Kühlschrank ist ein gähnender Abgrund! Und haben wir nicht einen Staubsauger besessen? Ist der unter den Klamottenbergen im Flur verschollen? Hier muss dringend Abhilfe geschaffen werden! Ich übernehme den Abwasch, die anderen beiden den Wocheneinkauf. Als ich vor den turmhohen Geschirrstapeln stehe, bereue ich meinen Entschluss. »Morgen frage ich Papi nach einer Spülmaschine«, hat Jenny sicher schon 20-mal behauptet. Ich weiß nicht, ob sie es jedes Mal vergisst, sobald sich der Abwasch nicht mehr türmt, oder ob sie das immer nur als kurzfristige Ausrede benutzt, damit SIE nicht spülen muss. Wie dem auch sei, die Spülmaschine bin vorerst ich.

Ich habe noch nicht die Hälfte des Geschirrs versorgt und stehe bis zu den Ellbogen im Schaum, als es klingelt – viel zu früh für die Einkäuferinnen. Und statt meiner Freundinnen steht eine große blonde Frau vor der Tür.

»Bist du Isa? Nein, zu hübsch. Du bist sicher Lena.«

Es hätte die blonden Locken und die Ähnlichkeit der Augen nicht gebraucht, um zu begreifen, dass ich Jennys Mutter vor mir habe. Sie sieht aus wie eine ältere, teurere Kopie von Jenny, top gestylt und gertenschlank. Trotzdem dürfte sie die 50 überschritten haben. (Außer ihrer Nase vielleicht; ich könnte wetten, dass die jünger ist als der Rest des Gesichts.) Die schicke Mutter geht an mir vorbei und sieht sich in der Wohnung um, als hätte ich sie dazu aufgefordert. Unter ihrem Arm klemmt eine riesige Tasche, die sie nicht absetzt, und auch ihre High Heels behält sie an. Während sie sich umsieht, flötet sie kleine Nettigkeiten vor sich hin. »Hübsch …, reizend …, sehr niedlich …« »Sehr niedlich« ist unsere Küche – im Gesamten. Sie sieht hinein und sagt »sehr niedlich«. Hat sie keine Küche zu Hause? Oder einen Palast? Oder hat sie gar nicht richtig hingesehen? (Ich könnte ja mal probeweise die Tür zur Besenkammer öffnen. Wenn sie dann auch »niedlich« sagt, weiß ich Bescheid.)

Als sie weiterstöckelt, stelle ich mich vorsichtshalber vor meine Zimmertür. Mit Erfolg, diesen Raum inspiziert sie nicht. Sie öffnet die nächste Tür, lässt den Blick über die spärliche Schreibtisch-Doppelbett-Kleiderschrank-Möblierung und die verstreuten Bücher und Klamotten schweifen und sagt: »Aha. Jenny.« Dann tritt sie zum Bett, stellt die riesige Tasche ab und beginnt auszupacken. In akkuraten Stapeln nimmt sie Kleider aus der Tasche und schichtet sie auf dem Bett auf. Ein Stapel

Shirts, ein Stapel Pullover, ein Stapel Jeans … Ich stehe in der Tür und bin sprachlos. Offenbar zieht diese Frau gerade hier ein. Steht es so schlecht um die Ehe von Jennys Eltern? Weiß Jenny davon? Hat sie ihre Mutter eingeladen? Ich bin ratlos. Bei so was kann man ja schlecht nachfragen … Jenny sollte heimkommen. Sofort. Ich gehe in den Flur, um sie per SMS nach Hause zu beordern. Doch der Text ist noch nicht fertig, als Jennys Mutter mich ruft. Auf Jennys Bett sind die Klamottenstapel gewachsen, die Tasche liegt gefaltet daneben.

»Ich muss los, Schätzchen!«, sagt Jennys Mutter und pufft den Jeansstapel zurecht. »Sag Jenny, wir sind stolz auf sie, ja?«

Bevor ich herausbringe, dass ich mit der Situation überfordert bin, ist sie aus der Wohnung gerauscht. Im Flur bleibt eine fast sichtbare Wolke ihres schweren Parfüms hängen.

»Meine Mutter war da«, sagt Jenny naserümpfend, als sie die Wohnung betritt. Aha, dass ich das Parfüm nicht mehr rieche, heißt nicht, dass es nicht mehr da ist. Ich beschreibe, so gut ich kann, den seltsamen Auftritt. Doch Jenny wirkt nicht verwundert. »Ich hab doch gesagt, dass die Krebspatientin sich auszahlt.«

Isa und ich sind kein bisschen schlauer. Jenny sieht routiniert die Klamottenstapel durch und nickt zufrieden. »Alles feine Ware, Mädels. Bedient euch!«

Die Erklärung ist einfach. Jennys Vater hat erfahren, dass Jenny sich in der Klinik recht gut macht. Jennys Eltern haben entschieden, dass das ein Grund ist, stolz auf Jenny zu sein. Und immer wenn sie ihrer Tochter ein Lob zukommen lassen wollen, gibt es Geschenke. Deswegen kauft Jennys Mutter Belohnungs-Klamotten und liefert sie hier ab. Es heißt quasi: Sieh, wie viele Sachen – und wie teure – ich gekauft habe, dann weißt du, wie stolz wir auf dich sind.

Isa sieht mich nachdenklich an, offenbar ist ihr der bemitleidenswerte Aspekt ebenso klar. Jenny aber lacht und wirkt, als sei ihr die kühle Oberflächlichkeit des Belohnungssystems zwar bewusst aber schnurzegal. »Los! Sucht euch was aus!«, fordert sie uns auf.

Wir sind zögerlich. Obwohl es aussieht, als seien echt begehrenswerte Teile dabei – ich habe Skrupel.

»Nehmt! Das sind doch viel zu viele Sachen für einen.« Jenny beginnt uns Klamotten auszusuchen; sie hängt Isa ein Jäckchen um, dessen Label mir Schnappatmung verursachen würde, und legt mir einen Pullover in den Arm, dessen Wolle sich so weich anfühlt wie ein Babyhäschen. »Keine Hemmungen, Mädels«, sagt Jenny. »Wenn ich mein Probeexamen bestehe, kriege ich neue Sachen.«

Fünf Minuten später sind wir im absoluten Rausch. Wir probieren und kombinieren und sind nicht mehr zu bremsen. Die Klamotten sind in Qualität und Preisklasse jenseits meiner Möglichkeiten, im Stil aber genau, was ich mag. Bunte Shirts aus hauchdünnem Stoff, Jeans, die mal wirklich sitzen, kurze Kleider, die exakt die Mitte zwischen sexy und elegant treffen. Und der kuschelweiche schwarze Pullover schreit förmlich danach, alle Festtage meines verbleibenden Lebens mit mir zu feiern. Jenny probiert an Isa immer neue Kombinationen aus, Businesslook, Countrystyle, Hippieschick. Isa lässt sich zurechtmachen und prüft jedes Outfit gründlich im Spiegel. Als sie bei einem Kleid mit Rückenausschnitt fragt, ob wir so auch in ein Restaurant gehen würden, höre ich die Nachtigall trapsen. Jenny natürlich auch. »Kommt drauf an, wohin er dich ausführt«, grinst sie.

Isa wird rot. Tja – dann sollte sie nicht SO durchschaubar fragen! Doch WER sie ausführt, will sie immer noch nicht verraten und langsam finde ich es wirklich etwas kindisch. Jenny scheint der Geheimniskrämerei auch überdrüssig.

»Ist schon okay, Isa«, lächelt sie. »Ich weiß doch, was los ist.« Isa starrt sie an. Jenny grinst. »Lena will es nicht wahrhaben. Aber ich bin ja nicht blind!«

Isas Schultern werden schmal und plötzlich wird mir klar, was passiert: Sie fängt gleich an zu weinen! Verdammt! Warum hab ich es nicht kapiert? Sie hat überhaupt niemanden! Sie hat sich den idiotischen Freund nur ausgedacht! Warum?! Ich hab doch auch keinen! Ist es SO peinlich, keinen Freund zu haben? Wollte sie uns imponieren? Sag doch was, Lena! Jenny kapiert gar nichts; sie grinst immer noch erwartungsvoll und glaubt, dass sich hier gleich das Paul-Geheimnis lüftet.

»Lass Isa doch!«, sage ich eilig. »Ist doch romantisch, wenn es keiner weiß!«

Jetzt trifft mich Isas entsetzter Blick. Ja, meine Liebe, ich habe dich durchschaut. Aber wenn du so freundlich wärst, zu verstehen, dass ich dich nicht in die Pfanne haue, sondern hier gerade versuche, einen gnädigen Mantel über die traurige Wahrheit zu breiten …

Doch Jenny ist entweder gerade begriffsstutzig oder unerbittlich. »Schon klar«, lacht sie. »Romantik mit Brille!«

Isa sieht sie perplex an. Tu doch was, Lena!

»Sorry, Isa, war nicht böse gemeint«, sagt Jenny. »Ich steh eben nicht auf Brille. Aber bei ihm sieht es klug aus. Und sein Vortrag war ja wohl auch superklug.«

»Vortrag?«, stottert Isa.

»Die Fallvorstellung, die ich verschlafen habe. Da hat dein Paul doch angeblich so klug referiert.«

Isa setzt sich. »Mein Paul.« Sie atmet aus, ganz tief. »Mein Paul.« Okay, Lena. Das hier geht gerade noch glimpflich aus. Isa behauptet jetzt, sie habe einen Paul, Jenny glaubt es und die beschämende Wahrheit bleibt unter der Decke. Du könntest dann auch ausatmen.

Jenny setzt sich neben Isa und legt den Arm um sie. »Ich weiß schon seit einer Woche, dass es Paul ist. Mir kannst du eben nichts vormachen.«

Isa schaut weg. Plötzlich sieht sie in dem neuen Kleid wunderschön aus. »Na, wenn ihr es wisst …«, sagt sie leise, »entschuldigt, dass ich es so blöd vertuscht habe.«

Jenny tanzt in die Küche, um Prosecco zu holen und auf die Liebe anzustoßen. Ich setze mich zu Isa und drücke ihre Hand.

»Was ist?«, fragt sie leise.

Ich schüttle den Kopf. »Schon gut«, sage ich. »Wir einigen uns auf Paul.«

Isa zieht die Hand weg. »Es IST Paul.« Ihre Stimme klingt rigoros.

Hups? Liege ICH jetzt etwa völlig falsch? Gibt es Paul wirklich? Nein. Ich weiß, dass sie lügt. Doch das ist so neu und unerwartet, dass ich nicht mehr widerspreche. Jenny kommt zurück und stößt mit uns auf Paul an. Isa wirkt unsagbar erlöst und trinkt das Glas in einem Zug aus. In der zweiten Runde trinken wir auf Manuel und mein Date am Sonntag. In der dritten stoßen wir auf Marcus an, Jennys neuste Eroberung aus dem Spätshop an der Ecke. Ich weiß nicht, ob man im Spätshop Bekanntschaften schließen sollte, aber Jenny schwört, dass nächtliche Spätshop-Einkäufe (in Marcus' Fall Eis und ein Bergsteiger-Magazin) die beste Charakterbeurteilung erlauben (hier: abenteuerlustig und lebensfroh, sportlich aber uneitel). Na immerhin bleibt Leo und Ron nun der Bruderkrieg erspart und das Banduntergangsszenario ist vorerst abgewendet.

Als wir uns schließlich in unsere Betten begeben wollen, kommt Jenny auf die Klamottenfrage zurück. Sie möchte Isa und mir die Sachen schenken. Nicht ausleihen, schon gar nicht tauschen – schenken. Wir sträuben uns ein wenig, es waren immerhin Jennys Geschenke.

»Ich will sie nicht«, sagt sie knapp.

Isa schüttelt den Kopf. »Und wenn deine Mutter mich darin sieht? Was soll sie denn denken?«

Jenny macht eine wegwerfende Geste. »Wahrscheinlich erkennt sie die Sachen nicht mal.«

Schließlich lassen wir uns überzeugen, die Kleider anzunehmen. Komisch, dass das schlechte Gewissen immer gerade bei den Sachen besonders stark ist, die man schrecklich gerne haben will.

Nach dem Zähneputzen komme ich noch einmal an Jennys Tür vorbei. Sie sitzt im Bett, kämmt ihre Haare und hat eins der neuen T-Shirts zum Schlafen angezogen. Ich bleibe stehen.

»Bist du sicher, dass es richtig ist, wie du deine Mutter bestrafst?«

Jenny zuckt die Achseln. »Sie könnten ja auch mal mit mir essen gehen.«

Ich weiß nichts zu antworten. Bei so was kann ich immer nur flapsig. »Morgen lade ich dich zum Essen ein«, sage ich. »Wohin du willst. Ich bin nämlich auch sehr stolz auf dich.« (Ach verdammt, Lena, hättest du den letzten Satz weggelassen, wäre es richtig lieb gewesen. Jetzt klingt es, als wolltest du ihre Traurigkeit ins Lächerliche ziehen.)

Jenny sieht mich an, kein bisschen verletzt. »Danke, Mami. Dann möchte ich zum Currykarl.« Immer noch ein Spruch; wer Jenny kleinkriegt, muss erst geboren werden. Oh Mann, wie gern ich sie habe!

24

Morgen treffe ich mich mit Manuel. Am Samstag frage ich mich beim Aufwachen, wie ich den Tag überstehen soll, ohne nervtötend kribbelig zu werden. Doch ich habe nicht mit Jenny gerechnet. In aller Frühe hat sie eine Überraschung für uns vorbereitet. Die eigentliche WG-Schlafmütze wirbelt durch die Wohnung, packt Taschen voller Dinge, die wir nicht sehen sollen, und macht Andeutungen à la »der letzte schöne Tag« und »den Landeiern mal was bieten«. Dann klappert sie strahlend mit einem Autoschlüssel vor unseren Gesichtern herum. »Seid ihr bereit für einen großartigen Ausflug?«

Als wir Jennys Taschen nach unten tragen, steht vor dem Haus ein blitzblaues Cabrio. Mit großer Geste schließt Jenny den Wagen auf. Wir erfahren, dass sie das schicke Gefährt von Marcus geborgt hat, ihrer aktuellen Romanze (Affäre? Beziehung?). Warum Marcus selbst nicht mit von der Partie ist, wird nicht klar.

»Ich hab mir den doch nur angelacht, weil ich euch mal im Cabrio rumkutschieren wollte!«, behauptet Jenny.

Ich hoffe, dass das ein Scherz ist. Wir besteigen die flotte Kiste und los geht's. Die Fahrt ist herrlich, die Sonne scheint, der Wind bläst mir auf der Rückbank eine verwegene Sturmfrisur und etliche Autofahrer hupen uns anerkennend zu.

Kurze Zeit später wird mir klar, dass die anderen Verkehrsteilnehmer nicht immer nur hupen, weil man das eben so macht, wenn drei hübsche Mädchen im Cabrio vorbeifahren. Denn wenn das Hupen und Lichthupen mit Vogelzeigen kombiniert wird, bedeutet es definitiv was anderes, da kann auch Jennys beschönigende Auslegung nichts vertuschen. Die Wahrheit ist: Jenny fährt grauenvoll. Ich habe keinen Führerschein, denn als ich nach dem Abitur vor der Wahl stand, fahren zu lernen oder mit Freunden nach Irland zu reisen, habe ich Papis Geld in Welterfahrung angelegt. Aber vom Mitfahren sind mir doch einige Grundlagen des Autofahrens vertraut – ganz abgesehen von den Basis-Verkehrsregeln, die selbst beim Fahrradfahren gelten. Es gibt Regeln, wer Vorfahrt hat, recht klare Anweisungen, welche Absichten durch Blinken kenntlich gemacht werden müssen, und jede Menge Vorschriften zu Geschwindigkeit und Verkehrsführung.

Jenny pfeift auf sie alle. Sie fährt in halsbrecherischem Tempo durch die Stadt, wechselt quer über alle Spuren und entschließt sich immer erst im letzten Moment zum Abbiegen, Überholen oder Bremsen. Im Gegensatz zu uns ist sie keineswegs angstgelähmt, nicht mal besorgt. Im Gegenteil, begeistert ruft sie Dinge wie »Kinder, ist der bombig motorisiert!«, »Huch, der hätte uns fast erwischt!« und »Guckt mal da!«. Besonders schlimm an diesen Besichtigungsaufforderungen ist, dass sie selbst immer am interessiertesten hinüberschaut.

»Guckt mal, der Fernsehturm, was bauen die denn da?« Sie biegt den Kopf zurück und schaut stirnrunzelnd nach oben, ohne nur ein km/h langsamer zu werden. Auch als sie uns das schicke Haus zeigt, in dem ihr Vater seine Privatpraxis hat, bremst sie nicht um einen Hauch ab, während sie hinüberfuchtelt. Das Ergebnis ist jedes Mal eine Vollbremsung, wenn Isa oder ich erschrocken aufschreien.

»Isa, hast du nicht auch einen Führerschein?«, rufe ich nach vorn und setze all meine Hoffnungen in diese Alternative.

Isa dreht sich um, sie ist bleich. »Nein. Du?«

Ich schüttle den Kopf. Unser Blickwechsel bestätigt die brutale Gewissheit: Wir sind ausgeliefert.

»Was ist los, Mädels?«, ruft Jenny fröhlich.

Isa traut sich; die nackte Angst gibt ihr die Kraft, sich zu einer Kritik zu überwinden. »Du fährst ganz schön wild …«

Jenny lacht. »Bleib locker! Ich fahr seit Jahren unfallfrei!« Wenn das stimmt, muss an dieser Stelle ein höchstes Lob an alle anderen Verkehrsteilnehmer ausgesprochen werden, die es also geschafft haben müssen, immer rechtzeitig zu bremsen oder auszuweichen.

»Das ist ganz normal!«, ruft Jenny. »So fährt man in Berlin.« Nur die anderen Berliner Autofahrer sind darüber offenbar nicht informiert worden.

Nach einer qualvollen Stunde erreichen wir einen einsam gelegenen See. Es ist möglich, dass die Freude darüber, wieder festen Boden unter den Füßen zu haben, auch jeden modrigen Waldtümpel in unseren Augen wie ein kristallklares Meer aussehen ließe. Jenny steigt aus dem Cabrio, stolziert schlüsselschwenkend zu einer Hütte und kommt mit einem diensteifrigen Herrn wieder heraus. Der lädt unsere Sachen aus dem Auto und trägt sie … zu einem Floß. »Na, Kinder, was hab ich versprochen?«, strahlt Jenny.

Der Nachmittag auf dem Floß ist eigentlich herrlich. Jenny hat an alles gedacht, Kuchen, Sekt und Decken mitgebracht und Zeitschriften gekauft. An Isa und mich ist das völlig verschwendet. Während Jenny gemütlich Kuchen futtert und uns aus den Klatschmagazinen vorliest, sind Isa und ich still damit beschäftigt, uns zu sammeln. Wir sprechen nicht darüber, doch ich weiß, dass auch sie in Gedanken die unzählbaren Gefahren durchgeht, von denen jede einzelne ebenso hätte tödlich enden können. Klar, es ist toll, auf dem Floß über den See zu treiben. Aber ich freue mich ganz allgemein und groß an der Tatsache, dass ich am Leben bin.

Isa blinzelt mich an und flüstert: »Mir fällt gerade was echt Blödes ein … Wir müssen ja wieder zurück!«

Ich lasse den Kopf auf die Decke sinken. Vielleicht, wenn ich mich jetzt gar nicht mehr bewege, kann ich für immer hierbleiben. »Vielleicht gibt es einen Kanal«, murmle ich dumpf in die Decke. »Wir machen jetzt die Augen zu und in einer Stunde landet das Floß am Spreeufer am Hauptbahnhof.«

»Das ist doch blöd!«, murmelt Isa zurück. »Warum fährt es dann nicht bis zu den Treptowers? Von dort wären wir in fünf Minuten zu Hause.«

Das Schicksal meint es gut mit uns. Auf dem Rückweg bleibt uns die wilde Fahrt erspart. Vorerst sieht es sogar so aus, als bliebe uns jede weitere Fahrt erspart. Denn das Schicksal lässt sich unsere Erlösung von dem neuen Höllenritt teuer bezahlen. Als wir am Parkplatz ankommen, ist das Cabrio weg. Es steht nicht auf einem anderen Parkplatz, es steht nicht hinter dem Häuschen, es ist verschwunden. Spurlos. Auch die Hütte ist abgeschlossen, keiner mehr da. Wir sind ratlos und schwanken zwischen totaler Verzweiflung (Wie kommen wir hier weg? Und – viel schlimmer: Was wird Marcus dazu sagen, dass wir sein Cabrio verloren haben?) und einer unerklärlichen Albernheit. (Der Vorschlag, mit dem Floß nach Berlin zu fahren, wird noch mehrfach wiederholt und erweitert und auch beim dritten Mal noch belacht.)

Erst als es dunkel geworden ist, wird uns langsam bewusst, dass das Auto nicht wiederkommt. Und wir zwar das Versprechen an den Bootsvermieter brechen und das Floß nicht vertäuen, sondern behalten könnten – dass wir damit aber nicht nach Berlin kommen werden. Auch zu Fuß stehen die Chancen schlecht, vor Sonntagmittag zu Hause zu sein. Geknickt sitzen wir mit unseren Decken auf dem Parkplatz ... bis Jenny ihr Handy zückt und seufzt: »Dann muss es eben sein.« Na klar, sie hat doch eine Million Freunde. Da wird ja wohl einer hier rausfahren und uns holen können.

Als ich das sage, zieht Jenny die Augenbrauen hoch. »Es ist Samstagabend und fast zehn. Wer ist denn jetzt noch nüchtern?« Isa und ich zählen das wenige Bargeld aus unseren Taschen und rätseln, ob uns wohl ein Taxifahrer auf Vertrauensbasis heim zu unseren Geldbörsen fahren würde. Jetzt hat Jenny jemanden am Telefon und erzählt, dass wir festsitzen. Dann streckt sie sich auf der Decke aus. »Tom kommt gleich. Er fährt sofort los.«

Die Sache mit Tom ist wirklich mitleiderregend. Eine Stunde nach dem Anruf ist er da – er muss alles stehen und liegen gelassen haben, um Jenny zu helfen. Natürlich ist es unser Glück, dass er so eine treue Seele ist. Trotzdem tut er mir leid. Alles, was er bekommt, ist die Möglichkeit, seine Exfreundin und deren Freundinnen nachts aus der Pampa abzuholen, wo sie mit dem Auto ihres neuen Freundes gestrandet sind. Aber Tom ist schrecklich nett. Er hilft sogar der kleinen Isa, die dabei vor Verlegenheit puterrot wird, ins Auto und legt unserem frierenden Mäuschen eine Decke um. Dann lädt er unsere Sachen ein, fährt uns nach Berlin, kutschiert uns zur Polizeiwache und organisiert die Diebstahlanzeige. Er bringt Jenny sogar dazu, Marcus anzurufen, ihm alles zu beichten und ihn ebenfalls auf die Wache zu bestellen. Als Isa und ich auf dem Revier nicht mehr gebraucht werden, bringt Tom uns nach Hause. Ich weiß nicht, wie ich ihm danken soll. Aber er lächelt bloß. »Ich bin halt ein netter Typ. Ich würde nicht mal drei hässliche alte Frauen allein im Wald stehen lassen.«

Als ich aus dem Bad komme, höre ich Isa telefonieren. Erzählt sie ihrem Freund unser Abenteuer? Offenbar gibt es ihn also doch, das Gemurmel klingt ziemlich nach Liebesgeflüster. Na gut, dann gewöhne ich mich eben an den Gedanken, dass es einen Paul gibt. Im Bett muss ich noch mal über Tom nachdenken. Klar, er ist nicht der spritzigste und witzigste Typ unter der Sonne. Aber ist es nicht auch großartig, wenn jemand so zuverlässig ist? Ja, es klingt lahm: »zuverlässig«. Aber Tom hat eine Ruhe und Gelassenheit, die Sicherheit ausstrahlt. Man könnte sich geborgen fühlen bei so einem, der immer weiß, was zu tun ist. Und es auch ohne viele Worte tut. Keine Überraschungen. Aber vielleicht totales Vertrauen. Ist so was besser, als den geistreichsten, spontansten Freund zu haben? Oder gibt es irgendwo doch die seltene Kombination, die beides hat? Und wie hoch sind die Chancen, dass – wenn er existiert – seine Wege irgendwann irgendwo mit meinen in Berührung kommen? Oder kennt man eigentlich so einen längst?

Schlaf jetzt, Lena. Heute kommt er bestimmt nicht mehr. Schon gar nicht in deinem Schlafzimmer vorbei. Und morgen triffst du dich mit Manuel.

25

Ich könnte immerzu über Manuel sprechen. Aber am Sonntagmorgen gibt es schrecklich viel anderes zu bereden. Das gestrige Abenteuer, Jennys Erlebnisse auf der Polizeiwache – alles ist wichtiger als mein Date. Nach dem Cabrio wird gefahndet. Marcus war ganz schön sauer, aber Jennys Versicherung wird für den Schaden aufkommen – na gut, wohl eher die Versicherung ihres Vaters.

»In nächster Zeit sind keine Klamottengeschenke mehr zu erwarten«, meint Jenny. Sie nimmt das Ganze erstaunlich locker, und als ich das sage, zuckt sie nur mit den Schultern. »Ich kann es ja nicht wieder herzaubern.«

Das stimmt zwar, aber ich könnte trotzdem nie so ruhig bleiben. Ich mache mir ja selbst Vorwürfe. Jede von uns hätte auf die Idee kommen können, dass es eine büttenpapierne Einladung ist, ein Cabrio mit offenem Dach stehen zu lassen …

»Wisst ihr, was ich mir überlegt hab, Mädels?« Jenny fuchtelt mit dem Eierlöffel in unsere Richtung. »Tom ist echt eine treue Seele. Und er hat sich so angestrengt in letzter Zeit. Ich denke, ich sollte ihm noch eine Chance geben.«

Was für eine tolle Idee! Dann hat das Cabrio-Desaster doch noch etwas Gutes bewirkt. Endlich bekommt der arme Tom den Lohn für seine unerschütterliche Treue. Ich juble Jenny zu. Und dann sehe ich Isas Gesicht.

Alles ist klar. Die erlogenen Bibliotheksabende. Der Abend im Turnverein, Isa, die sich plötzlich so locker unterhält. Tom hilft

Isa ins Auto und legt ihr eine Decke um. Der Typ, der ihr den blöden Snoopy geschossen hat, der in Isas sonst so geschmackvollem Zimmer als personifizierter Stilbruch auf dem Bett sitzt, ist Tom. Wann mag es angefangen haben? Vielleicht schon vor Wochen, als der arme Tom regelmäßig zum Geräteeinbau kam? Obwohl, »der arme Tom« darf man dann wohl nicht mehr sagen … Das ganze Versteckspiel ergibt auf einmal Sinn. Was wohl passiert, wenn Jenny das rauskriegt?! Sie hat keine Ahnung. (Von wegen Paul! Wusste ich doch, dass der es nicht ist.) Und jetzt eröffnet Jenny der neuen Freundin ihres Exfreundes ahnungslos beim Frühstück, dass sie ihn »zurücknehmen« wird … Isas Blick ist entgeistert. Völlig verständlich. Wenn Jenny so etwas beschließt, würde ich mich auch absolut chancenlos fühlen. Zum Glück hat Jenny, wenn sie mit sich beschäftigt ist, für andere die Sensibilität eines Kieselsteins. Sie hat nicht bemerkt, dass eine von uns irgendwie falsch auf ihre Eröffnung reagiert hat.

»Hallo?« Jenny tippt mit dem Eierlöffel gegen meinen Arm. »Erde an Lena! Ich hab gefragt, was du anziehst!«

Verwirrt muss ich die Frage wiederholen. Ach du meine Güte, mein Date. Die Frage nach meinem Outfit erscheint mir im Moment so wichtig wie die Verteilung der Donnerstage auf das Jahr 2030. Ich bin überfordert, jetzt bloß nichts Falsches sagen; am besten, Lena, du gehst erst mal ins Bad.

Als ich aus dem Bad komme, hat Jenny vergessen, dass ich mich etwas abrupt vom Frühstückstisch entfernt habe. Isa ist aus dem Haus gegangen – an ihrer Stelle würde ich jetzt auch Abstand suchen. Was wird sie wohl tun? Offenbart sie Jenny, in wen sie sich verliebt hat? Davor hätte ich ehrlich gesagt Angst. Jenny sollte man diesbezüglich nicht provozieren. Sicher, es besteht die Chance, dass sie sagt »Nimm doch, ich will ihn ja nicht mehr«. Aber wie hoch diese Chance ist, kann sich jeder, der Jenny kennt, an einem Finger ausrechnen. Und selbst wenn Jenny es Isa rational vielleicht gönnen würde … Dass jemand eine andere Frau vorzieht, ist einfach eine zu große Herausforderung! Also würde ich an Isas Stelle wohl weiter auf Geheimhaltung setzen. Es sei denn, Tom und Isa sind sich ihrer Liebe gewiss … Vielleicht ist sie dann so mutig, Tom von der bevorstehenden Wiederannäherung seiner Exfreundin zu erzählen … Geht's noch, Lena?! Wie wär's, wenn du dich jetzt mal auf DEINE Verabredung konzentrierst? Immer dasselbe – du freust dich eine Woche und dann grübelst du stundenlang nur über andere Leute nach.

Es ist fast zwei und Zeit, die Klamottenfrage anzugehen, wenn man gegen sechs einen optimalen Anblick bieten möchte. Die Kleiderordnung für erste Dates ist eine wahre Wissenschaft. Später, wenn man sich einig ist, kann man gern auch übertrieben aufgeschönt zu Verabredungen erscheinen, dann gilt das als Liebesbeweis und Mühe-gemacht-um-für-dich-attraktiv-zu-sein. Aber beim ersten Date kann man keinen schlimmeren Fehler machen, als zu dick aufzutragen. Man darf keineswegs überdekoriert wirken. Das Problem liegt darin, nicht aufgeputzt auszusehen – aber irre gut. Die Sachen müssen sagen: »Nein, so gut sehe ich jeden Tag aus. Ich hab mir gar nicht viel Mühe für dich gegeben.« Es dauert Stunden, das hinzukriegen.

Zum Glück bin ich diesmal nicht ganz so hilflos wie üblich, denn die Klamotten von Jennys Mutter haben noch den Reiz des Neuen – der bei mir immer funktioniert. Neue Sachen spiegeln mir vor, ich würde in ihnen sozusagen auch wie neu aussehen. Die nagelneuen Jennymutterjeans kommen also wie gerufen. Ich liebe diese Hosen, an denen schon das Schild verkündet, wie wunderbar man darin aussehen wird. (Nee, klar, Lena. Auf so was fällst du immer rein. Schon mal eine Jeans gesehen, auf deren Schild steht »Du wirst eher nachteilig aussehen in dieser Hose«?) Wegen der Neuheiten also fällt mir die Entscheidung heute relativ leicht – aus den vier vorhandenen Jeanspaaren habe ich tatsächlich in 30 Minuten das beste Paar ausgesucht und dabei jede nur etwa zweimal angezogen. Die Probe aufs Exempel, nach einer halben Stunde noch einmal unkontrolliert am Spiegel vorbeizugehen, besteht die Jennymutterjeans auch. Die Hälfte des Outfits steht also, ich drehe mich zufrieden vor dem Flurspiegel. Bei dem schwierigeren zweiten Teil muss Jenny helfen.

Sie braucht eine Stunde, damit ich aussehe, als sehe ich immer so aus. Aber sie macht es großartig. Anstrengend ist nur das Gespräch, das sie dabei ganz locker führt, in dem ICH aber immer rechtzeitig alle Ströme umrudern muss, die uns zum Thema Tom oder Isa bringen könnten. Jenny küsst mich zum Ende auf die Nasenspitze und wünscht mir ein perfektes Date. Ich denke lieber nicht daran, dass das Date vielleicht wirklich nur eine halbe Stunde dauert. Und dass Manuel vielleicht im Schlafanzug kommt. So viel Aufwand … Aber nachdem ich mich bisher immer nur im unvorteilhaften Kittel zeigen durfte, ist das doch jetzt meine Chance. So sehen Ärztinnen außerhalb der Klinik aus. Sie sind nämlich nicht nur Lebensretter mit Drahtseilnerven, sie sind auch atemberaubende Frauen – und das mühelos und ganz natürlich – und zeigen ihre Schönheit nur deshalb im Krankenhaus nicht in voller Breitseite, damit die männlichen Kollegen ebenso konzentriert arbeiten können wie sie. Und wegen der Herzpatienten.

Dank Jennys exzellenter Vorbereitung erreiche ich Manuels Adresse im Bestzustand und kein bisschen nervös. Ein heruntergekommener Altbau, die Haustür ist angelehnt, Manuels Wohnung liegt im vierten Stock. Acht steile Jahrhundertwendetreppen. Langsam, Lena, im vierten Stock willst du immer noch frisch sein wie der junge Morgen. Nach vier Minuten erreiche ich das Stockwerk, in dem am Geländer ein blitzendes Rennrad angeschlossen ist. An der »Manu Ritter«-Tür kleben alte Hanuta-Fußballbilder. Hm. »Manu Ritter« klingt ein wenig nach Nagelstudio. Und geht er immer mit seinen Hanutapapierchen vor die Tür und guckt, ob er schon einen Thomas Müller hat? Mann, Lena, jetzt geh doch erst mal rein, bevor du alles vorverurteilst! Die Tür steht offen. Ich klopfe und betrete den schmalen Flur.

Nach der Kindheitsphase VOR der Tür beginnt HINTER der Wohnungstür die Pubertät. Der Flur ist bunt gestrichen, an einer Wand hängt ein halber Sportbekleidungsladen an überdimensionierten Haken, darunter liegen Turnschuhe auf einem wilden Haufen. Auf der anderen Seite kleben um einen Spiegel herum zahllose Postkarten, vorwiegend mit witzigen Sprüchen, und Fotos von Radfahrergruppen. Bevor ich eine Postkarte, auf deren Bildseite *i miss u* steht, umdrehen kann, um einen Blick auf den Text zu werfen – es hat ja Vorteile, wenn der Besuchte nicht aufstehen kann –, ruft Manuel »Hierher, Frau Doktor!«.

Ich werfe nur einen Blick auf die Unterschrift (Janine, mit Herzchen als i-Punkt) und trete ins Wohnzimmer durch. Nach der Pubertät im Flur erwarte ich jetzt ein erwachsenes Zimmer, doch diese Phase hat Manuel übersprungen; im Wohnzimmer beginnt sofort das Alter. Die Möbel sind wohl von Oma. Da helfen auch die darübergebreiteten Tücher nichts, einen DDR-80er-Jahre-Sessel kann man nur in einen angenehmen Anblick verwandeln, wenn man ihn vor einen Container stellt. Komm schon, Lena, Manuels Einrichtung hat zwar keinen Stil, aber wenigstens Charakter. Die Schwedische-Lacktischchen-Dichte in Jungmännerwohnungen ist hoch genug. (Schon mal aufgefallen? Die vehementesten Uniform-Verächter haben alle die gleiche Ikea-Lampe zu Hause.)

Manuel liegt auf der Couch und strahlt mich an. »Na?«

»Na?«, antworte ich. Plötzlich macht sich doch Verlegenheit breit. Der Umgang miteinander ist nicht mehr ganz so einfach, wenn es keine Regeln mehr gibt – wenn nicht jemand die Ärztin ist, die das Sagen hat, und jemand anderer der Patient, der stillliegen muss.

Manuel lacht mich an. »Na, wünschst du dir deinen Kittel und dein Bestimmer-Klemmbrett?«

Klar. Warum ist bei mir eigentlich nicht von vornherein eine Stimme installiert, die meine Gedanken laut ausspricht? (Wenn ich wählen darf, bitte eine dunkle Synchronsprecher-Männerstimme, die auch dem banalsten Gedanken einen Hauch von tiefer Bedeutung verleiht.) Jetzt setz dich, Lena, und sei endlich locker!

»Nette Wohnung«, sage ich und rutsche in den Sessel neben Manuels Couch.

Er lächelt. »Eigentlich habe ich ein Loft an der Spree. Ich bin nur momentan hier, weil die Bude gerade klein genug ist für jemanden, der nicht viel laufen darf.«

Na also. Mit Flapsigkeit lässt sich alles regeln; meine Lockerheit ist wiederhergestellt.

»Liegst du den ganzen Tag hier auf der Couch?«, frage ich – und, ach wie befriedigend, er antwortet so berechenbar, genau was ich erwarte.

»Normalerweise liege ich nebenan im Bett. Aber das zeige ich dir erst später.«

Alles klar, er ist immer noch derselbe Spinner, bloß ohne Krankenhausbett und Kanüle im Arm.

Wenn ich Manuel so ansehe, wie er sich da lässig auf der Couch ausstreckt und mich angrinst, gefällt er mir ziemlich gut. Was verwunderlich ist, weil er erstens eine Art Trainingsanzug trägt und zweitens nackte Füße hat. Beides Dinge, die ich bei Männern in der Regel unattraktiv finde. Ist Manuels Trainingsanzug tatsächlich so gut geschnitten und sind seine Zehen wirklich so ungewöhnlich wohlproportioniert und gepflegt? Oder bin ich verknallt? (Ich halte es für ein ziemlich sicheres Zeichen von Verknalltsein, wenn einem die Zehen eines Mannes gefallen.)

»Gut, dass du da bist«, unterbricht Manuel mein Sinnieren. »Du musst unser Date arrangieren. Geh mal in die Küche und koch uns was Schönes.« Er grinst, ich halte seinem Blick stand, an unserer typischen Schlagabtauschpraxis hat sich also nichts geändert.

»Ich bin nicht so hungrig, dass ich bei dir kochen muss«, lächle ich unschuldig. »Ich darf mich ja uneingeschränkt bewegen, also kann ich nachher zu jeder einzelnen Dönerbude Berlins laufen, wenn ich will.«

»Ach, du erwartest Döner zu einem ersten Date?«, fragt er amüsiert. »Kein Wunder, dass du Single bist. Und ein Hoch auf die Herren in Lübeck – um deren Maßstäbe zu übertreffen, hätte ich mich also gar nicht so ins Zeug legen müssen!« Na, nun bin ich ja bald gespannt. Womit hat er sich denn ins Zeug gelegt? »Geh mal für einen kranken Mann in die Küche und zaubere ein paar Gänge Abendessen.« Er strahlt so, als er in Richtung Küche deutet, dass ich doch aufstehe.

Die Küche ist winzig und unaufgeräumt. Es ist fast eine Kunst, mit so wenig Equipment so viel Chaos zu produzieren – die offenen Regale verraten, dass es nur eine Grundausstattung an Geschirr gibt, alles steht aber wild um Mikrowelle und Kaffeemaschine herum, während in den Küchenregalen nur zwei Löffel und ein verwaister Topfdeckel verblieben sind.

»Kühlschrank«, ruft Manuel.

Der Kühlschrank ist verbeult und mit Magneten von Sportvereinen geschmückt. Als ich ihn öffne, erwarte ich ein halbleeres Senfglas und ein Sixpack Bier. Stattdessen finde ich bergeweise Köstlichkeiten in Schachteln und Schälchen, Tapas, Tortillas und Thaigerichte, ein fettes Kuchenpaket. Der Kühlschrank wirkt wie ein Schaufenster für »Mit dem Kochlöffel um die Welt«. Ich bin ein ganz klein wenig beeindruckt. Da es kein Tablett gibt, staple ich die erste Essensladung auf den einsamen Topfdeckel, trage sie ins Zimmer und lasse mich von Manuel für meine Kochkünste loben.

»Bist du nicht überrascht, was eine gute Hausfrau in so kurzer Zeit alles zaubern kann?«, frage ich stolz.

»Doch«, antwortet er. »Aber ich wusste ja, dass du eine Traumfrau bist! Kochkünste habe ich da selbstverständlich vorausgesetzt.«

Ich stelle die Schälchen auf den Couchtisch und lasse mir nicht anmerken, dass das Wort »Traumfrau« wie Badetablettensprudel meinen Rücken heraufkribbelt. Ich transportiere den ganzen Feinkostladen ins Wohnzimmer. Manuel verrät mir übrigens nicht, wie oder von wem er all die Fressalien in seine Wohnung schleppen ließ. Aber er reißt alle Verpackungen auf – angeblich, damit ich mich nicht geniere – und fragt, ob es in meiner kulturlosen Bruchbude keine Teller gebe.

»Saubere hab ich nicht«, albere ich zurück. »Ich liege hier seit Tagen völlig vereinsamt rum und mein einziger Zeitvertreib ist das Eindrecken und Verstecken von Geschirr.«

Manuel lächelt und antwortet: »Sei froh, dass du hier krank zu Hause liegst, sonst könntest du so ein attraktives Date nie in deine Bude locken.«

Mann, der flirtet aber heute! Als wir endlich vor dem überbordenden Tisch sitzen, trägt er noch ein wenig dicker auf: Er öffnet prophylaktisch Bier und Wein und Sekt – auch wenn wir uns entscheiden oder aus den Flaschen trinken müssen, weil er nur zwei Becher besitzt – und schaltet die Anlage an, die uns mit leiser Musik umspült. »Jetzt iss und trink bitte so viel, dass du auf meinem Sessel ins Koma fällst!«, sagt Manuel, als er mir zuprostet.

Der Abend wird richtig schön. Ich war so fest entschlossen, nach 20 Minuten zu gehen – nicht nur wegen der noch nicht ganz ausgeheilten Gehirnerschütterung, sondern auch, weil ich es wegen der permanenten Machtproben zwischen uns für klüger hielt, die Bekanntschaft nicht in zu großer Eigeninitiative zu vertiefen. (Immer unser lauerndes Abchecken – so kann man ja selbst bei den plattesten Flirts nicht sicher sein, wie es gemeint ist. Auf jeden Fall wollte ich nicht die sein, die plötzlich einen zu großen Schritt macht.) Egal, all die taktischen Vorüberlegungen sind blitzschnell über Bord gegangen. Nach zwei Stunden sitze ich immer noch hier. Nicht mehr im Sessel, sondern neben Manuel auf der Couch. Ich habe meine Füße über die Lehne gelegt, völlig entspannt, und wir quatschen und quatschen. Manuel erzählt von seiner Arbeit als Kurier, seinen seltsamsten Kunden und schrägsten Sendungen. Wenn man ihm glauben darf, hat er sogar schon mal für einen mutmaßlichen Mafiaboss ein lebendes Huhn ausgeliefert. An einen Casinobesitzer, dessen Spielhölle eine Woche später geheimnisvollerweise dichtgemacht hat. Garantiert sind das nur Räubergeschichten. Aber er erzählt fesselnd und ich fühle mich bestens unterhalten.

Von meiner Arbeit erzähle ich lieber nicht. Manuel fragt nicht danach und ich hab keine äquivalenten fröhlichen Geschichten zu bieten und will die Stimmung nicht mit Paula Schwabs Schicksal oder meiner Sorge um Frau Klein herunterreißen. Lieber lasse ich das Krankenhaus heute mal außen vor. Vielleicht ist es auch gut, die Ärztin in mir nicht so stark an die Oberfläche kommen zu lassen, sie müsste den schönen Abend nämlich bald abbrechen. Manuel trinkt Alkohol und hat, wenn man es genau nimmt, viel zu viel Aufregung. Ich sage nur das mit dem Alkohol. Manuel stellt nach einem einzigen »Du kannst nicht mehr über mich bestimmen, Frau Doktor« brav den Wein beiseite. Und dann legt er den Arm um mich.

Ja, klar küssen wir uns. Es fühlt sich ja schon seit einer Stunde so an, als ob wir beide darauf warten. Und plötzlich ist es so weit. Manuel küsst ziemlich gut und seine Locken riechen nach Vanille.

Dann kommt die klassische Nach-dem-Kuss-Verlegenheit. Plötzlich ist man körperlich irgendwie so vertraut, aber die passenden Worte sind noch nicht geliefert worden. Man redet dummes Zeug und steigt dankbar auf die ebenso sinnlosen Bemerkungen des anderen ein – und findet sie meistens auch noch wunderbar. Am besten, man küsst dann einfach weiter; das idiotische Gebrabbel dazwischen lässt irgendwann nach, wenigstens in der eigenen küssereiverblendeten Wahrnehmung.

Nach der ausgiebigen Knutscherei ist alles irgendwie anders. Manuels Stimme ist sanfter geworden, der Spott ist verschwunden. Er wirkt ungewohnt verletzlich, als er gesteht, dass er nach der entfallenen Verabschiedung nicht mehr mit mir gerechnet hat.

»Dabei dachte ich doch, da ist was zwischen uns …«

»Diesen Eindruck habe ICH hoffentlich nicht geweckt«, rette ich mich in Albernheit.

Er sieht mich an, siegessicher. »Vom ersten Tag an war doch klar, was du willst. Dauernd kommst du in mein Zimmer … dann der Teddy …«

Na, das war ja noch gar nicht bewiesen! Ich zerstrubbele Manuels Locken und weise den Teddy, der angeblich auf seinem Bett sitzt, weit von mir. Doch Manuel lässt sich nicht täuschen.

»Weißt du, Schätzchen …«, flüstert er, »ich habe nicht ALLEN erzählt, dass ich meinen Teddy vermisse.«

Pah, »Schätzchen«! »Ach weißt DU …«, kontere ich, »ich habe ihn gekauft, weil ich dachte, du stirbst.«

Nachdem die Teddyfrage geklärt ist, küssen wir noch eine halbe Stunde weiter, dann greift bei mir endlich die Vernunft. Vielleicht, weil Manuel mehrfach anbietet, ich könne den Teddy gern auf seinem Bett besuchen. Auf so was reagiere ich ein wenig allergisch – ich bleibe bestimmt nicht gleich über Nacht. Jedenfalls mache ich der Knutscherei schließlich ein Ende und uns beiden klar, dass Manuel sich jetzt mal wieder schonen sollte. Und danach dauert es auch nur noch eine halbe Stunde, bis ich wirklich aufbreche.

Den ganzen Heimweg lege ich wie in einer Schaumwolke zurück. Die S-Bahn ist mein Segelschiff durch das nächtliche Lichtermeer. Ich komme nur kurz zu mir, als ein alter Mann mich um etwas Geld bittet, weil er noch keinen Schlafplatz für die Nacht hat. Ich kippe meine Börse aus und gebe ihm alles Geld, das ich bei mir habe. Es sind vielleicht 15 Euro, der Alte bedankt sich überschwänglich.

»Sind Sie bekloppt?«, fragt eine Frau, als der Alte ausgestiegen ist. »Der versäuft das doch an der nächsten Ecke!«

So eine blöde Kuh. »Neidisch?«, frage ich frech, dann hält sie den Mund. Mann, ich will doch bloß, dass heute Abend mal kurz alle glücklich sind.

Als ich heimkomme, sitzt Jenny in der Küche und trappelt regelrecht mit den Füßen vor Neugier. Isa ist schon im Bett (ehrlich gesagt bin ich erleichtert, dass ich mich der Tom-Verwirrung jetzt nicht stellen muss), aber Jenny ist knallwach und freut sich schrecklich für mich. Sie findet Manuels Essenseinladung süß und mich sehr diszipliniert, weil ich nicht bei ihm übernachtet und mich so noch begehrenswerter gemacht habe. (Dass das nicht der Grund für meine Heimkehr war, ignoriert sie so oft ich es wiederhole.)

»Na, wenigstens eine von uns hat Erfolg an der Liebesfront«, sagt Jenny melancholisch, nachdem ich zum dritten Mal im Detail die komplette Unterhaltung des Abends wiedergegeben habe. (Ich kann nichts dafür! Wenn ich es nicht dreimal für Jenny nacherzähle, wiederhole ich es für mich selbst nachher im Bett noch fünfzigmal. Obwohl – das tue ich sicher trotzdem.)

Über Isas Liebesleben möchte ich lieber nicht sprechen, doch Jennys Adelung meines Erfolgs durch Negation ihrer eigenen Wirkung kann ich nicht zulassen. Jenny aber schmettert meinen Einspruch ab.

»Guck uns doch an!«, spottet sie. »Isa trifft sich mit einem Langweiler mit Streberbrille, zu dem sie sich auf dem Klinikflur nicht mal bekennen will – und ich treffe überhaupt NIE einen netten Mann!« Der zweite Teilsatz ist so absurd, dass ich den ersten locker übergehen kann.

»Du triffst dich doch jede Woche mit einem anderen!«

»Eben!«, erwidert Jenny in ihrer eigenen unbezwingbaren Logik. »Wenn ich mal einen tollen Mann kennenlernen würde, müsste ich mich ja nicht jede Woche neu orientieren!« Sie schnieft und sieht mich mitleidheischend an. »Aber wenn mir dann einmal einer wirklich gefällt, passiert garantiert wieder irgendwas Dummes und ich verliere sein Auto.«

Marcus? Marcus aus dem Spätshop sollte der Richtige sein? Jennys Schilderungen klangen bis heute eigentlich nicht nach großer Liebe! Trotzdem bin ich natürlich voller Anteilnahme – und frage nur ein einziges Mal, ob Marcus wirklich auch dann der Mann für Jennys Leben wäre, wenn sie sein Auto wiederfinden und ihn ab heute tagtäglich treffen könnte. Ein schuldbewusstes Grinsen spielt um Jennys Mundwinkel.

»Weiß ich nicht«, gibt sie zu. »Vielleicht will ich ihn echt nur, weil er gerade sauer ist und meine Anrufe wegdrückt.«

Diese plötzliche Offenheit gewinnt mein Herz. Ich verspreche Jenny hoch und heilig, dass irgendwann der Mann kommen wird, den sie auch dann noch liebt und achtet, wenn er ihr jeden Wunsch von den Augen abliest. Jenny muss lachen und wir beenden den Abend mit einem Erdbeerlikör und einer letzten Wiederholung von Manuels süßesten Komplimenten. Ich kann gar nicht aufhören, von ihm zu sprechen.

26

Die wahren Katastrophen kommen meist ohne Vorwarnung. Aber die erste Begegnung – oder besser Nicht-Begegnung – am Montagmorgen hätte mir eigentlich eine Warnung sein können. Ich wundere mich, warum Isa nicht aufsteht. Dass Jenny verschläft, kommt häufiger vor, sie wecke ich erst in einer Viertelstunde. Isa aber ist normalerweise ab sechs Uhr bei der Tagwerksvorbereitung. Ich öffne kurz vor halb sieben Isas Zimmer. Auf dem Kopfkissen liegt *Herold – Innere Medizin*. Wahrscheinlich hat sie bis spät in der Nacht ihren Patientenfall vorbereitet. Doch der verschlafene Kopf neben dem Buch fehlt.

Das Buch auf dem Kissen ist entweder von gestern oder eine Finte; Isa ist nicht in ihrem Zimmer und nicht im Bad, ihre Schuhe sind nämlich auch weg. Mir fällt nur eine Erklärung ein: Isa hat bei Tom übernachtet. Bin ich etwa plötzlich die Sprödeste in unserer Runde? Ist zwischen Isa und Tom alles so klar? Oder hat Isa die Flucht nach vorn ergriffen, als gestern die Drohung im Raum stand, Jenny könnte sich wieder einschalten? Wie zur Hölle soll ich Jenny erklären, dass Isa nicht da ist? (Ich weiß, ich könnte auch abwarten, was Isa selbst als Erklärung anzubieten hat. Aber dann wird unser Mäuschen garantiert auffliegen. Oder ist sie viel gerissener, als ich denke?) Ich habe mich noch nicht für eine Strategie entschieden, als es an der Wohnungstür klappert und Isa vorsichtig den Kopf in den Flur steckt. Sie erschrickt ganz schön, als sie mich sieht.

»Ist es schon SO spät?«, fragt sie bestürzt.

»Halb sieben«, antworte ich und ihre Augen werden noch ängstlicher.

»Ist Jenny schon wach?«

Ich schüttle den Kopf – im selben Moment rumpelt es in Jennys Zimmer, die Diva erhebt sich. Isa hastet über den Flur in ihr Zimmer. Jenny schlurft ins Bad. Kaum hat sie abgeschlossen, öffnet sich wieder Isas Tür – das reinste Bauerntheater – und Isa kommt ohne Jacke und Schuhe heraus, als sei das ein ganz normaler Morgen. Ich ziehe sie in die Küche. Isa wirkt unsicher, aber sie behauptet wacker, sie habe bei Paul übernachtet und wolle bloß nicht von Jenny damit aufgezogen werden. Als ich sage, dass ich Bescheid weiß, ist Isas Fassung dahin. Fast kommen ihr die Tränen, als sie mich beschwört, nichts zu sagen. Ich begreife, dass Isa weder Tom über Jennys Sinneswandel informiert noch sich selbst eine Strategie überlegt hat. Sie hat bei Tom übernachtet, um bei ihm zu sein, und gesteht das mit einem so traurigen Lächeln, als sei sie sicher, den Geliebten schon morgen zu verlieren. Sie tut mir leid und ich verspreche, ihr Geheimnis zu bewahren. Du meine Güte, in diesem Pulverfass würde ich doch nicht freiwillig mit herumwühlen. Leider sind Isas Tränen nicht ganz getrocknet, als Jenny aus dem Bad kommt. Isa schützt Stress vor und verschwindet in ihrem Zimmer, doch Jenny sieht mich wissend an.

»Ich wette, sie hat Krach mit dem blöden Paul.« Jenny schenkt sich Kaffee ein und knallt die Kanne kampfeslustig auf den Tisch. »Dem sollte ich mal den Kopf waschen! So ein Idiot, wenn er nicht erkennt, was für eine kluge, liebenswerte Frau sie ist!«

Sehr ritterlich, Jenny, denke ich insgeheim. Mal sehen, was du sagst, wenn du erfährst, wer Isas Klugheit und Liebenswürdigkeit zu schätzen weiß.

Zu Isas Pein ist Jenny heute extrem aufmerksam und fürsorglich, um Isa über den vermeintlichen Streit mit Paul hinwegzutrösten. Isas Schuldgefühle werden geradezu als dunkle Wolke über ihrem Kopf sichtbar. Als wir uns an Schwester Klaras Tresen trennen, hält Isa mich zurück.

»Ich muss es ihr sagen«, wispert sie. »Ich schäme mich so!«

Ich knuffe ihr in den Arm, sage »Warte wenigstens bis heute Abend« und gehe. Auf meinem Gang über den Flur denke ich voller Herzklopfen an Manuel – und dann voller Mitleid an die Tragödie der armen Isa. Ich ahne nicht, dass ich dieses Wort nicht hätte an so eine Lappalie verschwenden dürfen. Denn im Laufe des Tages überschlagen sich die Katastrophen bis zur Sprachlosigkeit.

Am Nachmittag fehlt eine Gewebeprobe von Paula Schwab, der Magenkrebspatientin. Jenny selbst hat sie am Morgen unter Dr. Ross' Aufsicht entnommen. Alle wissen also, dass die Probe genommen wurde – wo sie allerdings abgeblieben ist, ist ein Rätsel. Ich bin eingeteilt, die aktuellen Labor- und Untersuchungsergebnisse in den Patientenakten abzuheften. Jenny kommt herein, als ich etwa die Hälfte abgelegt habe, und fragt nach Frau Schwabs Ergebnissen. Ich durchsuche den Stapel, Paula Schwabs Ergebnisse sind nicht dabei. Jenny durchsucht den Stapel noch einmal, wird aber auch nicht fündig. Dafür wird sie langsam nervös. Sie hat die Ergebnisse dringend erwartet – und genau jetzt einen Termin mit Dr. Ross zur Auswertung. Immer hektischer beginnt sie, alle Patientenakten, die ich schon abgearbeitet habe, noch einmal zu überprüfen. Aber ich bin mir sicher, dass ich keinen Bericht falsch einsortiert habe. Die Ergebnisse von Paula waren nicht da. Eine Minute später erscheint Dr. Ross, um sich zu erkundigen, wo Jenny bleibt. Sie hat nicht ewig Zeit, wer hätte das gedacht. Jenny druckst herum, bis Dr. Ross das Problem versteht. Die Stationsärztin greift zum Telefon und staucht jemanden zusammen.

»Können Sie sich vorstellen, dass wir manche Dinge nicht nur in Auftrag geben, um Ihr Labor am Laufen zu halten?«, schnauzt sie ins Telefon. »Von diesen Ergebnissen hängt die Therapie eines lebensgefährdeten Patienten ab. Ich brauche sie sofort.« Sie knallt den Hörer auf und nickt uns zu. »Die Herren behaupten immer, sie bräuchten zwei paar Tage für so was. Ich schätze mal, sie sind einfach noch nicht fertig und stellen sich deshalb dumm.

Wenn die Probe in fünf Minuten nicht hier ist, gehen Sie ins Labor und machen denen Feuer unter dem Hintern!« Jenny nickt und Dr. Ross verschwindet in ihrem Büro. Jenny sieht mich an, angespannt.

»Die Probe ist bestimmt noch im Labor«, sage ich zuversichtlich.

Die Probe ist nicht mehr im Labor. Sie ist dort nie angekommen. Als das Telefon im Arztraum nach einer Minute wieder klingelt, nimmt Jenny ab. Offenbar glaubt der Laborchef, mit Dr. Ross zu sprechen. Jennys Antworten sind stockend, aber der Mann durchschaut sie nicht. Er berichtet der vermeintlichen Stationsärztin, dass alle Proben ausgewertet und die Ergebnisse für den Stationsboten bereitgelegt wurden. Aber eine solche Gewebeprobe war heute gar nicht dabei. Der Mann empfiehlt »Dr. Ross«, mal mit dem stationseigenen Chaos aufzuräumen, ehe sie dem Labor Schlamperei unterstellt. Jenny ist bleich, als sie auflegt. Ich erlebe sie zum ersten Mal sprachlos. Sie beginnt tatsächlich an den Fingernägeln zu knabbern.

»Was mache ich denn jetzt?! Ich kann doch nicht heimlich eine neue Biopsie durchführen!«

Ich erfahre, dass Jenny sich von dem Laboranten nicht nur die Ergebnisse nach oben bringen lässt, damit sie Mittagessen kann – seit ein paar Tagen lässt sie ihn auch morgens die Proben abholen. Weil der Weg in den Keller so weit, ihr Vormittag so voll und Klaras Anordnung ja ohnehin ungerecht ist. Jenny weiß also nicht mal, wann und wo die Gewebeprobe verloren gegangen sein kann. Sie fährt nervös durch ihre blonden Locken.

»Wenn mir jetzt nicht ganz schnell etwas einfällt, gibt es ein riesiges Donnerwetter!«

Es gibt einen Höllenaufstand. Das Labor erklärt, die Probe nicht erhalten zu haben. Dr. Ross sei doch bereits benachrichtigt worden. Dr. Ross bezeichnet das als dreiste Lüge, mit ihr hat niemand gesprochen. Sie informiert Dr. Thalheim. Der Oberarzt zitiert den Laborchef nach oben und brüllt ihn an. Jenny wird befragt; immerhin hat sie die Proben geliefert und abgeholt. Der

Laborchef sagt, dass er Jenny seit Tagen nicht gesehen hat. Und dann kommt alles raus. Dass Jenny sich um die Wege gedrückt und einen kleinen Laboranten rekrutiert hat – und dass der noch nicht mal seinen Abschluss hat und der unzuverlässigste Geselle des ganzen Labors ist. Er gibt freimütig zu, dass er den Weg zu Jenny, die ihm die Morgenproben übergab, immer mit einem Abstecher zum Bäcker verbunden hat. Die Proben blieben so lange im Kellereingang stehen. Der brutale Krach entfaltet sich mitten im Aufenthaltsraum. Alle Anwesenden werden Zeugen der furchtbaren Enthüllungen. Jenny steht in ihrer Mitte wie am Pranger. Sie hält dem Gebrüll stand, senkt nicht den Blick und heult schon gar nicht los – aber sie ist blass und wirkt wackelig auf den Beinen. Ich bleibe bei ihr, als könne ich ihr irgendwie helfen, aber ich kann nicht. Irgendwann schickt Dr. Thalheim mich hinaus. Eine neue Probe muss genommen und schnellstens ausgewertet werden. Weiß er nicht, dass ich so etwas noch nie gemacht habe? Ist es ihm egal und er will mich gerade nur los sein? Als ich das Zimmer verlasse, kommt mir die Artillerie entgegen: Der Chefarzt und sein Assistent. Dr. Dr. Kreuz nimmt mich gar nicht wahr, er geht im Stechschritt, sein Gesicht wirkt furchtbar wütend.

In meiner Ratlosigkeit bitte ich Paul um Hilfe bei der Biopsie. Er ist nett, zeigt mir, was zu tun ist, und obwohl ich ihm den Grund für die Zweitentnahme nicht verrate, besänftigt er Frau Schwab, die sich ebenfalls über die zweite Probe wundert, mit einer plausibel klingenden Geschichte. In Gedanken leiste ich ihm gegenüber heftig Abbitte. Als die Probe genommen und im Labor abgeliefert ist, kann ich Jenny nirgendwo finden. Die verlorene Probe haben die Laboranten auf der Kellertreppe entdeckt. Jenny aber bleibt verschwunden. Isa ist aufgelöst, sie kann auch Jennys Handy nicht erreichen und befürchtet eine sofortige Kündigung. Schließlich landen wir bei Ruben in der leeren Cafeteria. Ich werde nie durchschauen, woher er seine Informationen bekommt, aber er weiß schon wieder Bescheid und behauptet, Jenny sei für heute heimgeschickt worden und habe sich von einem jungen Mann im Sportwagen abholen lassen. Uns bleibt also nur zu hoffen, dass sie sich ablenken lässt. Zu unserer eigenen Ablenkung machen wir uns dankbar über Rubens Schokoladenkuchen her.

Es ist fast Feierabend. Ich bin entschlossen, noch Frau Klein zu besuchen, aber heute muss ich wohl allein gehen. Isa entschuldigt sich, sie möchte zu Tom. Sie sagt es nicht, aber ich glaube, sie hat das Gefühl, dass die Zeit mit Tom bald vorbei sein könnte. Ich gehe also allein zur Intensivstation. Kurz vor der Stationstür klingelt mein Handy, gerade noch rechtzeitig. Manuel. Mein Herz erhöht sofort auf doppelte Schlagzahl. Manuel fragt, wann wir uns wiedersehen. Ein Freund kann ihn zu mir fahren – wie wäre es also, wenn er mal ein wenig auf MEINER Couch herumliegen würde? Ich freue mich wahnsinnig, seine Stimme zu hören. Aber heute ist es wohl nicht so günstig. (Komisch, noch heute Morgen konnte ich es kaum erwarten, ihn wiederzusehen.) Weil Manuel über die Vertröstung ein wenig gekränkt wirkt, erkläre ich, was vorgefallen ist und warum ich heute lieber für meine Freundin da sein sollte. Manuel findet die Geschichte nicht so schlimm und ich muss ziemlich drastisch werden, um ihm klarzumachen, warum Jenny tief in Schwierigkeiten steckt. Endlich sieht er ein, dass er mich heute nicht mehr sehen wird. (Klar ist seine Sehnsucht schmeichelhaft. Aber vielleicht rührt sie auch ein bisschen von Manuels Langeweile her?) Wir verabreden, morgen zu telefonieren und ich lege auf.

An der Ecke vor dem Fahrstuhl lehnt Dr. Thalheim. »Darf ich fragen, mit wem Sie telefoniert haben?«

Darf er nicht! Soweit ich weiß, sind Telefonate nach Dienstschluss erlaubt. Hey, falls Sie es noch nicht wussten, Ihre PJler dürfen nach Feierabend sogar allein ins Kino. Überhaupt, was fällt ihm ein, mich zu belauschen?! Nur weil er der Oberarzt ist, hat er doch kein Recht auf Informationen aus meiner Privatsphäre!

Natürlich sage ich das nicht. Ich erkläre nur, dass ich mit einem Freund telefoniert habe. Thalheim fragt, mit welchem

Freund. Ich finde, dass er langsam zu weit geht, und werde mutiger.

»Das war ein Privatgespräch!«, wage ich mich vor. Gib's ihm, Lena, wird Zeit, dass den mal jemand erzieht!

Dr. Thalheim weicht meinem Blick nicht aus. Seine Augen sind kühl. »Sie haben über Klinikinterna gesprochen. Und ich frage mich, mit wem.«

Klinikinterna?! Ich habe doch nur von Jennys Ärger … na gut und über Dr. Ross und den Laborchef und den Chefarzt geredet. Klar ist das intern, aber doch nicht geheim! Spielt sich Thalheim jetzt auf? Warum verunsichert er mich denn immer so?! Klinikinterna. Gibt es das?

»Also?«, wiederholt er. »Wer weiß jetzt so genau über Ihre Freundin und deren Benehmen Bescheid?«

Bleib cool, Lena, der soll sich nicht so aufspielen. »Ein Freund, der Jenny gut kennt«, sage ich, so herablassend ich kann. »Sie hat garantiert nichts dagegen.«

Dr. Thalheim zieht die Augenbrauen hoch. »Und Ihre Vorgesetzten kennt er auch so gut, dass es ihm zusteht, an ihren Erlebnissen Anteil zu nehmen?«

Ich werde pampig: »Er war immerhin mal Patient hier.«

Soll er doch wissen, dass aus mir und dem attraktiven Radfahrer etwas geworden ist. Vielleicht hört dieses autoritäre Gehabe dann auf? Ich weiß nicht, was du von mir erwartest – aber ICH warte nicht, bis du dich entscheidest, ob du mich leiden kannst oder für ein Schäfchen hältst!

Thalheim schnauft verächtlich. »Das SHT! Glückwunsch, Fräulein Weissenbach, da haben Sie ja einen richtigen Fang gemacht. Trotzdem verbiete ich, dass Sie Vorgänge aus der Klinik in die Welt posaunen, die dem Ansehen des Krankenhauses schaden können.« Damit will er gehen. Klar, das letzte Wort hat er immer gern.

Aber jetzt hat er mich wütend gemacht. Ich bin entschlossen, ihn nicht so davonkommen zu lassen – und nicht mehr ganz Herr meiner Worte. »Wissen Sie, Dr. Thalheim …«, sage ich cool.

»Wir haben eine Beziehung. Das ist okay, immerhin stehen wir nicht mehr in einem Arzt-Patienten-Verhältnis. Manuel hat an meinem Leben teil und ich erzähle ihm natürlich von meinem Berufsalltag. Es kann sogar vorkommen, dass er mich vom Dienst abholt. Nicht mal das können Sie verbieten. Also gewöhnen Sie sich dran.«

Danach muss ich erst mal tief ausatmen. Ruhig, Lena, sonst merkt er, dass deine Hände zittern. War das zu viel? Hast du ihn tödlich beleidigt? Lässt er dich durch das Probeexamen rasseln oder wird er einfach nur nie wieder mit dir sprechen? Und: Stimmt das wirklich, was du gerade behauptet hast? Dass Manuel ein Teil deines Leben sein soll? Davon war doch bisher nicht die Rede. Warum übertreibst du so, nur um den Oberarzt zu provozieren? Was, wenn du nach einer Woche merkst, dass du Manuel doch nicht so gerne magst?! Dann musst du ihn aus Prinzip behalten und immer zum Abholen bestellen, auch wenn du sein Gesicht nicht mehr sehen kannst – nur damit der Oberarzt nicht recht hat! Hallo? Ich denke, du bist schmetterlingsmäßig verliebt?! Wieso überlegst du schon, wann du Manuels Gesicht nicht mehr sehen kannst? Und, Moment, du befindest dich gerade mitten in einem Privatstreit mit deinem Oberarzt! Warum guckt der so spöttisch? Hat wieder die Gedankenstimme dein Kopfkarussell laut mitgesprochen?

Dr. Thalheim macht einen Schritt in Richtung Aufzug, dann dreht er sich noch mal um, langsam. »Schade, dass ich mich so getäuscht habe«, sagt er. »Das ist es also, was Sie hier tun: Sie machen sich ein schönes Leben. Die eine bringt aus Bequemlichkeit die Patienten in Gefahr, die andere bändelt mit ihnen an. Warum werden Sie nicht Kellnerin, da könnten Sie jede Menge Männer abschleppen.« Dann ist er verschwunden und ich stehe auf dem Flur wie vom Blitz getroffen.

Ich bin nicht mehr in der Lage, Frau Klein zu besuchen. Ich bekomme mich einfach nicht unter Kontrolle. Ich heule auf dem Weg zum Spind und muss mich zweimal verstecken, als mir jemand entgegenkommt. Ich heule noch auf dem Weg zur S-Bahn und halte mir ein Taschentuch vors Gesicht, als hätte ich Schnupfen. Ich heule sogar noch in der S-Bahn – zum Glück interessiert sich niemand dafür. Erst zu Hause, als ich mich in der leeren Wohnung auf mein Bett werfe, um mich endlich ganz meiner Wut und Enttäuschung hinzugeben, versiegen die Tränen. Klar. Aber auch wenn ich nicht mehr weinen muss, die Wut bleibt. Warum sagt er solche Gemeinheiten? Denkt er wirklich so über mich? Und wie habe ich das hervorgerufen? Sind meine eigenen Vorstellungen von mir im Grunde falsch? Bin ich so eine oberflächliche Tussi, wie er es mir unterstellt? Quatsch, Lena, lass dich doch nicht so niedermachen! Frag dich lieber, was mit Dr. Thalheim nicht stimmt! Warum wollte er mich so unbedingt verletzen? Und wie soll ich mich nun ihm gegenüber benehmen?

Die Wohnungstür klappt, jemand setzt sich an mein Bett. Jenny hat den Sportwagenfahrer sitzen lassen.

»Ich konnte ihn plötzlich nicht mehr sehen«, sagt sie.

Ich rappele mich auf, um sie zu umarmen. »Ist das Leben nicht mies?«, frage ich dumpf an ihrer Schulter.

»Es ist sogar richtig Scheiße«, antwortet Jenny. »Ich fliege garantiert raus. Aber warum heulst DU eigentlich?«

Ich wiederhole das Gespräch mit Thalheim – und es ist wundervoll, wie Jenny ausflippt. Sie wird sogar, falls das möglich ist, noch wütender als ich.

»Dieser selbstgefällige Idiot«, faucht sie. »Wenn er nicht zu seinen Gefühlen stehen kann, soll er sich doch einen Psychiater suchen!«

So drastisch habe ich noch nicht gedacht. Aber für Jenny steht natürlich fest, dass Dr. Thalheim nur deshalb so aggressiv reagiert hat, weil er in mich verliebt ist und mich unbewusst dafür bestrafen möchte, dass ich mich nicht auch in IHN verliebt habe. Ich weiß, dass das Quatsch ist. Aber auch als fadenscheinige Erklärung ist es doch Balsam auf meine gekränkte Seele.

»Weißt du, was wir jetzt machen?« Jenny zieht mich vom Bett hoch. »Wir fahren nach Kreuzberg zum Currykarl. Immerhin hast du mir den Ausflug versprochen. Und zur Strafe für die ganze Welt machen wir uns nicht mal hübsch!«

Hätten wir nicht wegen Kummers jedes Recht auf Exzentrik, würde ich es völlig übertrieben finden, für eine Currywurst eine halbstündige Busfahrt zu unternehmen. Jenny meint, das läge nur daran, dass ich Currykarl nicht kenne. Als wir aus dem Bus steigen, mitten in Kreuzberg, überkommt mich fast Urlaubsstimmung. Um uns herum bunte Läden, Cafés und Musik, fremde Sprachen, exotische Gerüche. Alte Herren mit runzligen, sonnengebräunten Gesichtern sitzen vor einer Teestube. Kichernd überholt uns eine Gruppe verschleierter Mädchen. Jenny lenkt mich um zwei Ecken, wir landen auf einem kleinen Platz. Der Currykarl ist ziemlich klein, eher eine Bude. Vor dem Imbiss steht eine lange Schlange und ich finde es ein bisschen idiotisch, dass wir uns auch anstellen. Überall riecht es köstlich nach ausgefallenen Leckereien und wir sollen Currywurst essen, für die wir auch noch anstehen müssen?!

Jenny lacht nur. Nach 10 Minuten trägt sie zwei überladene Pappschälchen aus dem Imbiss, ergattert einen der Stehtische an dem kleinen Platz und kredenzt mir die beste Currywurst meines Lebens. Ich nehme alles zurück und halte auch eine doppelt so lange Anreise für absolut gerechtfertigt. Nicht nur wegen des guten Essens, auch die Stimmung an dem Platz ist herrlich. Leute flanieren vorbei, ein paar Jungs liegen auf einem Rasenstück und kiffen ungeniert. Auf einer Bank sitzt ein Mädchen mit einer Gitarre und singt Lieder über ihre Oma und den Sommer in Berlin; manche sind sehr komisch, andere wunderbar melancholisch. Nach der zweiten Portion sind Jenny und ich pappsatt, aber ich kann mich noch nicht trennen. Der Currykarl verkauft Prosecco in Büchsen; belustigt verkosten wir das metallisch schmeckende Gebrizzel. Es stimmt zwar: Für ihre Verhältnisse ist Jenny heute unaufwendig gestylt – das heißt aber nicht, dass uns nicht mehrfach Begleitung und Abendgestaltung angeboten werden. Zu meiner Erleichterung schlägt Jenny alles aus und wir bleiben unter uns. Nach der zweiten Brizzeldose findet Jenny die Welt schon wieder rosiger. Jedenfalls was mich betrifft. Sie rät mir, die garstige Art des Oberarztes als verletzten Stolz zu verstehen und mich nicht darum zu kümmern.

»Oder magst du ihn«, fragt sie schelmisch, »und es spielt eine Rolle, ob er wirklich Liebeskummer hat oder aus anderen Motiven Streit sucht?«

Ich widerspreche, so schnell ich kann. Natürlich ist er ein attraktiver Mann, klug, aufopfernd und verständnisvoll – zumindest, was seine Patienten betrifft. Diese Abschwächung war wohl nicht genug; Jenny findet, dass meine Charakterisierung schon nach ziemlich übertriebener Wertschätzung klingt. Und, ja, bis zu seiner heutigen Gemeinheit hätte ich auch wenig auf Dr. Thalheim kommen lassen. Aber das ist nur Achtung, keine Schwärmerei. Und meine Gekränktheit ist verletzter Stolz und nicht enttäuschte Liebe! Und außerdem hab ich doch Manuel!! Mit Manuel kann ich Jenny von den irrigen Oberarztspekulationen abbringen.

»Mann«, seufzt sie, »jetzt seid ihr beide unter der Haube und ich bin ganz allein. Versprich mir, dass du mich nicht auch noch vernachlässigst. Ich bin deprimiert genug, wenn Isa dauernd bei ihrem Paul ist.«

Ach ja. Das Tom-Paul-Tom-Dilemma. Das ist heute definitiv zu viel für mich. Ich versichere Jenny nur, sie niemals zu vernachlässigen – und dass ich natürlich nichts dagegen habe, wenn sie Manuels Sportlerfreunde kennenlernt. Als Jenny zu gründlich über Isas mit der Verliebtheit einhergehende Veränderung plaudern möchte, spreche ich – eigentlich nur, um das Thema zu wechseln – noch einmal die verlorene Probe an. Was glaubt Jenny, was passiert? Hat sie wirklich keine Angst?

Jenny behauptet, vorerst funktioniere ihr Verdrängungsmechanismus recht gut. Ich glaube schon, dass sie sich ziemlich vor den Konsequenzen fürchtet. Aber Jenny schnipst den Verschluss der Brizzeldose über den Platz, lächelt mich schief an und sagt nur: »Auf jeden Fall gibt es erst mal keine Klamotten mehr von Mutti und Vati. Schade, was?«

Als wir nach Hause gehen, ist es noch nicht mal zehn. Ich bin etwas überrascht, dass Jenny meinem Vernunftvorschlag so bereitwillig zustimmt. Hat der heutige Tadel für Pflichtverletzung schon solch einen Sinneswandel hervorgerufen?

Isa ist zu Hause. Blass, aber sehr gerade sitzt sie in der Küche. Ich ahne Schreckliches. Wenn heute auch noch das Tom-Geständnis ansteht, kapituliere ich wirklich. Jenny verschwindet zum Glück im Bad, sodass ich eine Minute mit Isa allein habe. Ich nutze die Gnadenfrist, um inständig gegen eine Offenbarung zu protestieren. Doch meine Argumente laufen ins Leere. Dass der Tag doch schon ruiniert ist, empfindet Isa als Argument FÜR ein Geständnis, und dass Jenny grade andere Sorgen hat, bestärkt Isa auch nur; sie findet, dass Jenny »dann wenigstens Ehrlichkeit verdient hat«.

Mann, bis jetzt hatte Isa doch auch nicht das Bedürfnis, Jenny aufzuklären!

»Weißt du, was passiert, wenn du es ihr sagst?«, frage ich eindringlich.

Isa nickt. »Sie wird toben und mich hassen – und dann wird sie ihn mir wegschnappen«, sagt sie mit zitternder Stimme.

Punkt eins halte ich für absolut, Punkt drei für relativ wahrscheinlich. »Warum willst du es dann tun?«, frage ich beschwörend; mir läuft die Zeit davon. Ob ich mich hier einigermaßen korrekt oder ganz schändlich verhalte, spielt bei mir grade gar keine Rolle. Ich will nur keine weitere Katastrophe heute.

Isas Augen sind riesig. »Ich will es nicht sagen«, flüstert sie, »aber ich muss doch …«

Jenny muss jeden Moment aus dem Bad kommen. Mir muss etwas einfallen. Okay, Medizinertrick. Ich ziehe Isa in mein Zimmer.

»Du musst im Moment nur eines«, sage ich entschlossen. »Deine Patientenbetreuung hinkriegen und dein Probeexamen bestehen. All das bringst du in Gefahr, wenn du jetzt vorschnell handelst, klar?« Ich greife das dickste Buch von meinem Schreibtisch – Anatomie – und halte es Isa hin. »Hier, lies das!«

Isa starrt mich verwirrt an. »Lena, das Buch hab ich selber. Damit arbeite ich seit Jahren.«

Rigoros drücke ich ihr das Buch in die Hand. »Jetzt fängst du noch einmal von vorne an. Du liest jede Seite. Und wenn du hier bist …«, ich deute auf den allerletzten Satz auf der letzten Seite, »dann redest du mit Jenny über Tom.«

Das Anatomiebuch ist ein richtiger Schinken, mehrere Kilo schwer und die Schrift ist winzig klein. Es könnte die Ruhe vor dem Sturm auf mindestens drei Wochen ausdehnen. In unser aller Interesse.

»Meinst du wirklich?«, fragt Isa. In diesem Moment kommt Jenny aus dem Bad und sieht aus wie ein Model. Aufgemotzt nach allen Regeln der Kunst. Wunderschön. Isa und mir bleibt der Mund offen stehen, eine so perfekte Vorführung von Jennys Stylingkünsten haben wir noch nicht gesehen. Auf die Frage, wo sie in diesem Wahnsinnsaufzug hingeht, lächelt Jenny. »Ich geh mich vom Tagesfrust befreien.« Unsere Begleitung wünscht sie nicht. Aha. Ein Mann.

»Beim Currykarl ist mir eingefallen, wie ich mich perfekt trösten kann.«

Alles klar. Ahnte ich doch, dass sie nicht so zeitig heimgeht, um zu Hause zu bleiben.

Jenny deutet schmunzelnd auf das Anatomiebuch in Isas Arm. »Lernt nicht mehr so viel, Mädels!«

Mann, wenn du wüsstest, was dieses Anatomiebuch uns allen ersparen könnte …

»Und wartet nicht auf mich«, grinst sie. »Ich brauch heut ziemlich viel Bestätigung, das dauert vielleicht eine Weile.« Sie wirft uns ein Küsschen zu und flattert aus der Wohnung.

Ich lasse mich auf mein Bett fallen und bleibe liegen wie eine geschlagene Eiche. Wenigstens das Tom-Problem wäre für heute vertagt. Isa sinkt auf meinen Schreibtischstuhl und wiegt das schwere Buch in ihrer Hand. »Meinst du echt, ich soll so lange warten?«

»Vertrau mir«, sage ich.

Endlich nickt Isa. »Wer hätte gedacht, dass ich mal so was mache …«, sagt sie, setzt sich zu mir … und dann geht es los.

Offenbar hat das Geheimnis sie schwer belastet. Sie erzählt wie ein Wasserfall. Tom ist der Beste, der Klügste, der Netteste. Es stimmt, sie haben sich schon angefreundet, als er unsere Wohnung zusammengebaut hat. Isa kann nicht fassen, dass ein Typ, der Frauen von Jennys Kaliber zur Freundin haben könnte, sich ausgerechnet für sie interessiert. Ich denke bei mir, dass Tom sich nach der Beziehung mit Jenny vielleicht genau so eine wie Isa zur Freundin gewünscht hat. Jedenfalls scheint er nicht Jennys wegen immer wieder hier aufgekreuzt zu sein. Der kleine Teufel in meinem Großhirn findet das ziemlich amüsant und ich leiste im Nachhinein Abbitte, weil ich so oft die aussichtslosen Bemühungen des »armen« Tom belächelt habe. Isa verbraucht noch eine Menge adelnder Adjektive. Ich kann nicht die ganze Lobeshymne nachvollziehen … aber irgendwie steckt es an. Bald erweitern wir die Schwärmerei auf Manuel und plötzlich sonnen wir uns beide ein wenig darin, von unseren Freunden zu reden. Wie schön es ist, jemanden zu haben.

Isa drückt meine Hand. »Ist es nicht toll, dass wir BEIDE verliebt sind?«

Mir kommt meine Zuneigung zu Manuel ein wenig – nun ja – erwachsener vor als ihre Begeisterung für Tom, aber recht hat sie trotzdem.

»Nur was machen wir mit der armen Jenny?«, fragt Isa. Verrückt, wie sich die Zeiten ändern, was? Jetzt ist es plötzlich die arme Jenny …

Die »arme Jenny« ist es, die in diesem Moment in mein Zimmer platzt. Sie sieht noch immer wunderschön aus. Und sie ist rasend vor Wut. Mit einer furiosen Geste schleudert sie eine Jacke auf das Bett, der entsetzten Isa vor die Füße. Das Jäckchen aus dem Kleiderpaket ihrer Mutter. Das Schnappatmungs-Jäckchen. Das sie Isa geschenkt hat.

Was folgt, ist entsetzlich. Jenny ist unfassbar zornig und zu Tode beleidigt. Ich weiß nicht, ob es nur darum geht, dass ein eher unscheinbares Mädchen wie Isa den Vorzug vor ihr bekommen hat. Geht es um den Verrat? Oder hat sie sich darauf verlassen, jederzeit zu Tom zurückkehren zu können? Wie dem auch sei, Jenny ist außer sich. Ich kann mir nur zusammenreimen, dass sie zu ihrer Bestätigungs-Entschädigung Tom ausersehen hatte und in seine Wohnung gefahren ist. Er hat Jenny hereingelassen, aber »unverschämt abweisend« behandelt – und dann hat sie das Jäckchen auf seiner Couch gefunden.

»Unverschämt abweisend« könnte Isa glücklich machen, denn es bedeutet, dass Tom der Versuchung vorbildlich widerstanden hat. Aber es wird eine Weile dauern, bis Isa das zu Bewusstsein kommt. Im Moment ist sie in Tränen aufgelöst. Jenny macht ihr die schlimmsten Vorwürfe. Das Wort »Verrat« ist inzwischen mehrfach gefallen. Isa zittert wie eine nasse Katze. Ich fange mir eine eigene Portion von Jennys Wut ein, weil ich es wage, vorzubringen, dass Jenny selbst Tom in die Wüste geschickt und getönt hat, den Langweiler nicht mehr ertragen zu können.

»Das ist doch scheißegal!«, brüllt Jenny. »Es ist MEIN Langweiler!«

An diesem Punkt reicht es mir. Ich werfe sie aus meinem Zimmer. Und zwar nicht nur Jenny, die in einem jähzornigen Rundumschlag kundtut, sie werde uns allen kündigen, sondern auch Isa. Ich kann einfach niemanden mehr ertragen heute. Es tut mir leid. Ich weiß, Jenny ist angefressen vom Klinikstress und hat überreagiert. Ich weiß, Isa ist jetzt verzweifelt und macht sich wahrscheinlich entsetzliche Vorhaltungen. Aber ich kann nicht mehr …

Jennys Tür knallt. Isa heult. Ich hasse die Welt. Aber so herzlos kann ich nicht mal nach drei Nächten Schlafentzug und einer Wüstenwanderung sein. Ich raffe mich noch einmal auf und gehe nach nebenan. Isa liegt auf dem Bett und heult. Auf meinem Anatomiebuch. Oh, Mann. Ich setze mich zu ihr. Was soll man sagen? Isa ist aufgelöst.

»So bin ich doch nicht!«, schluchzt sie. »Ich bin doch keine, die ihren Freundinnen berechnend die Verehrer ausspannt!«

»Erklär ihr das«, sage ich müde. »Aber morgen.«

Auf dem Weg ins Bett klopfe ich der Gerechtigkeit halber auch bei Jenny. Sie lehnt am Fenster, raucht eine Zigarette und pustet schnaubend den Rauch in die Nacht. Sie sieht mich müde an, als ich in der Tür stehen bleibe.

»Lass mich lieber in Ruhe«, sagt sie leise. »Ich bin schrecklich ungerecht, wenn ich sauer bin.«

Nicht dass ich das nicht schon erfahren hätte. Ich nicke ihr zu. Und will nur noch ins Bett. Was für ein langer, bescheuerter Tag. Eine Katastrophe nach der anderen.

Ich wollte vorsichtiger sein mit dem Wort Katastrophe. Der Anruf kommt nachts um eins, da bin ich gerade eingeschlafen.

»Ich dachte, weil es doch ein bisschen auch Ihre Patientin ist …«, sagt eine leise Stimme. Ich weiß erst gar nicht, wer in der Leitung ist, mitten in der Nacht. Dann erkenne ich sie. Schwester Hanna. Intensivstation. Frau Klein ist ins Koma gefallen. Die wahren Katastrophen erwischen dich kalt.

27

Diese Nacht ist die längste meines Lebens. 20 Minuten nach dem Anruf von Schwester Hanna bin ich in der Klinik. Ich habe niemandem Bescheid gesagt. Ich bekomme nichts mit von der Taxifahrt und komme erst wieder zu mir, als ich an Frau Kleins Bett stehe. Es ist ruhig hier. Die notwendigen Maßnahmen sind eingeleitet worden, alle Geräte laufen. Der diensthabende Arzt hat sich kurz hingelegt; das war der dritte Notfall heute Nacht, wer weiß, wann der nächste Alarm kommt. Nur Schwester Hanna ist wach, sie lächelt erschöpft und traurig.

»Soll ich Ihnen einen bequemeren Stuhl bringen?«

Ich schüttle den Kopf. Schwester Hanna geht. Ich weiß gar nicht, was ich hier tue. Ich kann nichts ausrichten. Frau Klein weiß nicht mal, dass jemand da ist. Ihr Gesicht ist eingefallen, hundert Jahre alt. Reglos. Ich sitze neben Frau Kleins Bett und kann mich nicht rühren. Ich weiß, wie es ausgehen wird. Sie wird es nicht schaffen. Sie kann es nicht schaffen. Nur wenige wachen wieder auf. In ihrem Alter ist es eher unwahrscheinlich. Ich muss mich darauf einstellen. Sie stirbt.

Es ist zwei Uhr. Die Station liegt still. Ich denke darüber nach, was ich von Frau Klein weiß. Ich sage mir in Gedanken alles vor, als könnte ich sie damit noch eine Weile bei mir halten. Das abgezehrte Gesicht in den weißen Kissen war das eines staunenden Kindes, eines verliebten Mädchens, einer energischen Lehrerin. Ich kann mir vorstellen, wie sie lächelte, als sie aus dem Zimmer schlich, in das ihre Schüler sie einsperren wollten. Ein verschmitztes zufriedenes Lächeln – wie als sie mir den Rat gab, mit Isa zum Rummel zu fahren. Sie hat Katzen zu Hause, hat sie gesagt. Wer sich wohl darum kümmert?

Die Geräte summen leise. Es wird drei. Draußen ist es ruhig. Keine weiteren Notfälle heute Nacht. Ich denke darüber nach, wie es sein wird, wenn Frau Klein nicht mehr da ist. Ich weiß nicht, wie ich das aushalten soll. Wir kennen uns nur flüchtig. Sie war nicht mal meine Patientin. Nur eine Omi, die ich mochte, die mich mochte. Wie wird es sein, wenn es dein Patient ist? Wenn du einen Fehler gemacht hast? Oder einfach nichts mehr tun kannst? Frau Klein ist 72. Wie wird es sein, wenn es ein Kind ist? Jeden Tag sterben Menschen. Ich sitze am Bett einer alten Frau, die ich erst wenige Wochen kenne. Ich kann es nicht ertragen, sie gehen lassen zu müssen.

Es ist fast vier. Ich will nicht mehr Ärztin werden. Ich wusste nicht, dass es SO sein würde. Sicher und überheblich habe ich diagnostiziert. Ich wusste alles. Aber ich hatte keine Ahnung, wie es sich anfühlt. Ich glaube nicht, dass ich es kann. Ich werde es nicht aushalten.

Irgendwann stehe ich auf und verlasse das Zimmer. Ich kann nicht mehr. Langsam gehe ich den Gang hinunter. Irgendwo muss hier ein Aufenthaltsraum sein, in dem es Kaffee gibt. Ich will keinen Kaffee. Ich möchte nur irgendwohin gehen. Und meinen Kopf beschäftigen. In knapp drei Stunden beginnt meine Schicht. Ich könnte nach Hause fahren und duschen. Schlafen kann ich wohl nicht.

Im Aufenthaltsraum sitzt eine Frau. Sie trägt einen Arztkittel, pustet in eine Kaffeetasse und nickt mir stumm zu. Ich habe sie noch nie gesehen. Ihre Haare sind dunkel, ihre Haut gebräunt. Vielleicht wirkt sie deshalb so warm, trotz des kalten Neonlichts.

»Sind Sie die diensthabende Ärztin?«, frage ich leise.

Sie schüttelt den Kopf. »Ich bin nur hier, um auf jemanden aufzupassen.«

»Ich auch«, sage ich. Dann weiß ich nichts mehr.

Die Ärztin deutet mit einem Nicken auf die blassweiße Sitzgarnitur. Ich setze mich zu ihr. Sie gibt mir einen Kaffeebecher in die Hand. Wir schweigen. Auf dem Schild an ihrem Kittel steht »Dr. Al-Sayed«. Ich habe sie noch nie gesehen. Al-Sayed heißt der Leiter der Gynäkologie, irgendwie hatte ich mir hinter diesem Namen immer einen Mann vorgestellt.

Vielleicht ist schon eine Viertelstunde vergangen, bevor Dr. Al-Sayed zu sprechen beginnt.

»Eine Patientin von mir liegt hier. Verkehrsunfall. Achter Monat. Wir haben das Kind geholt.« Dr. Al-Sayed spricht ganz beherrscht. Leise. Die Hand, die den Kaffeebecher hält, ist ruhig.

»Was ist mit dem Kind?«, frage ich starr.

Dr. Al-Sayed lächelt fast unmerklich. »Ein ganz kleines Würmchen. Aber ich glaube, er schafft es.« Und die Mutter? »Ich kann im Moment nichts weiter unternehmen«, sagt Dr. Al-Sayed. »Aber ich will hier sein, wenn sich etwas tut.«

Ich nicke. Dr. Al-Sayed lächelt mich an. »Komisch, oder? Man schlägt sich hier die Nächte um die Ohren, weil man immer noch insgeheim glaubt, es ginge besser, wenn man in der Nähe bleibt …«

Ich sehe sie an. »Ich kann das nicht.«

Als ich einmal angefangen habe, kann ich nicht mehr aufhören. Und irgendwie ist es ganz leicht, der fremden Ärztin alles zu erzählen. Sie hört zu, nippt an ihrem Kaffee, schweigt, bis ich aufhöre zu reden. Dann ist es still. Ich weiß nicht, ob ich zu viel gesagt habe. Es ist mir egal. Dr. Al-Sayed sieht aus dem Fenster. Es dauert lange, bis sie antwortet. Ihre Stimme ist warm, aber ihr Tonfall ist eigentlich nicht mitfühlend, eher sachlich.

»Man muss es aushalten können«, sagt sie. »Du wirst schreckliche Dinge erleben und die Hilflosigkeit ist das Schlimmste. Aber es ist feige, sich zu fragen, ob man es aushalten kann. Du musst dich fragen, ob du es aushalten könntest, nichts zu tun.«

Ich weiß nichts zu erwidern. Auch Dr. Al-Sayed sagt nichts mehr. Wir sitzen schweigend nebeneinander, bis es draußen hell wird. Dann nickt sie mir zu und geht. Die längste Nacht meines Lebens endet mit einem rotgleißenden Sonnenaufgang.

28

Ich überstehe den Dienstag. Das ist vielleicht das Wichtigste. Ich bin gar nicht so müde, nicht körperlich erschöpft. Ich fühle mich eher wie in Watte. Als ich morgens auf die Innere hinübergehe, ist alles noch ganz still. Die Nachtschicht hat gleich Feierabend. Schwester Klara ist schon da, verabschiedet die Nachtschwester mit einem Küsschen. Sie lächelt mir zu. Komisch, ich lächle dankbar zurück, obwohl wir doch eigentlich Feinde sind.

In der Cafeteria riecht es nach Kaffee. Ruben ist schon da. Ich lehne mich an seinen Tresen, er schiebt mir einen Kaffee hin.

»ITS?«, fragt er leise.

Ich nicke. Wie gut, dass er immer schon alles weiß. Ruben bereitet das Frühstück vor, bestückt den Glastresen und kocht nebenbei die Kartoffeln für das Mittagessen. Seine Bewegungen sind ruhig und wirken langsam, dabei tut er so viele Dinge gleichzeitig. Zwischendurch legt er mir Kleinigkeiten auf einen Teller, ein Stückchen Kuchen, eine halbe Mandarine, eine Scheibe Schinken. Ich esse geistesabwesend.

»Sag mal«, frage ich irgendwann, »wer ist diese Dr. Al-Sayed eigentlich?«

Ruben hält inne. »Das ist die Millionenfrage, Schatz. Das weiß nicht mal ich.«

Ich verstehe nicht. Ruben zuckt mit den Schultern. »Man weiß, dass sie in Syrien geboren ist, in ganz Europa gelebt hat und sechs Sprachen spricht. Aber das ist alles.« Er nippt an seinem Kaffee, dann schmunzelt er. »Oder willst du auch den Klatsch hören?«

Ich nicke. Ruben lächelt geheimnisvoll. »Angeblich hat sie nicht nur die ganze Welt bereist, sondern auch haarsträubende Abenteuer erlebt. Es heißt, sie hat bei den Aborigines gelebt, ist mal in Palästina entführt worden und hat angeblich in Sumatra eigenhändig einen Tiger erlegt, dessen Fell bei ihr vor dem Kamin liegen soll.«

Ich bin sprachlos. Aber auch ungläubig. Ruben zuckt die Schultern. »Man weiß nicht, was davon wahr ist. Aber zutrauen würde ich ihr fast alles. Sie ist absolut kaltblütig. Und lässt sich von niemandem etwas sagen.«

Ich erzähle von meiner Begegnung mit Dr. Al-Sayed. Ruben lächelt. »Glückskind. Normalerweise spricht sie nur das Nötigste.«

Den Vormittag über funktioniere ich einfach nur. Ich gehe meine Runde, nehme zwei Patienten auf, eine Nephritis und eine Anämie. Für beide brauche ich zwar mehr als 30 Minuten, aber keine Stunde mehr. Dr. Ross, der ich morgens kurz auf dem Flur begegne, nickt mir zu. »Wird schon.« Ich bin ganz unverhältnismäßig dankbar. »Manche wachen ja wieder auf«, hängt sie an und lächelt. Ich werde mich nie an ihren Humor gewöhnen, aber heute rege ich mich jedenfalls nicht mehr darüber auf. Ich bin in einer seltsam abgeklärten Stimmung. Ungerührt.

Meine Mitbewohnerinnen habe ich heute noch nicht gesehen. Ich bin ihnen wohl auch aus dem Weg gegangen. Isa findet mich kurz vor der Pause, sagt, dass sie mich überall gesucht hat.

»Es tut mir so leid«, flüstert sie. Sie hat mir einen Pullover mitgebracht und fragt, ob ich wenigstens zum Essen komme. Beim Mittagessen sitzen wir uns still gegenüber. Auch Jenny ist da, schweigt ebenfalls. Ich fühle mich einsam. Vielleicht liegt das an dem Streit. Man kann plötzlich nicht mehr so unbefangen drauflosreden. Aber vielleicht wüsste ich auch sonst nicht, wie ich über die letzte Nacht sprechen sollte. Jenny isst nichts. Ich frage, ob schon etwas entschieden ist. Sie zuckt die Achseln.

»Was wird denn jetzt aus ihr?«, fragt in dem Moment auch die kleine Tanja am Schwesterntisch.

Schwester Klaras Stimme ist durchdringend. »Dr. Kreuz ist unglaublich wütend. Wahrscheinlich wird sie rausgeworfen.«

Jennys Schultern fallen noch ein bisschen mehr ein. Aber sie erwidert nichts. Irgendwann stehe ich einfach auf und verlasse die Cafeteria.

Bei der Visite bin ich routiniert. Ich erkläre Herrn Schwendler, meiner Virusmyokarditis, die Laborwerte und die Medikation. Per Langzeit-EKG wird sein Herz überwacht. Es sieht aus, als könne er alles gut überstehen, wenn er sich absolut schont. Schwendler ist so ein korrekter Typ, den werde ich sicher nicht bewachen müssen, damit er nicht heimlich aufsteht. Ich wollte Manuel gestern noch anrufen. Vergessen. Die Visite geht weiter. Ich bin immer noch nicht müde.

Bei Jennys Patientin Paula Schwab führt Dr. Ross die Visite durch. Niemand fragt nach, offenbar wissen alle schon Bescheid. Jenny steht daneben, sagt gar nichts. Nicht einmal, als Dr. Ross eine Frage in die Runde stellt, die Jenny als Paulas betreuende PJlerin garantiert beantworten könnte. Es bleibt kurz still, als erwarteten alle, dass Jenny antwortet. Sie tut es nicht. Dr. Ross fordert schließlich Marie-Luise auf. Die tut es. Ich habe Mitleid mit Jenny. Trotz aller Tricks, mit denen sie sich das PJ erleichtert hat, hatte ich immer das Gefühl, dass sie das hier gerne macht. Das sie wirklich gern als Ärztin arbeiten möchte. Vielleicht sollte ich mit ihr tauschen.

Zum Feierabend beschließe ich, nicht nach Hause zu gehen. Was soll ich da? Ich will nicht wieder die Nacht auf der Intensivstation verbringen. Aber ich will noch ein wenig bei Frau Klein sein. Jenny hält mich auf dem Gang auf, sie ist auf dem Heimweg und möchte mich mitnehmen. Als sie hört, dass ich noch zu Frau Klein will, fragt sie, ob sie mitgehen kann. Erst bin ich gerührt. Dann sagt sie »Nur wir beide«. Ich schüttle den Kopf und behaupte, ich würde nur ganz kurz vorbeigehen. Warum schaffe ich es nicht, zu sagen, dass ich mich nicht zwischen Jenny und Isa entscheiden möchte? Dass ich am liebsten erst nach Hause zurückkommen würde, wenn die Sache zwischen ihnen ausgestanden ist … Jenny geht, ich weiß nicht, ob sie ein wenig beleidigt ist – und es kümmert mich gar nicht so sehr.

Auf der ITS kommt Schwester Hanna gerade zum Dienst; sie hat die ganze Woche Nachtschicht und freut sich, mich zu sehen. Gemeinsam schauen wir die Tagesberichte durch. Bei Frau Klein keine Veränderung. Dafür sticht mir etwas anderes ins Auge. Ein Patient hat den Vermerk »ex«. Dahinter steht »09:25«. Hanna atmet tief durch, als sie es entdeckt, ihr Mund zittert, dann weint sie. Einfach so, lautlos. Ich denke nach. Um 9 Uhr 25 habe ich gerade den Patienten mit der Anämie aufgenommen. Niemand hat den Atem angehalten. Eine Station weiter habe ich nichts davon gespürt, dass hier ein Leben zu Ende ging. Schwester Hanna wischt sich die Augen und sagt: »An solchen Tagen denke ich immer, ich schaff es nicht.« Sie lächelt entschuldigend. Ich kann nicht anders, ich muss sie kurz in den Arm nehmen. Ich bin nicht wie die kaltblütige Dr. Ross, der gelassene Dr. Thalheim. Ich umarme die kleine Schwester Hanna, weil sie noch so zartbesaitet fühlt wie ich und weil ich sonst auch heulen muss.

In Frau Kleins Zimmer merke ich schnell, dass ich es nur schwer aushalte, schon wieder hier zu sitzen. Ich möchte etwas tun. Mich nicht schon wieder dem Gedankenkarrussel ausliefern. Hoffentlich war es nicht Dr. Al-Sayeds Patientin, die gestorben ist. Der Gedanke an ihr Kind lässt mich heulen. Ich sitze an Frau Kleins Bett und der Schmerz der ganzen Welt drückt in das nüchterne ITS-Zimmer.

Im Film würde mir jetzt die rettende Lösung einfallen. Einfach so. Die lebensrettende Idee, auf die keiner der gestandenen Ärzte gekommen ist. Im Leben gibt es das nicht. Hier wird nichts wieder gut, bloß weil es gerecht wäre. Da bleibt manchmal nur heulen.

Die Tür öffnet sich. Ich könnte nur wenige Menschen nennen, die ich jetzt gerne bei mir gehabt hätte – aber einen, den ich auf keinen Fall sehen möchte. Dr. Thalheim. Er kommt herein, tritt an Frau Kleins Bett, überprüft die Geräte. Er sagt nichts. Ich wische mir die Tränen vom Gesicht. Dr. Thalheim bleibt neben mir stehen.

»Wollen Sie mir sagen, warum Sie weinen?«

Völlig klar, was habe ich von einem so gefühllosen Klotz erwartet. Ich schäme mich nicht. Es ist normal, dass man heulen muss. Ich weine über eine Mutter, die vielleicht gestorben ist. Dass ich es nicht genau weiß, ändert nichts. Ich weine darüber, dass es passiert. Dass Mütter sterben. Aber ich bringe es nicht über mich, das zu sagen. Wahrscheinlich würde ich dann noch mehr losheulen. Ich sage etwas anderes, das auch stimmt. »Ich bin nur müde.«

Dr. Thalheim nickt. Er bleibt stehen. Warum geht er nicht einfach wieder raus? »Ich möchte nicht, dass Sie schon wieder hier übernachten«, sagt er schließlich. »Irgendwann wird das sicher nötig sein, jetzt ist es das nicht.« Er klingt entschlossen. Was geht ihn das an? Ich sehe nicht mal auf. Dr. Thalheim berührt meinen Arm. Plötzlich ist seine Stimme sanft. »Sie müssen sich ausruhen. Morgen ist Ihre Fallvorstellung, die dürfen Sie nicht verderben. Ich lasse Sie informieren, wenn sich was tut.«

Ganz langsam dringt das zu meinem Gehirn durch. Es stimmt, morgen bin ich mit der Fallvorstellung dran. Ich habe noch nichts dafür getan. Nur deshalb stehe ich auf. Auf dem Gang ist Dr. Thalheim wieder neben mir. »Kommen Sie, ich bringe Sie nach Hause.«

Vor einer Woche noch hätte ich alles darum gegeben. Heute sitze ich neben dem Oberarzt im Auto; er schaltet das Radio ein, er fragt, wo ich wohne, er ist nur wenige Zentimeter entfernt – und ich bin vollkommen gleichgültig. Wir fahren schweigend. Ich bin so müde, dass ich mich sehr konzentrieren muss, wenn ich nicht hier auf Dr. Thalheims Beifahrersitz einschlafen will. Irgendwann, vor unendlich langer Zeit, hätte ich diese Idee perfekt gefunden und mich vielleicht sogar getraut. Heute sitze ich sehr gerade, damit mir nicht die Augen zufallen. Dr. Thalheim bremst vor unserem Haus. Ich öffne die Tür, als er die Hand ausstreckt und mich am Arm berührt. Er sieht mich an, seine Augen sind dunkel. »Es tut mir leid«, sagt er. Dann steige ich aus. Ich weiß nicht, was er gemeint hat.

Ich verbringe den Abend mit der Fallbesprechung. Die Müdigkeit macht eine konzentrierte Vorbereitung schwer, immer wieder schlafe ich über meinen Notizen ein. Mehrfach weckt mich das Telefon aus dem Sekundenschlaf. Es klingelt immer wieder. Ist denn sonst niemand da?! Irgendwann stehe ich genervt auf und nehme ab. Es ist Tom. Er möchte Isa sprechen. Er ruft schon den ganzen Abend an.

»Sie ist nicht da«, sage ich müde.

»Doch«, antwortet Tom, »sie ist zu Hause. Sie will mich nur nicht sprechen.«

Ich lege den Hörer hin und öffne Isas Tür. Sie ist da. Sie sitzt auf dem Bett. Einfach nur so.

»Tom ist am Telefon«, sage ich müde.

Isa schüttelt den Kopf. Ich denke einen Moment darüber nach, einfach wieder in mein Zimmer zu gehen und den Hörer neben dem Telefon liegenzulassen. Aber nur einen Moment. Dann gehe ich zurück und sage Tom, dass Isa ihn nicht sprechen will. Und dass es nichts nutzt, einfach immer weiter anzurufen.

Mitten in der Nacht werde ich wach. Das Gedankenkarussell. Noch vor einer Woche war ich glücklich und ganz euphorisch über mein neues Leben. Plötzlich ist alles wie eingefroren. Vielleicht sollte ich am Wochenende mal nach Hause fahren. Ich habe Manuel nicht angerufen. Morgen. Aber erst einmal muss ich den Mittwoch überstehen.

29

Am Morgen ist mein Kopf schwer, als hätte ich seit Tagen nicht geschlafen. Unser Frühstück ist jämmerlich trist; wortlos gehen wir mit unseren Kaffeetassen aneinander vorbei, niemand setzt sich. Es tut mir weh zu sehen, wie Isa und Jenny einander ausweichen, kein Blick zwischen ihnen. Auf der S-Bahnfahrt sehe ich aus dem Fenster. Warum regnet es nie, wenn man sich danach fühlt? Aber die Morgen werden schon diesig, bald kommt der Herbst.

Als wir vor dem Aufzug warten, um in die Innere hinaufzufahren, sagt Isa endlich den ersten Satz des Tages. »Ich treffe ihn nicht mehr.« Nur das. Sie schaut zu Boden dabei.

Ich warte, sehe Jenny an. Jenny macht kehrt und nimmt die Treppe nach oben. Wie soll ich das nur aushalten? »Das wird schon wieder«, sage ich hilflos zu Isa. »Lass ihr Zeit!«

Isa sieht mich nicht an. »Ich treffe ihn nicht mehr«, wiederholt sie leise.

Nichts kann heute meine Stimmung heben. Und die Tage, an denen das nicht aus gestiegenem Aufmerksamkeitsbedürfnis vorgetäuscht, sondern wirklich wahr ist, sind gemeinerweise die, an denen Dinge passieren, für die man sich sonst ein Bein ausreißen würde. Zum Beispiel, dass einen der Oberarzt beim Mittagessen anspricht. In der Cafeteria. Vor allen Leuten. Und zwar nicht, um eine Anordnung zu treffen und nicht, um das Salz auszuborgen. Sondern aus purer Freundlichkeit.

»Wie geht es Ihnen?«, fragt er.

Gut. Du hast mich heimgefahren und nimmst mich wahr. Ich könnte mich endlich dort angekommen fühlen, wo ich die ganze Zeit hinwollte. Schlecht. Denn dort ist plötzlich überhaupt nichts mehr so, wie ich es mir vorgestellt habe. Oder kenne. Oder ertragen kann. Ich nicke also nur.

»Ist Ihre Fallbesprechung fertig?«, fragt er.

Ich nicke wieder. Super Unterhaltung. Was hast du dir nicht alles erträumt, wie klug und verständig du den Oberarzt beplaudern wolltest, sobald sich die Gelegenheit ergibt?! Und jetzt ist an Beeindrucken nicht zu denken. Und, noch schlimmer, es ist mir gerade ganz egal.

»Sie haben auf der ITS jederzeit Zutritt«, sagt er etwas leiser. »Ich habe Bescheid gesagt, dass Sie die Patientenakte einsehen können.«

Ich weiß im Moment nicht, wofür das gut sein soll. Aber ich bedanke mich.

Dr. Thalheim lächelt. »Viel Glück für heute Nachmittag.« Dann geht er.

Ich sehe ihm gedankenverloren nach ... und bemerke endlich die Blicke der anderen PJler. Sie sagen ganz deutlich, dass noch niemals, niemals ein Oberarzt an ihrem Mittagstisch stehen blieb, um sich nach ihrem Befinden zu erkundigen. Dr. Thalheim hat mich eben vor allen geadelt. Und ich kann es gerade überhaupt nicht schätzen.

»Wer holt die Berichte aus dem Labor?«, fragt Dr. Thalheim Schwester Klara.

Die lächelt geziert. »Tanja. Sie ist sehr zuverlässig.«

Die Information kommt erst zehn Sekunden später an. Doch dann begegne ich Isas Blick und sehe, dass sie dasselbe denkt. Wenn Tanja ins Labor gegangen ist – wo ist dann Jenny? Isa sieht mich traurig an. »Es ist besser, du suchst sie allein, stimmt's?« Ja. Natürlich.

Ich muss nicht lange suchen. Meine Erfahrung führt mich zielsicher zu unserem Rückzugswaschraum. Dort sitzt Jenny im offenen Fenster und raucht. Ich trete neben sie und weiß nichts zu sagen. In der Ferne sieht man die Hochhäuser am Potsdamer Platz.

»Alles Scheiße«, sagt Jenny. Darauf kann man nichts erwidern. Also bleiben wir eine Weile still und Jenny pustet den Rauch über die Stadt.

»Was wird denn jetzt aus dir?«, frage ich endlich.

Jenny zuckt die Achseln. »Ich warte, ob mir vom Rauchen so schwindlig wird, dass ich hier rausfalle.«

Instinktiv halte ich ihren Arm fest. Jenny verzieht ihr Gesicht zu einem halben, zynischen Lächeln. »Keine Angst, den Gefallen tue ich ihnen nicht.« Jenny schnippst die Zigarette nach draußen. »Ich bin vorerst ›freigestellt‹. Nicht suspendiert, nur kaltgestellt. Ich hab Anwesenheitspflicht, aber nichts zu tun. Morgen entscheidet der hohe Rat über mein Schicksal.« Der spöttische Tonfall gelingt ihr nicht ganz. Sie tut mir furchtbar leid. Ist überhaupt schon mal jemand rausgeworfen worden? Kann man sich dann noch einmal bewerben? Wann?

»Weiß dein Vater Bescheid?«, frage ich schließlich.

»Sicher«, sagt sie reglos.

»Kann er nichts tun?«

Jenny schnaubt. »Den brauche ich nicht anzurufen.«

Bei der Visite ist Jenny wieder dabei. Doch sie geht nur mit und nimmt demonstrativ nicht teil. Sie ist bockig und ablehnend gegen uns alle. Als Paul ihr die Tür aufhält, bleibt sie stehen, bis er endlich doch vorangeht. Als Dr. Ross ihr eine Frage stellt, zuckt sie nur die Schultern. Wen bestraft sie hier? Glaubt sie, dass diese Trotzköpfchen-Tour der richtige Weg ist?! Paula Schwab ist wieder unsere letzte Station. Dr. Ross verliert kein Wort darüber, dass nicht mehr Jenny Frau Schwabs Visite hält. Paula Schwab sieht zur Wand; sie ist wieder so abweisend wie zu Anfang. Dr. Ross erklärt die Gastrektomie, der Tumor soll operativ entfernt werden. Vorher aber soll sich Paula Schwab einer Chemotherapie unterziehen, die die Tumormasse verkleinern soll. Paula Schwab nimmt das mit unbewegtem Gesicht entgegen. Jenny steht an der Tür, auch sie reagiert nicht.

Nach der Visite gehen wir anderen wieder an unsere Aufgaben. Jenny hat nichts zu tun.

»Was machst du jetzt bis zur Fallbesprechung?«, frage ich und meine es gut.

»Nichts«, fährt sie mich an. »Hau ab!«

Gut, das tue ich. Bei allem Verständnis. Aber als ich mich noch mal umdrehe – eigentlich, weil ich hoffe, dass Jenny ihre Grobheit bereut – sehe ich, wie sie in Paula Schwabs Zimmer verschwindet.

Der miese Tag hat auf jeden Fall einen Vorteil: Ich habe keine Angst vor der Fallbesprechung entwickeln können. Ich bin erst zehn Minuten vorher im Schulungsraum und wiederhole erst jetzt noch einmal im Kopf meinen Vortrag. Normalerweise hätte ich ihn mir in den letzten 24 Stunden tausendmal vorgesagt. Nun muss es so gehen. Leitsymptom, Krankengeschichte, Untersuchung. Weitere Diagnostik, Diagnose, Therapie, Verlauf. Es wird schon klappen. Als die anderen kommen, schiebe ich meine Zettel zusammen, mein Kopf ist leer. Ich gerate nur einmal ins Stocken. Ich bin überrascht, dass ich so schnell am Ende bin, aber als ich zur Uhr sehe, ist die halbe Stunde schon um. Es gibt nur wenige Fragen, ich kann sie beantworten, Dr. Ross nickt. Nach einer Stunde verlasse ich den Raum, als wäre ich nur Zuhörerin gewesen. Erst als Isa sagt: »Und ich habe das alles noch vor mir!«, wird mir bewusst, dass ich es geschafft habe.

»Gut gemacht«, sagt auch Jenny. Plötzlich gehen wir drei wieder nebeneinander.

»Wann ist deine Anhörung?«, frage ich.

Jenny sieht weg. »Morgen Nachmittag.«

»Hast du Angst?«

Jenny schnaubt. »Es ist mir völlig egal, was sie entscheiden. Hauptsache, ich weiß endlich, woran ich bin!«

»Es ist mein Ernst«, sagt Isa, als wir vor den Spinden die Taschen packen. »Ich treffe ihn nicht mehr. Nie wieder.«

Jenny antwortet nicht. »Ich geh noch aus«, sagt sie in meine Richtung. »Bis morgen also.« Dann ist sie verschwunden.

Isa sinkt auf die Bank. »Was soll ich denn noch machen?« Ich weiß nicht, was ich ihr raten soll. Ich setze mich zu ihr. Ich sollte es ihr nicht noch schwerer machen. Aber ich muss es doch sagen. »Tom war echt bedrückt gestern …«

»Ich weiß«, flüstert Isa. »Du kannst dir nicht vorstellen, was für traurige SMS er mir schreibt. Er ist total verletzt.«

»Bist du sicher, dass du richtig entschieden hast?«, frage ich.

Isa schüttelt den Kopf. »Aber ich bin nicht so«, sagt sie dann. »Das mit Jungs hält bei mir nie lange. Ich bin im Grunde langweilig und wenn sie das rausfinden, bin ich schnell wieder allein. Umso wichtiger muss es mir doch sein, Freundinnen zu haben!« Sie schluckt. »Eine Freundin wie Jenny hatte ich nie. Noch nie hat sich so eine für mich interessiert, hab ich Dinge erlebt wie mit euch … Das kann ich doch nicht für einen Jungen aufs Spiel setzen, der sich vielleicht nächste Woche schon eine andere sucht.«

Ich weiß, dass ich den Mund halten sollte. Aber ich kann nicht. »Isa«, sage ich leise, »was ist, wenn Tom der Eine ist, der dich auch in fünfzig Jahren noch nicht langweilig findet?«

Isa hat Tränen in den Augen. »Ich weiß …«, flüstert sie. »Und außerdem bin ich SO verliebt in ihn.«

Ich sage so oft, dass Isa auch mal an sich denken sollte und Jenny vielleicht echt nur in ihrem Stolz gekränkt ist und sich bald wieder fängt, bis ich mir wie eine gesprungene Schallplatte vorkomme. Aber Isas wiederholte Nachfragen bedeuten wohl, dass sie es immer noch mal hören will. Nach einer Stunde verspricht sie, Tom anzurufen. Oder wenigstens darüber nachzudenken. Als Isa sich endlich auf den Heimweg macht, bleibe ich noch. Ich will nicht nach Hause. Stattdessen mache ich mich auf den Weg zur Intensivstation. Meine Füße sind schwer, als hätte ich seit Wochen nicht geschlafen.

30

Außer der Herzaktion auf dem Monitor zeigt Frau Klein kein Lebenszeichen. Inzwischen ist mir alles hier vertraut. Hanna ist noch nicht da, aber auch die Tagschicht kennt mich schon und bietet mir Kaffee an. In Frau Kleins Zimmer hat sich nichts verändert. Ich denke über die Menschen nach, die Tag für Tag an so einem Bett sitzen. Vielleicht am Bett eines nahen Verwandten, vielleicht jahrelang. Hat man dann nicht das Gefühl, dass das eigene Leben auch stehen bleiben müsste? Wie kann man nach Hause gehen und Abendbrot essen, wenn er vielleicht in diesem Moment aufwacht? Wie schafft man es, das Krankenzimmer zu verlassen? Und wann hört man auf, an das Wunder zu glauben, daran, dass der eigene Kranke die Ausnahme ist? Je länger das Koma andauert, desto unwahrscheinlicher ist es, dass der Patient wieder aufwacht. So einfach ist die Faustregel. Frau Klein liegt seit zwei Tagen im Koma, es beginnt ihre dritte Nacht.

Erst als Schwester Hanna kommt, um mir den Tagesbericht zu zeigen, merke ich, dass es schon wieder fast zehn ist. Ich freue mich über Hannas Aufmerksamkeit, auch wenn der Bericht nichts Nennenswertes verzeichnet. Schwester Hanna fragt wieder, ob ich einen bequemeren Stuhl möchte, ich lehne ab. Kurz darauf kommt sie noch einmal und bringt eine Wolldecke. »Vielleicht bleiben Sie doch wieder die ganze Nacht«, sagt sie und legt mir die Decke auf den Schoß. Dann bin ich allein. Ich weiß nicht, warum ich hier warte. Vielleicht, weil ich insgeheim glaube, dass ich Frau Klein aufgebe, wenn ich gehe. Dass sie es merkt, wenn keiner mehr kommt – und dann kapituliert.

Es ist kurz vor elf, als Dr. Al-Sayed in der Tür steht wie eine dunkle Fee. Sie kommt nicht herein, sieht mich nur an. »Haben Sie es sich überlegt?«, fragt sie.

»Was?«

»Ob Sie bleiben können.«

»Ja«, antworte ich. »Ich bleibe.«

Ich habe keine Sekunde darüber nachgedacht. Es stimmt, das Gefühl, es nicht aushalten zu können, hat sich ein wenig verflüchtigt. Aber die Gewissheit kommt erst in diesem Moment, den festen Entschluss fasse ich erst jetzt, genau hier. Ich werde bleiben. Für mich gibt es nichts anderes.

Dr. Al-Sayed lächelt mir zu. »Ich wusste es.« Sie dreht sich zur Tür. »Viel Glück. Vielleicht sehen wir uns in Ihrem nächsten Tertial.«

Sie ist schon fast zur Tür hinaus, als die Frage über meine Lippen drängt. »Gestern … War das Ihre Patientin?«

Dr. Al-Sayed nickt. Ich sehe, dass sie traurig ist. Aber sie ist nicht verzweifelt. »Wissen Sie was«, lächelt sie, »ich bin sicher, Ihre Patientin schafft es.«

Kurz vor Mitternacht öffnet sich die Tür erneut. Ich staune nicht schlecht: Isa. Sie fragt lieb, ob sie mich stört, aber sie hat sich schon einen Stuhl mitgebracht. »Ich kann dich doch hier nicht allein lassen …«, sagt sie leise. Eine Weile sitzen wir still. Isa hat Tom nicht angerufen. Sie sagt, sie wisse nicht, was sie ihm sagen soll. Vielleicht hat sie sich auch nicht getraut. Wenn ich irgendwann wieder Zeit für ein normales Mädchenleben habe, sollte ich Tom vielleicht mal anrufen. Es wird kühl, irgendwann breite ich Hannas Wolldecke um uns. Wir sitzen schweigend.

Heute Nacht reißen die Überraschungen nicht ab; mit dem nächsten Besuch habe ich ehrlich nicht gerechnet. Dabei ist er das Logischste der Welt. Jenny kommt direkt von ihrem Date. Sie ist aufwendig geschminkt, trägt ein todschickes Kleid – und das Papp-Tragetablett einer Coffeeshop-Kette.

»Wusste ich doch, dass ihr hier seid«, sagt sie, stellt den Pappträger ab und verteilt Kaffeebecher und Muffins.

Isa nimmt ihr verdutzt den Kaffee ab und wirkt ebenso irritiert wie ich. Ist das Jennys Art der Entschuldigung – einfach so zu tun, als sei nichts gewesen? Jenny setzt sich auf die andere Seite neben mich und hüllt sich ebenfalls in einen Deckenzipfel. Da sitzen wir nun, alle drei unter einer Decke. Und jetzt? Soll eine Aussprache kommen? Bin ich irgendwie dafür verantwortlich? Oder finde ich es einfach nur schön, dass sie beide da sind und genieße es lieber schweigend?

Es dauert fast eine halbe Stunde. Dann sind die Muffins verputzt, die Kaffeebecher leer.

Isa zieht ein bisschen an der Decke, hüllt sich ein wenig fester ein und sagt in den Raum: »Ich treffe ihn wirklich nicht mehr. Ich hab ihn nicht angerufen.« Pause.

Dann zieht Jenny, an meiner anderen Seite, auch ein wenig mehr von der wärmenden Decke um sich und sagt: »Das ist Quatsch.« Beide sind sehr nah herangerückt. Isas Parfum ist eine Mischung aus Naturkosmetik und Romantik, Jenny riecht wie ein teurer Laden. Eine Weile sagen wieder beide nichts, dann hält Isa es nicht mehr aus.

»Du bist mir wichtiger«, sagt sie leise.

Mir kommt dieses Zugeständnis irgendwie falsch vor. Aber zum Glück empfindet das Jenny wohl endlich ähnlich.

»Vergiss es, Isa«, sagt sie. »Das ist an so eine egoistische Kuh echt verschwendet.« Jenny zieht an der Decke; sie wird irgendwie kleiner. »Ich will ihn doch eigentlich gar nicht mehr.«

Wir sind sprachlos über die plötzliche Selbsterkenntnis – und dass sie es auch noch schafft, sie einzugestehen!

Jenny sieht auf, ein winziges Lächeln ist in ihrem Gesicht. »Kennt ihr das etwa nicht? Man will gar nichts mehr von einem Typen und eigentlich würde man ihn keine Sekunde vermissen … Aber für IHN möchtest du trotzdem das Wichtigste sein. Du willst, dass er dich braucht und vermisst, einfach, weil es schön ist, wenn dich jemand so sehr liebt. Das gibt man nicht gerne ab, auch wenn man fairerweise zugeben müsste, dass man diese Sehnsucht niemals erfüllen will.« Jenny sieht uns offen an. Vielleicht hat sie schon vergessen, dass es grade noch um eine Entschuldigung ging – jetzt ist sie nur noch einem Phänomen auf der Spur, das sie mit ihren Freundinnen bequatschen muss.

»Ich versteh das«, sagt Isa. »Obwohl eigentlich ich diejenige sein sollte, die von dieser Art Bestätigung abhängig ist.«

Wie viel Selbsterkenntnis wollen sie denn noch in unser kleines Krankenzimmer ballen? Und als Krönung meiner Überraschung lächelt Isa und sagt: »Aber wenn es irgendwann genügt, dass alle anderen 3 Milliarden Männer dir verfallen sind und du doch auf Toms Ergebenheit verzichten kannst, wäre es toll, wenn du mir Bescheid sagst.«

Ich kann nicht anders, ich muss lachen. Und Jenny, Egoistin, Dickkopf und reuelose Rechthaberin, zeigt wieder, warum sie trotz ihrer Schwächen die liebenswerteste Freundin ist: Weil sie sie kennt. Jenny nämlich schnaubt und erklärt ungeniert: »Er ist mir ja nicht mehr verfallen. Deshalb war ich doch so sauer.«

Und dann stehe ich kurz auf, damit meine frisch wieder befreundeten Freundinnen einander umarmen können.

Ich erwache im Morgengrauen. Jenny und Isa sitzen aneinandergelehnt, unter die bunte Decke gekuschelt. Beide schlafen fest. Die Geräte im Krankenzimmer summen leise. Frau Klein liegt reglos. Außer der Herzaktion auf dem Monitor kein Lebenszeichen.

31

Morgens sehen wir aus wie die drei Grazien von der Bahnhofsmission. Ich will nicht sagen, dass ich mich schon daran gewöhnt hätte, mit schmerzenden Gliedern und zerknitterten Klamotten den Dienst anzutreten, aber angesichts der Ergebnisse der vergangenen Nacht kann ich diese Opfer noch einmal hinnehmen. Isa hingegen jammert ein bisschen über die fehlende Möglichkeit, sich zu duschen und vor dem Arbeitstag zu sammeln. Immerhin hat Schwester Hanna einen Vorrat an Einmal-Zahnbürsten, aus dem wir uns bedienen dürfen. Gegen die Augenringe und das Bedürfnis nach frischer Wäsche kann sie jedoch nichts ausrichten. Überraschend cool heute Morgen ist Jenny, obwohl sie in dem übernächtigten Party-Outfit am derangiertesten aussieht und sonst doch so penibel darauf achtet, immer passend und einen Hauch besser als erwartet auszusehen. Heute zuckt sie nur mit den Schultern.

»Für mich ist es doch egal, wie ich aussehe«, sagt sie. »Wenn es mein letzter Tag ist, hätte ich mich auch ohne Krankenhausübernachtung so ausstaffiert.«

Ich hatte es vollkommen vergessen. Heute Nachmittag wird über Jennys Schicksal entschieden.

Vor Dienstbeginn lassen wir uns von Ruben Frühstück servieren, der sich darüber beschwert, dass die Cafeteria sich angeblich zu einer Privatkantine entwickelt, in der er plötzlich rund um die Uhr Sonderwünsche erfüllen soll. Wir beruhigen ihn – eigentlich suchen wir nur ein gemütliches Plätzchen, um die wiedergefundene Einigkeit zu genießen. Ob er uns dazu frischen Kaffee kocht, die verschmähten Brötchen von gestern an uns verfüttert oder nur im Hintergrund ein bisschen begleitend murrt, ist uns ganz egal. Und ich habe mich nicht getäuscht: Nachdem wir kundgetan haben, dass wir nichts von ihm erwarten, zaubert er uns ein Frühstück mit Kakao und Rühreiern, das alle erreichbaren Lebensgeister wiederherstellt.

»Heute, oder?«, fragt Ruben, als Jenny auf dem Klo verschwunden ist. Natürlich, auch er weiß von der schicksalsentscheidenden Besprechung.

»Was denkst du?«, erwidere ich. »Werden sie sie echt feuern?«

Ruben zieht zweifelnd eine Augenbraue hoch. »Der Chef mag die Braven, die Freundlichen«, sagt er zögernd. »Für so eine Wilde brät der keine Extrawurst.«

Isa und ich wissen nichts Zuversichtliches entgegenzuhalten.

Endlich, kurz vor Dienstbeginn, rufe ich Manuel an. Er ist beleidigt. Zu Recht. Ich habe ihn geweckt und er hat meinen Anruf vorvorgestern erwartet. Und vorgestern. Und gestern nicht mehr so sehr. Ich weiß viele Entschuldigungen, doch ich bringe nicht alle vor. Manuel fragt auch nicht danach. Ich sage deshalb nur lasch, dass es viel zu tun gab. Warum erzählst du nicht von Frau Klein, Lena? Von deinen Freundinnen und ihrem großen Krach … Irgendwie bin ich zu müde, um all das im Ganzen und von vorn zu berichten. Er weiß ja gar nichts davon. Und wenn er nicht fragt … Ich weiß, es könnte auch anders sein – man könnte sich danach sehnen, dem anderen sein Leid zu klagen und Trost darin finden, sich bei ihm alles von der Seele zu reden. Aber das kann ja noch kommen, oder? … Ich sage schließlich nur, dass wir uns heute Abend sehen können. Wenn er noch will. Er will und freut sich so, dass ich plötzlich gar nicht mehr verstehe, warum ich ihn nicht schon viel eher anrufen wollte.

Der Arbeitstag ist seltsam. Wir gehen unseren Beschäftigungen nach und Jenny steht irgendwie daneben. Kein Wunder, dass sie sich unwohl fühlt. Sie wird zu nichts gebeten und auf ihrer

Warteposition behandelt, als sei sie schon raus. Sie macht sich unbeholfen nützlich, um die Zeit totzuschlagen. Alles wartet auf den Nachmittag. Kurz vor der Mittagspause sehe ich Jenny wieder aus Paula Schwabs Zimmer kommen. Sie sieht verweint aus. Es ist nicht nur, dass ich Jenny noch nie weinen sah, dass sie für mich der Inbegriff der Kämpferin war. Ich bin überzeugt, dass Jenny es normalerweise absolut verachtenswert fände, vor einer Patientin zu heulen. Sie ist überhaupt nicht mehr sie selbst.

Ich gebe Jenny Zeit, im Waschraum zu verschwinden und mache mir Gedanken über die Mittagspause – garantiert will Jenny nicht mit uns in die Cafeteria gehen. Also schlage ich Isa vor, dass wir mit Jenny irgendwo allein essen. Warum nicht im erprobten Rückzugswaschraum?

Doch Isa lässt mich abblitzen. »Ich kann nicht«, sagt sie. »Ich habe einen Termin.«

Erst will ich lachen – was kann sie schon während der Mittagspause für eine Verabredung haben?! Dann sehe ich, wie blass sie ist und sage nichts. Was sie tatsächlich vorhat, begreife ich erst, als ich sie den Flur hinuntergehen sehe wie einen kleinen Soldaten und bemerke, dass sie die Treppe nach oben nimmt. Oben haben wir nichts zu suchen. Da ist nur der Verwaltungstrakt.

Ich lasse den Kanülenwagen stehen und steige nachdenklich in die nächste Etage. Es kann ja sein, dass Isa nur eine Bescheinigung in der Personalabteilung abgeben muss. Isa hat nichts bei sich und geht an der Personalabteilung vorbei. Sie klopft am Chefbüro, dann öffnet sie langsam die Tür. Als würde ihr von drinnen ein heftiger Sturm entgegenwehen, zieht sie den Kopf zwischen die Schultern, bevor sie das Chefbüro betritt. Ich habe genug Ärger bekommen, als ich das letzte Mal gelauscht habe. Aber das hier MUSS ich wissen. Ich gehe wie zufällig am Chefbüro vorbei. Zweimal. Beim zweiten Mal bleibe ich stehen, ganz nah an der Chefbürotür. Es könnte ja sein, dass ich gleich ein Gespräch habe und hier warte? Aber es kommt niemand vorbei, der das denken könnte. Ich rutsche noch näher an die Tür.

Isa eignet sich nicht zum Belauschen. Ich versuche zum zweiten Mal, ein Gespräch mitzuhören – wieder vergeblich. Jeder Spionagedienst sollte um Isa werben; schon eine normale Türstärke weiter ist sie unhörbar. Der Chefarzt allerdings spricht laut und deutlich. »Sie erstaunen mich!«, sagt er. »Ich habe Sie nie auch nur ein einziges Wort sagen hören!« Jawohl, Chef, ich hier draußen höre auch kein Wort von ihr! Der Chefarzt klingt ungläubig. »Und jetzt das!«

Das Gespräch geht so weiter, ich höre nur eine Hälfte der Unterhaltung. Aber eines wird ganz klar: Der Chefarzt redet über Jenny. Er sagt, sie sei unzuverlässig, faul und desinteressiert. Dann höre ich eine Weile nichts – und dann sagt der Chef »Sie können mir viel erzählen«.

Soll das heißen, dass Isa widersprochen hat? Ich kann ihren Mut nicht fassen. Aber offenbar redet sie weiter gegen die Vorwürfe des Chefarztes an, denn als Nächstes sagt er: »Sie wollen mir doch nicht weismachen, sie würde sich mehr als nur minimal nötig engagieren« und »Aber Sie werden doch zugeben, dass Ihre Freundin nicht gerade den besten Eindruck macht«. Wieder höre ich eine Weile nichts. Wie kann Isa es nur wagen?! Irgendwann sagt Dr. Kreuz: »Das hört sich alles sehr nett an und ich gebe zu, dass mich Ihr Auftritt beeindruckt. Schließlich schien Sprechen bisher nicht so Ihre Stärke zu sein.« Das stimmt, Chef. Ich hier draußen, die ich Isa weit besser kenne als Sie, bin ebenfalls sprachlos über ihren Mut! Und wieder verrät die Pause, dass Isa selbst darauf etwas zu antworten wagt. Dann wieder der Chef: »Aber Sie verstehen, dass ich so etwas nicht durchgehen lassen kann.« Pause.

Ich fasse es nicht. Isa gibt einfach nicht auf. Ich verstehe jetzt, warum sie bisher nur still und schüchtern sein konnte: Sie muss den Mut aller vergangenen Jahre gesammelt haben für diesen Moment. Irgendwann höre ich wieder Dr. Kreuz; er sagt: »Was würden Sie denn an meiner Stelle tun?!« Es klingt nicht wie eine Frage. Nur wie eine Herausforderung. Der Subtext lautet eindeutig: »Gib zu, dass du auch nichts anderes tun könntest, als

Jenny zu feuern.« Aber die folgende lange Pause lässt mich vermuten, dass Isa sehr wohl eine andere Antwort weiß. Es dringt lange kein Laut nach außen. Ich glaube, Isa hält eine Rede. Eine lange, flammende Rede im einstelligen Dezibelbereich. Und dann kommt es. »Na gut«, sagt der Chef. »Vielleicht versuchen wir das.«

Ich gehe wieder auf die Innere hinunter, als hätte ich nur eine Bescheinigung in die Personalabteilung gebracht. Isa kommt drei Minuten später.

»Was ist los?«, frage ich, ganz unverfänglich.

»Nichts«, antwortet Isa, dann muss sie sich an die Wand lehnen. Ihre Hände zittern und ihre Knie offenbar auch. Doch als ich frage, ob alles okay ist, nickt sie nur. Sie erzählt nichts. Jeder andere hätte sich doch mit dem Chefarzt-Gespräch gebrüstet! Ich könnte so was im Leben nicht für mich behalten! Nicht nur, weil man für eine solche Heldengeste gelobt werden möchte, auch, weil nur vom drüber Reden das Zittern weggeht! Aber Isa schweigt. Vielleicht will sie uns überraschen. Oder sie glaubt nicht wirklich, dass ihr tapferes Eingreifen Erfolg haben könnte. Egal, ich respektiere ihr Schweigen, so schwer es mir fällt. Das Einzige, was ich mir nicht verkneifen kann, ist, Jenny einen kleinen Schubs zu geben, als ich ihr das nächste Mal begegne.

»Es wird schon«, sage ich. Ich kann es einfach nicht ertragen, dass sie warten muss wie im wildwestlichen Sheriff's Office mit Blick auf den Galgen.

»Wieso?«, fragt sie nervös. »Weißt du irgendwas?«

Aber ich zucke die Achseln. »Bloß so ein Gefühl.«

Auch als wir die nervöse Jenny zu ihrem Gespräch verabschieden, verrät Isa nichts. »Hab keine Angst!«, sagt sie bloß. »Vielleicht geht es ja doch gut aus.«

»Vielleicht bist du auch ein bisschen weltfremd, Herzchen«, entgegnet Jenny ahnungslos und angespannt. Dafür wird sie sich hinterher nicht schlecht schämen!

Isa lächelt nur. »Ja, vielleicht.«

Die nächste Stunde sitzen Isa und ich in der Cafeteria und

warten. Immer noch verkneift sich meine tapfere Freundin jede Andeutung. »Ich habe ein gutes Gefühl«, sagt sie nur.

Ich grinse sie an. »Ich auch.« Ich kann es nicht lassen – nur eine Andeutung! »Kann ja sein, dass die Klinikleitung spontan ihre Meinung geändert hat …« Doch Isa geht nicht darauf ein. Na gut. Dann lasse ich ihr eben die Freude.

Jenny kommt nach einer Stunde zurück … Und ist endlich wieder Jenny. Sie strahlt und umarmt und küsst uns.

»Zwei Wochen Galgenfrist!«, strahlt sie. »Wenn ich mich jetzt zusammenreiße, geht alles gut aus. Kinder, was für ein Glücksfall!«

Erwartungsvoll sehe ich Isa an. Sie gratuliert, sonst nichts. Nicht ein Wort über ihren Einsatz. Will sie es niemals sagen? In diesem Moment begreife ich: Sie wird es für sich behalten. In alle Ewigkeit. Aber an diesem Abend gehen sie geschlossen heim – untergehakt und aufgeregt schwatzend nehmen sie die ganze Bürgersteigbreite ein: die drei Grazien von der Inneren.

32

Am Abend ist mein Bauch voll sprudelnder Freude. Noch zwei Stunden bis Manuel. Erst stoßen wir natürlich gebührend auf Jennys Rettung an. Aber die Feier wird kurz. Isa, die sich während des Streits mit Jenny nicht aufs Lernen konzentrieren konnte, möchte bald an ihre Fallvorstellung zurück. Und Jenny – geht der Wandel wirklich so schnell? – findet überraschend, dass auch sie ihre Fallbesprechung vorbereiten könnte. So lasse ich ein Fleißiges-Bienchen-Duo zurück und mache mich auf den Weg zu Manuel. Als ich im Flurspiegel mein Erscheinungsbild überprüfe, kommt Jenny aus der Küche. Gut – ich wollte sie bitten, Isa noch mal zu einem Anruf bei Tom zu ermutigen. Ich fürchte, unsere Kleine weiß nicht, wie sie ihrem Angebeteten jetzt gegenübertreten soll. Aber auch Jenny hat noch etwas auf dem Herzen.

»Sag mal, hast du mit deinem Dr. Thalheim über mich gesprochen?«, fragt sie leise.

»Wieso das?«, frage ich irritiert zurück. (»Wieso MEIN Doktor«, hätte ich erst mal fragen müssen!)

»Nur so«, antwortet Jenny. »Weil sie gesagt haben, jemand hätte sich leidenschaftlich für mich ins Feld geworfen.«

Ich zucke die Achseln. Wenn Isa sich nicht offenbaren will, ich werde sie nicht verraten. »Vielleicht Dr. Ross«, sage ich unbeteiligt. »Die mag dich doch …«

Jenny zieht nachdenklich die Schultern hoch. »Das wär ja echt nett von ihr …«

»Jawohl«, antworte ich. »Das wäre supernett.«

Dann werden Jennys Augen groß und ihr Gesicht weich. »Ich glaube, ich weiß, wer es war.« Sie lächelt. »Bestimmt soll ich es nicht wissen und er wird es nie zugeben … aber ich denke, es war mein Vater.«

Einen Moment bin ich versucht, alles aufzuklären. Dass dieser desinteressierte, hartherzige Vater die Lorbeeren für Isas Heldenmut ernten soll, passt mir nicht. Dann aber sehe ich Jennys glückliches Gesicht. Und denke mir, dass Isa das wohl genau deswegen so stehen lassen würde.

Erst in der S-Bahn wird mir richtig bewusst, dass ich IHN gleich wiedertreffe. Wir haben uns fast eine Woche nicht gesehen. Ich freue mich kribbelig. Zumindest irgendwie. Wirklich, Lena? Hast du ihn so vermisst, oder freust du dich, weil du dich mit jemandem triffst?

Blödsinn! Ich freue mich auf Manuel!

Es ist irgendwie komisch, sich wiederzusehen. Mein erster Gedanke, kurz bevor ich ihn entdecke, ist ein wenig erschreckend. Ich kann ihn mir plötzlich nicht mehr vor dem inneren Auge erscheinen lassen, habe auf einmal gar kein konkretes Bild mehr. Was heißt das? Zum Glück wartet Manuel schon an der nächsten Ecke. Und sieht genau aus wie immer. Er lächelt, seine Augen strahlen, seine Haare sind ein wenig in Unordnung. Er küsst mich. Alles ist wieder gut.

In einer Bar stellt Manuel mich seinen Freunden vor. Sportliche Jungs, sie reden laut und begrüßen mich herzlich; es gibt ein paar anzügliche Bemerkungen, die Manuel mit gleicher Münze zurückzahlt. Einige Jungs haben Freundinnen dabei, die mich sofort in ihr Gespräch einbeziehen. Während die Jungs über Fahrräder sprechen, erzählen mir die Mädchen von ihren Jobs, ihren Hobbys, ihren Freunden. Zu meinem Beruf sagen sie »Wow« und »Ist das nicht super kompliziert?!« Was soll man da antworten …

Ich bin sicher nicht dem Akademikerdünkel verfallen und entschlossen, sie so nett zu finden, wie sie sich mir gegenüber benehmen. Zwei arbeiten im Fitnessstudio, durchtrainierte Mädchen, die Schultern unter den Spaghettiträgern muskulös. Die dritte, Janine (die Herzchenunterschrift?), ist Einzelhandelskauffrau. Sie jobbt in einem angesagten Klamottenladen – ein Vorteil, den die anderen in höchsten Tönen anpreisen. Auch mir verspricht Janine gleich den Einkaufspreis. Die anderen beschließen, mit mir shoppen zu gehen. Und hinterher Cocktails. Sie verplanen meine ganze Woche. Ich fühle mich einerseits geschmeichelt. Andererseits trage ich seit Jahren nicht mehr bauchfrei.

Manuel scheint es zu gefallen, dass mich die Mädels so vereinnahmen. Er redet heute ohnehin nicht viel mit mir, dafür umso lauter mit den anderen Jungs. Zwischendurch zieht er mich immer mal an sich, um mich zu küssen. Irgendwann komme ich mir ein bisschen blöd vor. Als wir gehen, verabschieden sich alle mit Küsschen, auch ich werde mit einbezogen. Dann sind wir endlich allein.

»War doch ein echt schöner Abend!«, sagt Manuel bei unserer Abschiedsknutscherei. »Morgen wieder?«

Ich bin kurz irritiert. »Morgen wieder wir beide« oder »morgen wieder hier«?

»Na hier«, sagt Manuel, »ich hab meine Jungs drei Wochen nicht gesehen …«

Ich nicke. Hmpf. Er lächelt mich an, süß und gewinnend.

»Oder möchtest du morgen mit mir alleine sein?«

Ich zucke die Schultern. Ich weiß, worauf er hinauswill. Alleinsein ist eine recht eindeutige Umschreibung. Ich finde es irgendwie zu früh. Andererseits … Möchte ich wirklich einen weiteren Abend lang Janines Geplauder über Cocktails, Nagellack und T-Shirt-Preise hören? Lena, willst du mit Manuel ins Bett gehen, um den Abend nicht mit Janine und den Fitnessmädels verbringen zu müssen?!

»Ich ruf dich morgen an«, sage ich schließlich.

Ich fahre heim und bin irgendwie traurig. Vielleicht bin ich nur müde. Meine sprudelnde Freude klebt jetzt irgendwie zäh im Magen.

33

Nur noch ein Arbeitstag bis zum Wochenende. Die Zeit rast immer schneller an uns vorbei und doch sind die Arbeitswochen im Rückblick unendlich lang. Es ist fast komisch, zu sehen, wie unwohl Jenny sich an diesem Freitagmorgen fühlt. Gestern noch der Rebell vom Dienst, will sie heute ihre Tugend unter Beweis stellen – so ein Umschwung ist nicht ohne Demut zu schaffen. Und sich zu entschuldigen, liegt Jenny definitiv nicht. Ich wette, meine impulsive Freundin bereut, dass sie sich noch gestern gegen all diese Leute so unmöglich benommen hat. Doch Jenny funktioniert ein wenig anders.

»Ich wünschte, sie hätten mir erst für Montag verziehen«, sagt sie etwas missmutig. »Wär irgendwie leichter gewesen übers Wochenende.«

Wir schlurfen beide heute etwas geknickt über die Flure; mir steckt der seltsame Abend noch in der Kehle. Von Frau Klein gibt es nichts Neues, keine Besserung. Ich untersuche Herrn Schwendler, sein Herzrhythmus ist gleichmäßig und mit der lebenswichtigen Schonung nimmt er es so genau, dass er nicht mal Besuch empfängt. Ich muss an den Herrn denken, der vor Schwendler in diesem Zimmer lag und ebenfalls strikte Anweisung hatte, sich zu schonen. Warum ist er mir hier so charmant vorgekommen, so interessant? Damals haben mich seine Provokationen gereizt, die mich gestern plötzlich als Machosprüche genervt haben. Wieso war es gestern nicht mehr aufregend, sich mit ihm zu messen, sondern nur anstrengend?

Herr Schwendler sieht mich ängstlich an. »Stimmt was nicht?«

Erschrocken komme ich wieder zu mir. Ich möchte nicht wissen, wie mein Gesicht gerade aussah – und was Herr Schwendler daraus geschlussfolgert hat. Ich habe mich heute viel zu wenig um ihn bemüht.

»Es sieht alles sehr gut aus«, sage ich beruhigend. »Eine Virusmyokarditis heilt oft ganz schnell aus.«

Dass sie andererseits manchmal blitzschnell zum plötzlichen Herztod führt, sage ich nicht. Ich will ihn doch nicht aufregen. Und außerdem habe ich das Gefühl, dass ich heute alle Im-schlimmsten-Fall-Szenarien dringend aus meinem Hirn verbannen muss.

Jenny hat sich den Tag über ganz gut geschlagen, indem sie einfach so tat, als sei nichts gewesen. Erst als wir bei der Visite das Zimmer 17 – und Jennys ehemalige Patientin – erreichen, wird sie unruhig. Offenbar wurde sie noch nicht informiert, ob sie zur Patientenbetreuung wieder zugelassen ist. Ich kann nur hoffen, dass Dr. Ross sich anständig benimmt und nicht vor der Patientin die Disziplinarmaßnahmen erörtert.

Tatsächlich sagt Dr. Ross nicht viel. Nur dass Jenny Paula Schwab vorerst nicht mehr allein, sondern von der Stationsärztin begleitet weiterbetreut. »Begleitet« klingt in Dr. Ross' Tonfall, als sei Jenny eine gefährliche Pfuscherin, die von der überlasteten Stationsärztin beaufsichtigt werden muss. Paula Schwab nickt. Ich fange einen Blick zwischen ihr und Jenny auf, der mich erstaunt. Sehe ich da stilles Einverständnis, ein einträchtiges Bündnis gegen die Stationsärztin?

Frau Schwab schaut knapp an Dr. Ross vorbei und sagt unwillig: »Mich darf sie behandeln.«

Dr. Ross lächelt ihr knappes Ich-habe-Verständnis-für-deine-Unwissenheit-Lächeln und entgegnet: »Die Klinikleitung hält das momentan nicht für angebracht.«

Und siehe da, die lethargische, schwermütige Frau Schwab widerspricht noch einmal: »Ich hab freie Arztwahl. Und bei mir kann sie nichts mehr kaputtmachen.«

Dr. Ross atmet tief durch, verkneift sich aber die Antwort, dass eine PJlerin ja noch keine approbierte Ärztin ist. Mit einer Patientin mit solch ungünstiger Mortalitätsprognose streitet sie nicht. »Wir werden sehen«, sagt sie nur und Paula Schwab nickt. Ich weiß nicht, ob sie Jenny aus Prinzip verteidigt, weil sie sich selbst benachteiligt fühlt, oder ob meine Freundin das Herz der abweisenden Patientin gewonnen hat. Aber ich sehe Jenny strahlen und gönne ihr nichts so sehr wie eine Patientin, die explizit ihr, und nur ihr, Vertrauen schenkt.

Der Feierabend hält noch eine Überraschung für mich bereit. Nach dem Besuch bei Frau Klein komme ich auf die Station zurück, um meine Jacke zu holen – und als ich an Dr. Thalheims Büro vorbeigehe, steht seine Tür offen. Er sitzt am Schreibtisch und arbeitet. (Irgendwann möchte ich auch mal an diesem riesigen, überladenen Tisch arbeiten – um ihn beim Wort zu nehmen, aber auch, um endlich einen Blick auf seine Liebste im goldenen Rahmen zu werfen.) Er sieht auf, als ich vorbeikomme und sagt: »Wenn Sie einen Moment Zeit haben …?«

Wieder sitze ich in Dr. Thalheims Büro und wundere mich, wie dieser abgebrühte Arzt eine so warme Stimmung um sich herum verbreiten kann, ohne irgendwas Nettes zu sagen. Er sitzt mir einfach nur gegenüber und sieht mich an – er lächelt nicht mal. Er ist einfach nur da und man fühlt sich irgendwie gut. So sollten Ärzte sein. (Oder Männer?)

»Wie geht es Ihnen?«, fragt Thalheim.

Ich weiß nicht, was ich sagen soll. Ist das die Eröffnung zu einem Gespräch, dessen wahren Gegenstand ich noch nicht erkannt habe – oder interessiert er sich wirklich für die Befindlichkeiten einer PJlerin? Er lächelt und wirkt erwartungsvoll. Also fange ich mal an. Ich erzähle von meinem Patienten Schwendler und dann von Frau Klein, über die ich eigentlich sprechen möchte. Von der Hilflosigkeit, wenn ich an ihrem Bett sitze und dem Schuldgefühl, wenn ich nicht hingehe.

Dr. Thalheim nickt. Ich komme mir gar nicht anfängermäßig und ahnungslos vor. »Sie müssen ein bisschen mehr zwischen

Arzt und Privatmensch trennen. Aber wenn Sie eine gute Ärztin werden wollen, trennen Sie es nicht zu strikt. Die Kunst liegt darin, so viel Mensch zu bleiben, dass Ihre Patienten es fühlen können. Und so viel Maschine, dass Sie es ertragen.« Er zuckt mit den Schultern. »Ich kann das nicht so gut. Ich trenne lieber ein bisschen strikter.«

Plötzlich so menschlich, verletzlich, echt. Wieso jetzt erst?

Er lächelt schnell. »Wollen Sie Kaffee?«

Ich lasse mir die Gästetasse vollschenken und sehe zu, wie er den Indiana-Jones-Becher leert. Ich fühle mich so wohl hier, geborgen und anerkannt. Nur noch ein bisschen reden … Und dann kann ich nicht mehr aufhören. Ich erzähle von meinen Freundinnen, nicht von dem Streit, aber von Jennys Beinahe-Rauswurf. Siehe da, Dr. Thalheim weiß, wem Jenny ihre Rettung verdankt. Und er findet es ebenso bemerkenswert wie ich. Er lächelt. »… so sind Sie alle über sich hinausgewachsen …« Ich fühle mich gemeint – nur mich.

Als ich mich eine Stunde später verabschiede, ist es auf der Station schon still geworden. Dr. Thalheim bietet mir heute nicht an, mich nach Hause zu bringen. Aber es ist auch gar nicht nötig. Ich fühle mich ihm so verbunden, dass es fast zu viel wäre, neben ihm heimzufahren. Nur zwei Tage bis zur nächsten Arbeitswoche.

34

Meine Freundinnen werfen sich vielsagende Blicke zu, als sie von meinem Abend in Thalheims Büro hören. Ich muss das ganze Wochenende immer wieder darauf hinweisen, dass es NICHT das bedeutet, was Jenny interpretiert. Er war einfach nur nett. Doch selbst Isa gibt zu bedenken, dass Dr. Thalheim keine andere PJlerin zum persönlichen Stimmungsbericht in sein Büro bittet. Ich gebe das zu. Aber nicht, wie sehr es mir gefällt. Sowohl, dass er mich ein bisschen bevorzugt – als auch, dass meine Freundinnen das ganze Wochenende über ihn reden. Aber im Ernst, Lena! Du und der Oberarzt?! Wovon träumst du denn im nächsten Tertial?! Halt! Stopp! Ich träume überhaupt nicht vom Oberarzt! Und bis Montag ist die Wochenendschwärmerei endgültig abgeklungen und ich bin mir wieder ganz sicher, dass ich mich nur kurz vom Geschmeicheltsein mitreißen ließ. Und Manuel habe ich nur vertröstet, weil ich Isa bei der Fallbesprechung helfen wollte.

Am Montagabend bringt Schwester Hanna das Gespräch auf ein Thema, mit dem ich mich noch gar nicht beschäftigt habe.

»Was machen wir denn eigentlich«, fragt sie unsicher und zupft der reglosen Frau Klein das Kissen zurecht, »wenn die Patientenverfügung abläuft?«

Ich habe überhaupt noch nicht daran gedacht. Aber die lebenserhaltenden Maßnahmen werden natürlich nicht ewig weitergeführt. In Frau Kleins Patientenverfügung steht, dass sie nur vier Wochen künstlich am Leben erhalten werden will. Was tue ich, wenn diese Zeit abgelaufen ist? Halt, Lena, die Frage stellt sich für dich gar nicht. Du kannst nichts tun. Einer der ITS-Ärzte wird dann abschalten. Abschalten müssen. Und du weißt nicht mal, wen du benachrichtigen solltest.

An diesem Abend bin ich schrecklich niedergeschlagen. Und irgendwie unwillig meinen Freundinnen gegenüber, die kaum – wann sind diese Sitten bei uns eingekehrt?! – von ihren Lehrbüchern aufsehen und mir beide, Isa mitfühlend, Jenny sachlicher, erklären wollen, warum eine Patientenverfügung eine gute Sache ist. Das wollte ich nicht besprechen. Ich würde gerne mit einem Nicht-Arzt reden, der die Sache so ungerecht und subjektiv diskutiert, wie ich sie gerade sehe. Ich telefoniere mit Manuel. Er freut sich, mich zu hören und möchte Pläne machen. Als ich zugebe, dass ich mich ausheulen will, sagt er zwar erst, dass er mich so gar nicht kenne, erklärt dann aber sofort mit Beschützerstimme, ich könne ihm alles erzählen. Mir kommen fast wieder die Tränen, als ich ihm erzähle, worum es geht.

Und Manuel sagt: »Das mit dem Abstand hast du immer noch nicht geschnallt, was?«

Das lässt mich stocken, meine Tränen versiegen augenblicklich. »Doch«, entgegne ich wütend. »Abstand nehmen kann ich sehr gut.«

Damit lege ich auf. Ich weiß nicht genau, warum es mich so wütend gemacht hat. Wahrscheinlich hat er es nicht böse gemeint, es war nur gedankenlos. Vielleicht war meine Wut eher generell und musste sich einfach Luft machen? Egal – ich beschließe, Manuel erst mal nicht anzurufen, um mich zu entschuldigen. Soll er sich doch melden.

Am nächsten Tag, als ich Frau Klein einen neuen Blumenstrauß ans Bett stelle, ertappe ich mich bei dem Gedanken, dass ich nicht mehr so viel Geld für Blumen ausgeben sollte, die keiner sieht. Jäh werden in meinem Kopf Manuels Worte wiederholt. Das ist dann wohl der Abstand, den ich nach Ansicht aller Welt bekommen soll. Ich will ihn nicht haben.

Von Manuel kommt den ganzen Tag keine Meldung, nicht

mal eine SMS. Wahrscheinlich ist er beleidigt. Aber diesmal bin ich eisern. Ich habe beschlossen, dass es nichts gibt, wofür ich mich entschuldigen muss, und dass ich bei unserem Kräftemessen nicht mehr immer klein beigeben möchte. Blöd für Manuel, dass ich das nun ausgerechnet in einer Situation beschließe, in der er sich mit seiner Bockigkeit sicher im Recht fühlt. Blöd für mich, wenn er bis zum übernächsten Jahr durchhält – und sich unterdessen mit einer anderen Freundin unterhält. Spätestens übermorgen ruf ich ihn an.

Jenny beginnt den Mittwoch mit einem großen Opfer: Sie hat sich zum Bäcker gequält. Eigentlich haben wir gar keine Zeit, ausufernd zu frühstücken, aber Jenny besteht darauf, dass Isa sich mit Obstkuchen vollstopft. »Du brauchst eine Grundlage!«, bestimmt sie energisch.

Jenny will Isa für die Fallbesprechung präparieren; Isa soll ausreichend mit Zucker und Kohlenhydraten versorgt sein, damit sie nicht vor Aufregung in Ohnmacht fällt. Doch über diese Befürchtung muss Isa lachen.

»Ich hab keine Angst vor der Fallbesprechung! Nur davor, dass ich wegen dieser Völlerei noch vor der Besprechung einschlafe.«

Jenny ist sprachlos. Klar, sie ahnt ja nichts davon, wie Isa ihre Chefarzt-Angst und Sprech-Hemmung überwunden hat. Isas Mut muss ihr wie ein Wunder vorkommen. Jenny ist begeistert und kann aus Isas Wandlung nur einen Schluss ziehen: Es muss ihr Verdienst sein.

»Das habe ich gehofft!«, strahlt sie. »Dass ein bisschen von meinem Selbstbewusstsein auf dich abfärbt!«

Isa lächelt. Na ja, Jenny meint es natürlich ganz anders – aber im Grunde stimmt es irgendwie doch.

Isas Fallbesprechung läuft hervorragend. Sie stellt souverän ihren Patienten vor und manövriert sich sicher durch die Fragerunde. Ich, die ich sonst immer gern Fragen stelle, bin heute etwas gehemmt. Denn Dr. Thalheim lehnt an der Wand neben meinem Tisch und ich habe die ganze Zeit das Gefühl, er liest meine Notizen mit. Ich ertappe mich dabei, dass ich meine Mitschrift mit dem Arm verdecke wie eine neiderfahrene Zweitklässlerin. Als Dr. Ross die Fallbesprechung nach ein paar lobenden Worten an Isa beendet, tritt auch Dr. Thalheim zu meiner Freundin und lächelt ihr zu.

»Sehen Sie«, sagt er, »Sie können es. Nun haben Sie auch vor dem Chef keine Angst mehr, oder?«

Isa, für die es trotz aller neuen Courage definitiv zu viel ist, vom Oberarzt persönlich angesprochen zu werden, schüttelt den puterroten Kopf.

»Ihre Vorgesetzten wollen Sie nämlich nicht immer nur bloßstellen«, setzt Thalheim hinzu. Und schaut ausgerechnet mich an. Klar, mein peinlicher Notizenversteckreflex ist ihm natürlich nicht entgangen. »Aber bevor Sie Ihre Aufzeichnungen verleihen, korrigieren Sie sie lieber – ›autochthon‹ haben sie meistens falsch geschrieben.«

Super, Lena. Wo machst du dich denn mal nicht zum Gespött?! Und ich wusste, er hat mitgelesen!

»Tut mir leid«, sage ich schnippisch. »Ich leihe Ihnen meine Aufzeichnungen nicht.«

Er lacht mich an und entschuldigt sich. Und meine unverbesserlichen Freundinnen werfen sich vielsagende Blicke zu.

35

Am Donnerstagmorgen habe ich ein Gefühl von Zukunft. Als ob etwas, worauf ich sehr lange gewartet habe, unmerklich eingetreten ist. Es gibt überhaupt keinen Grund, anzunehmen, dass dieser Tag ein schöner, sonniger oder glücklicher werden könnte – der Herbstanfang ist trübe und es ist Donnerstag. Aber ich stehe mit einer kribbeligen Vorfreude auf, als sei es mindestens mein Geburtstag.

Bei der Visite lässt Dr. Ross Isa den Vortritt ins Zimmer 16 und nickt dem Patienten nur knapp zu. »Ab heute betreut meine junge Kollegin Sie allein. Aber Sie sind in besten Händen.«

»Ich weiß«, sagt der ältere Herr und lächelt Isa vertrauensvoll an.

Ich habe Isa noch nicht gratuliert, als plötzlich die Sonne hervorbricht und sich alles ändert. Dr. Thalheim eilt über den Gang und ruft in meine Richtung: »Kommen Sie!« Ich bin verwirrt, er ist schon weitergehastet und fragt ungeduldig über die Schulter: »Worauf warten Sie denn?!« Ja, da folgt man doch. Ich stolpere hinter dem Oberarzt her und habe gar kein Gefühl, was mich erwartet. Thalheim schlägt den Weg zur Intensivstation ein. Mir wird schlagartig kalt. Wie kann sich ihr Zustand noch verschlechtert haben? Es gibt nur eine Möglichkeit. Mein Herz krampft sich zusammen. An der Tür zur ITS dreht Dr. Thalheim sich um und sein Gesicht ist gar nicht trübe. Im Gegenteil; er hält mir die Tür auf und dann lächelt er und sagt: »Ich benutze natürlich niemals das Wort ›Wunder‹.«

ICH benutze das Wort. Denn ein Wunder ist es in meinen Augen. Eines, auf das ich nicht mehr zu hoffen gewagt hatte. Frau Klein ist aufgewacht. Nach über einer Woche. Sie ist unfassbar dünn geworden und kann noch nicht sprechen, obwohl der Beatmungsschlauch entfernt wurde. Aber sie ist wach und der Kreislauf stabilisiert sich. Dr. Thalheim sieht mich an und ein herzliches Lächeln breitet sich über sein Gesicht. Man kann mir mein Glück wohl ansehen.

»Wissen Sie was, Fräulein Weissenbach?«, sagt er. »Ich wünschte mir gerade, ich hätte das eigenhändig für Sie arrangiert.«

Er tätschelt Frau Klein den Arm und verlässt das Zimmer. Sein Aftershave überdeckt für einen Moment den Krankenhausgeruch, als stünde er immer noch neben mir.

Ich bleibe eine Stunde bei Frau Klein sitzen. Ich sage nicht viel, um sie nicht zu überanstrengen und sie schläft bald ein. Ich sehe ihr beim Schlafen zu, die Atmung ist flach, aber regelmäßig. Schwester Hanna, die diese Woche endlich die ersehnte Tagschicht hat, kommt zu mir herein und sagt in ihrer herzlichen, naiven Art: »Sehen Sie, dafür lohnt sich dann wieder alles.« Ich könnte sie umarmen. Ich weiß, Frau Klein hat es noch lange nicht überstanden. Aber ich bin jetzt völlig überzeugt, dass sie es schaffen wird.

Weil ich so glücklich bin und eigentlich gar nicht mehr weiß, warum ich Manuel so lange nicht gesehen habe, beschließe ich, am Wochenende etwas Besonderes mit ihm zu unternehmen. Am liebsten etwas, das mir das Gefühl gibt, dass wir doch gut zusammenpassen. Jenny rät zu einer Show, die am Potsdamer Platz gezeigt wird. Spektakuläre Artistik, Comedy und Musik – und total angesagt. Meinen Einwand, dass Manuel vielleicht nicht auf so was steht, schmettert Jenny mit der Beteuerung ab, jeder würde die Show lieben. Entschlossen, den perfekten Abend zu kreieren, der mir ein wohliges Paargefühl geben soll, durchforste ich die Ticketanbieter. Vergeblich. Es gibt nur Karten für morgen – in einem Jahr. Jenny lacht. Das ist ja einer der Hauptanziehungspunkte der Show. Dass normale Menschen niemals Karten bekommen. »Aber wenn du ihn wirklich liebst«, lächelt sie, »dann erfüllt dir die gute Fee diesen einen Wunsch und reißt zwei Tickets für dich auf.«

Ich habe Jenny gewaltige Gegenleistungen versprechen müssen: Zwei Wochen morgendliches Kaffee-ans-Bett-Bringen und dass ich nie mehr schimpfe, wenn sie laut Musik spielt, während ich lerne. Das wird mich noch teuer zu stehen kommen, Jenny wird es gnadenlos ausnutzen. Aber sie hat nicht zu viel versprochen. Schon am nächsten Tag legt sie mit triumphierendem Lächeln die Karten auf den Tisch. Und nicht irgendwelche: Jenny hat sogar Dinnerkarten.

»Es gab nur noch Notfall-VIP-Tickets«, grinst sie. »Du weißt schon, falls plötzlich Matt Damon kommt und in die Show will. Für solche Notfälle gibt es immer noch Plätze. Dinner inklusive. Stars wollen immer mit Essen.«

Ich bin sprachlos. Das ist noch toller, als ich es erhoffen konnte. Was die Karten gekostet haben, verrät Jenny nicht.

»Du könntest sie sowieso nicht bezahlen«, sagt sie. »Keiner von uns.« Aber sie erhöht das Kaffee-ans-Bett-Bringen auf drei Wochen. Mir soll es recht sein. Alles soll mir recht sein. Ich freu mich auf den Abend wie ein Kind.

»Muss ich ein Hemd anziehen?«, fragt Manuel. Kein Danke, keine Spur von Begeisterung. Er wird nur mitgehen, um mir einen Gefallen zu tun. Falls er kein Hemd anziehen muss. Sonst würde er doch lieber in seine Kumpel-Bar gehen, wie immer. Würde er ohnehin am liebsten. Müssen wir da hin? Meine Begeisterung schwindet. Nein. Müssen wir nicht. Ich verabrede mich mit ihm – ohne Show. Aber nicht in der Bar. Sondern bei ihm zu Hause.

Als ich Isas Zimmer betrete, sitzt sie auf dem Bett und ist schon wieder umgeben von unzähligen Lehrbüchern und Notizen. »Isa, falls es irgendwie an dir vorbeigegangen ist: Deine Fallbesprechung hat schon stattgefunden. Und sie ist super gelaufen«, sage ich, doch sie schaut mich nur mit großen Augen an und antwortet: »In vier Wochen ist Probeexamen.«

Ich weiß, Isa. Und ab morgen werden wir wieder lernen und fluchen und meinetwegen auch die Nächte vor den Büchern verbringen. Aber verschon uns doch nur noch heute.

»Du hast heute keine Zeit zum Lernen«, sage ich. »Du hast ein Date.«

Isa braucht einen Moment, um zu begreifen, dass die Karten, die ich auf ihr bunt markiertes Lehrbuch lege, echt sind. Sie kann es nicht fassen.

»Dinnerkarten«, sage ich. »Matt Damon hat keine Zeit.«

Isa springt mir um den Hals. Dann stockt sie. »Da muss ich … dann müsste ich …« Sie zögert. Ich weiß, was sie begrübelt. Tom. Also stimmt meine Vermutung, dass die beiden noch nicht wieder gut miteinander sind.

»Er weiß Bescheid«, sage ich. »Er holt dich um halb acht ab.«

Isa strahlt ungläubig und ich fühle mich wie die gute Fee. Natürlich habe nicht ich Tom angerufen. Das hat Jenny übernommen. Ich fand, das war sie Isa nach dem großen Streit schuldig. Und ich musste Jenny nicht überreden. Trotz ihres Narzissmus – oder vielleicht auch ein wenig deswegen – liebt sie es, anderen Leuten Geschenke zu machen. (Ich hoffe nur, dass sie ihn wirklich für halb acht bestellt hat, bei Kleinigkeiten ist Jenny immer ein wenig nachlässig.)

Während Isa sich kopfüber in Jennys Kleiderschrank stürzt, mache ich mich auf den Weg zu meiner eigenen Verabredung. In der S-Bahn komme ich noch einmal kurz ins Schwanken. Ist es richtig, was ich vorhabe? Bin ich wieder zu kritisch, mache ich einen Fehler? Ein Pärchen verabschiedet sich am Bahnhof Alexanderplatz. Sie küssen sich, bis sich die S-Bahntür unbarmherzig schließt. Sofort klingelt das Handy der Frau; offenbar ist ihr Geliebter dran. »Ich vermisse dich auch schon«, sagt sie leise und es klingt nicht kokett oder überdreht, sondern ganz ehrlich. »Bis heute Nacht!«, flüstert die Frau und ich denke bei mir, dass ich so eine Sehnsucht gar nicht kenne, die es nicht bis heute Nacht aushält. Es ist schon sieben, sie trennen sich doch höchstens für vier Stunden! Dann denke ich an Isa, ihre strahlende Vorfreude, ihre fieberhafte Verliebtheit. So was habe ich einfach nicht. Und ich glaube, dass ich doch das Richtige tue.

Manuel hat nicht damit gerechnet. Ich muss mehrmals wiederholen, dass es mir nicht um die blöde Show geht. Auch nicht um seine Freunde, Janine und die Fitnesszwillinge oder seine Bar. Nicht mal darum, dass er sich nicht einmal mir zuliebe dort wegbewegen möchte. Nur um uns beide. Es passt nicht. Manuel ist enttäuscht, irgendwie sauer. Doch das macht es mir eher leichter.

»Ist es, weil ich kein Arzt bin?«, fragt er. Aber das ist es nicht. Ich will keinen, der Arzt ist. Nur einen, der sich dafür interessiert, dass ICH Ärztin bin. Der mal fragt, wie es mir geht. Ich weiß nichts mehr zu sagen, irgendwann sind die Worte alle. Ich stehe auf und gehe heim.

In der S-Bahn kommt noch ein kurzer Reue-Moment. Wie dumm, Lena. Du hattest jemanden, der dich toll fand – auf seine Art –, der dich geküsst hat und herrliche Locken hatte. Jetzt hast du wieder niemanden mehr. Am Alexanderplatz kommen mir die Tränen. So wie das Pärchen, das sich nachher hier wiedertrifft, werde ich nie sein. Das Selbstmitleid hält bis zum Ostbahnhof. Dann setze ich mich aufrecht hin und denke mir, dass eine moderne Frau von einem Mann vielleicht doch etwas mehr erwarten darf als nur herrliche Locken. Und kurz vor dem Ostkreuz zwickt mich der kleine Teufel in die Magengegend und flüstert: »Vielleicht hast du vorhin gelogen, Lena … und träumst sehr wohl von einem Arzt.« Ich steige lieber schnell aus.

Im Treppenhaus begegne ich dem Nachbarn von oben, den ich seit unserer Einweihungsparty nicht gesehen habe – und daher nur im Schlafanzug kenne. Er grinst mich an. »Na?«, sagt er. »Bei euch wird ja jahr nich mehr jefeiert!« Ich lächle zurück.

»Doch«, antworte ich, »bei uns wird wieder gefeiert. Verlass dich drauf!«

Jenny sitzt in der Küche vor ihren Lehrbüchern. Irgendwie immer noch ein ungewohnter Anblick. Sie lacht mich an. »Hey, in vier Wochen ist Probeexamen!« Ich setze mich zu ihr und entdecke erleichtert, dass sich meine lebensfrohe Freundin doch nicht gänzlich in einen Streberfisch verwandelt hat. Neben dem Lehrbuch steht ein rosafarbener Drink und unter dem Tisch entspannt Jenny ihre Füße in einem Massagebad.

»Günstige Kombination«, lobe ich und Jenny grinst.

»Zu meinem Date nachher will ich Stilettos tragen. Aber während ich meine Füße entspanne, kann ich mir doch ruhig ein bisschen Infektiologie einpauken.« Ich finde das absolut einleuchtend.

Als ich mich zu Jenny setze, schiebt sie das Buch beiseite und fragt nach Manuel. Warum sollte ich sie anlügen? Ich erzähle ihr, dass ich mich getrennt habe. Na, so richtig zusammen waren wir ja eigentlich auch nicht. »Wir werden uns nicht mehr treffen«, ist eigentlich alles, was man sagen kann. Es ist keine Trennung im Liebeskummer- oder Beziehungsstress-Sinne. Einfach ein Nicht-mehr-Sehen. Traurig genug.

Jenny reicht mir ihren Drink. »Das hast du richtig gemacht«, sagt sie. »Außer seinem Lächeln und den schönen Haaren hatte er ja wohl nicht so viel zu bieten.«

Ich nehme einen tiefen Schluck von ihrem Drink. Wie gut, wenn man Freundinnen hat. Die so recht haben. Jenny nimmt mich in den Arm und ich lehne mich an ihre Schulter – und dann heule ich noch ein bisschen, aus purem Selbstmitleid.

Isa kommt spät und ihre Augen funkeln. Sie fällt uns um den Hals und schwärmt selig von ihrem grandiosen Abend. Ich frage, doch ein klein wenig neidisch, nach der Show. Stimmt es, dass sogar Leoparden dabei sind?

»Ehrlich gesagt«, Isa sieht mich schuldbewusst aus großen Augen an, »daran erinnere ich mich nicht so richtig …«

Oh Mann, die Liebe. Ich frage lieber nicht mehr nach. Isa plappert munter weiter. Ob wir meinen, dass sie mit Tom am Wochenende an die Ostsee fahren sollte? Als Überraschung?

»Wenn du ihn eine Weile behalten willst«, sagt Jenny gutmütig, »verschreck ihn nicht mit Spontaneität!«

Isa schüttelt schnell den Kopf. »Vergiss, dass ich gefragt hab«, sagt sie eilig. »Bitte gib mir niemals Ratschläge. Ich versuche doch zu vergessen, dass er vor mir Frauen wie dich kannte.«

Jenny lächelt. »Ach, Süße«, sagt sie sanft. »Das hat ER schon längst vergessen.«

Ich sitze zwischen meinen Freundinnen und sehe glücklich von einer zu anderen. Wer ist jetzt die Eifrige und wer die Temperamentvolle? Wo ist das Mauerblümchen hin und wo die Tagediebin? Würde ich die beiden heute kennenlernen, würde ich sie nicht mehr so einfach in Schubladen verstauen können. Wäre spannend, mal von außen zu sehen, wie viel von ihnen auf mich abgefärbt hat. Ich gieße unsere Gläser noch einmal mit Jennys klebrigen rosa Drinks voll. Denn eine Sache steht fest und muss begossen werden: Trotz all der Höhen und Tiefen der letzten Wochen – das erste Tertial haben wir fast geschafft. »Prost, Mädels!«, sage ich. »Auf die Zukunft der Ärztezunft!«

»Auf die Zukunft!«

36

Vier Wochen sind vergangen. Der Herbst ist mit voller Wucht in Berlin eingefallen und treibt Blätter und Plastiktüten über die Straßen. Die Stadt wird von Tag zu Tag hässlicher. Doch ich will dankbar sein, bis jetzt hat sie sich mir immer von ihrer zwar großschnauzigen, aber herzlichen Seite gezeigt. Wenn ich jetzt aus dem Damenwaschraumfenster sehe, kann ich mir schon vorstellen, wie der Potsdamer Platz im Schnee aussehen wird.

Inzwischen habe ich mich so eingelebt, dass ich den Touristen die richtige Richtung weisen kann, und nicht mehr nur mit vorgetäuschter Sicherheit irgendwohin zeige und dann schnell weitergehe, ehe jemand den Irrtum aufklärt. (Ich weiß nicht, wie viele Pfälzer und Japaner meinetwegen trostlose Nachmittage im Westend verbracht haben, statt den Reichstag zu besichtigen – aber es hat sich so gut angefühlt, für eine Berlinerin gehalten zu werden.) Mittlerweile kenne ich die Stadt, so gut man das nach einem Vierteljahr eben kann. Ich weiß, wo sich die S- und U-Bahnen treffen. Ich habe mich an den furchtbaren Gestank gewöhnt, der im Bahnhof Alexanderplatz die Unterführung zur U2 verpestet. Ich kann in teuren Charlottenburger Cafés die Einheimischen von den Touristen unterscheiden. (Die Charlottenburger haben richtige Frisuren. Die, bei denen die Haare einfach so runterhängen, sind Touristen.) Ich kenne sogar ein paar Berliner Originale – traurige, wie die Frau mit dem kaputten Rucksack und den Kleinmädchenzöpfen, die immer von ihrem

Großvater erzählt, und lustige, wie den Jungen, der in der S-Bahn zur Fahrgastunterhaltung mit Löffeln auf einen Topf schlägt. Und wenn ich abends nach Hause komme, winkt der Mann aus dem Spätshop an der Ecke und trägt mir Grüße an meine schönen Freundinnen auf.

Bei uns zu Hause hat sich nicht viel verändert. Es gibt immer noch keine Spülmaschine. Der Lerneifer ist noch schlimmer geworden. Und wie Jennys aktueller Freund heißt, muss man sich jede Woche neu einprägen. Isa ist natürlich treu und immer noch verliebt wie am ersten Tag. Manchmal ist das fast schwer mitanzusehen. Bei mir hat sich nämlich in Liebesdingen nichts getan. Vier Wochen lang nicht.

Auch im Krankenhaus sind vier Wochen eine lange Zeit. Die meisten Patienten haben gewechselt. Herr Schwendler hat mir zum Abschied fast mehr gute Ratschläge gegeben als ich ihm. (Und während meine nur einen herzschonenden Lebenswandel betrafen, umfassten die seinen auch praktische Dinge wie den Umgang mit Taxifahrern und warum man städtischen Schwimmbädern nicht trauen sollte.) Im Aufenthaltsraum hängt eine Postkarte von Isas Pferdemädchen. Sie und ihr Dakota sind schon wieder auf Turnieren unterwegs. Andere Patienten verschwinden auf Nimmerwiedersehen. Aber wer denkt schon gerne ans Krankenhaus zurück … Manche sind auch nach vier Wochen noch hier. Frau Klein ist von der Intensivstation zurück und erholt sich bei uns von den letzten Wehen ihrer schweren Lungenentzündung. Sie ist immer noch sehr bescheiden, befürchtet regelmäßig, wir hätten uns finanziell ruiniert, weil wir »viel zu viele Blumen für so eine alte Frau« gekauft haben, und entschuldigt sich immer mal wieder dafür, dass ich so anstrengende Dinge tun muss wie ihren Blutdruck zu messen. Aber manchmal merkt sie es selbst und muss über sich lachen. Ich werde sie schrecklich vermissen, wenn ich sie endlich entlassen darf. Jennys Patientin Paula Schwab hat die operationsvorbereitende Chemotherapie überstanden. Sie hat schreckliche Angst vor der OP. Ich weiß es, auch wenn sie nur mit Jenny darüber redet und uns gegenüber grobe Bemerkungen über die Vorteile eines Lebens ohne Magen macht.

Jenny hat sich verändert. Nicht außerhalb der Klinik. Aber hier auf der Station ist sie inzwischen regelrecht beliebt. Nur ihre Feindschaft mit Schwester Klara pflegt sie hingebungsvoll. Niemand kann so herrlich arrogant sein wie Jenny. Isa ist diese Fehde sehr unangenehm. Doch Jenny ist streng und erwartet Loyalität. Ich selbst nehme mittlerweile routiniert neue Patienten auf und brauche an guten Tagen auch mal nur 29 Minuten. Wir haben Chefarztvisiten überstanden und Notfälle versorgt und brauchen den Damenwaschraum nur noch zum Lernen und schon lange nicht mehr zum Heulen. Allzu lange sollte ich jetzt auch nicht mehr hier sitzen bleiben. Muss ich aber auch nicht. Ich kann ja alles.

Marie-Luise kommt aus dem Klo und zieht sich vor dem Spiegel die Lippen nach. Es ist ihr letzter Tag auf der Inneren, ihr PJ ist zu Ende. »Tschüss«, sagt sie grob in meine Richtung. Ein angemessen herzlicher Abschied für unser kühles Verhältnis. Nö, ich muss immer noch nicht mit allen Freund sein. Auf Marie-Luise und Paul wartet das Hammerexamen. Auf Isa, Jenny und mich wartet das nächste Tertial. Chirurgie. Aber vorher das Probeexamen. Jetzt. Ein letzter Blick über Berlin im Oktoberwetter, ein letztes tiefes Durchatmen, dann mache ich mich auf den Weg.

Die Prüfung findet am Patientenbett statt. Ich muss einen Patienten befragen und körperlich untersuchen, den Bericht schreiben und dann eine mündliche Probeprüfung anhand dieses Patienten bestehen. Ich bekomme eine junge Frau mit einer Rippenfellentzündung. Sie ist etwas ängstlich und irgendwie führt das dazu, dass ICH überhaupt nicht mehr nervös bin. Mitten in der Untersuchung sagt plötzlich die Stimme in meinem Bauch: »Das ist jetzt dein Leben.« Ich könnte überschnappen vor Freude und Stolz. Noch nie habe ich mich so nah dran gefühlt. Das ist das erste Mal, dass ich es glauben kann. Ich, Lena, bin Ärztin. Jetzt wird wohl nichts mehr dazwischenkommen. Das wird mein Leben sein und es wird wunderbar. Als ich der Patientin die Ergebnisse mitteile, nennt sie mich Frau Doktor. Ich korrigiere sie und sehe meine Vorgesetzten lächeln.

Jetzt nur noch den Patientenbericht und die mündliche Prüfung. Ein kurzer Blick zu meiner Kitteltasche. Er ist da; mein treuer Gefährte, mein zuverlässiger Glücksskuli. Es kann nichts schiefgehen. Und wirklich: Nach den vorgeschriebenen drei Stunden bin ich mit dem Patientenbericht wieder da.

Das mündliche Probeexamen bei Dr. Ross und Dr. Thalheim läuft wie am Schnürchen. Ich habe bei jeder Frage die vorhergegangene sofort vergessen. Aber die Antworten sind wohl alle korrekt. Die beiden nicken einander zu und ich hole endlich Luft. »Vielen Dank«, sagt Dr. Ross. Sie schüttelt mir die Hand und wünscht mir Glück für die nächste Station. Dann bin ich fertig. Es bleibt nur noch, meinen Freundinnen die Daumen zu drücken.

Noch ein Kaffee bei Ruben – der mir ja zum Glück nicht verloren geht, weil ich auch im nächsten Tertial auf das Cafeteria-Essen angewiesen bin und sicherlich auch des Öfteren auf seine Privatversorgung zurückgreifen muss. Ruben warnt mich schon mal vor: Die Chirurgen haben unmögliche Essenszeiten, vielleicht legt er mir sicherheitshalber ein eigenes Kühlschrankfach an.

»Ruben?«, frage ich mutig, weil ich mir plötzlich so erwachsen und abgeklärt und unbesiegbar vorkomme. »Magst du eigentlich Männer oder Frauen?«

Er überlegt einen Moment. »Im November«, sagt er dann, »werde ich mich unsterblich verlieben. Dann finden wir es raus.«

Und dann ist es Zeit für den Abschiedsbesuch in Dr. Thalheims Büro. Ich bedanke mich für die Zeit auf seiner Station und alles, was ich hier lernen durfte. Dr. Thalheim überreicht mir den Auswertungsbogen meines Probeexamens und erklärt, was ich für das richtige Examen verbessern kann. Und was er mir für das nächste Tertial wünscht. Und ich höre ihm plötzlich überhaupt nicht mehr zu, denn auf einmal stehe ich so, dass ich den verschnörkelten Bilderrahmen auf seinem Schreibtisch sehen kann. In dem Rahmen ist keine Frau. Auch kein Kind, kein Hund, überhaupt kein Foto. Nur ein Spruch: »Und hier ist der Mittelpunkt der Welt.« Und genau das ist mein Gefühl. Jetzt und hier. Wir beide.

Dr. Thalheim tritt näher. »Passen Sie auf, Fräulein Weissenbach! In der Chirurgie ist das Klima etwas rauer«, sagt er lächelnd. »Und es wird viel weniger geredet.«

Ich sehe ihm in die Augen und sie sind warm und strahlend. Und sie sehen überhaupt nicht mehr weg. Es ist, als ob er mich noch nicht gehen lassen möchte. Irgendwann könnte mir jemand einen Schubs geben. Ich kann mich sonst nicht bewegen. Ich werde hier vor ihm stehen bleiben bis ans Weltende. Denn ich kann mich einfach nicht aus diesem Blick lösen.

»Was macht Ihr Freund?«, fragt Dr. Thalheim etwas leiser. »Er holt Sie niemals ab …«

Ich zucke mit den Schultern, ohne den Blick abzuwenden. »Ich hoffe, er holt eine Size-Zero-Jeansverkäuferin aus dem Fitnessstudio ab.«

Dr. Thalheim lächelt sanft. »Passt auch viel besser zu ihm als so eine komplizierte, schrullige Ärztin.«

Und zu wem passt die? Frag, Lena, jetzt oder nie! Nein! Auf keinen Fall! Du gehst jetzt! Sofort!

Ich weiß nicht, wie es passiert. Etwas fällt runter, gerade als ich eine entschlossene Bewegung mache, um mich aus seinem Blick zu lösen. Um zu gehen. Es klappert auf dem Boden. Mein Glückskuli. Ich will ihn aufheben und strecke die Hand aus – als Dr. Thalheim sie ergreift. Er hält meine Hand fest. Gleich falle ich in Ohnmacht. Kurzfristige Unterdurchblutung des Gehirns.

Und dann küssen wir uns. Lang und warm und er riecht nach Weite und Erwachsensein. Das ist es, Lena. Völlig egal, was morgen ist. Das ist der Mittelpunkt der Welt. Dieser Kuss.

Zu unseren Füßen liegt funkelnd und stolz mein Glückskuli.

Ich hab immer gewusst, dass er funktioniert!

So geht's weiter im Krankenhaus St. Anna

Antonia Rothe-Liermann
Miss Emergency
Diagnose Herzklopfen
256 Seiten
ISBN 978-3-522-50292-4

Diagnose Herzklopfen, total lebensbedrohlich! Lenas Therapie: sofortiges Treffen mit Dr. Thalheim, unter vier Augen. Status: ungewiss. Fest steht: Sie haben sich geküsst. Nur was bedeutet das? Auch Lenas WG-Freundinnen haben kein Glücksrezept, denn sie stecken selbst mitten im großen Gefühlschaos. Lena ist ratlos, zumal der charmante Assistenzarzt Dr. Gode mit ihr flirtet, was das Zeug hält. Er lädt sie sogar zum großen Ärzteball ein – doch gerade als Lena versucht, Dr. Thalheim für einen Moment zu vergessen, taucht er plötzlich auf ...

Die neue Krankenhausserie mit Herzklopfen-Garantie!